SV

ZOË BECK

MEMORIA

Thriller

Suhrkamp

Klimaneutral
Druckprodukt
ClimatePartner.com/14438-2110-1001

Erste Auflage 2023
suhrkamp taschenbuch 5292
Originalausgabe

Umschlaggestaltung: zero-media.net, München
Umschlagabbildungen:
iStock/Getty Images Plus/My Photo Buddy (Waldbrand),
FinePic©, München (Psychadelic Circle und Raster)
Druck und Bindung: CPI books GmbH, Leck
Printed in Germany
ISBN 978-3-518-47292-7

www.suhrkamp.de

MEMORIA

1

Der Zug hält auf offener Strecke, was nichts Außergewöhnliches ist. Das etwa dreihundert Meter von den Gleisen entfernte Waldstück brennt, ebenfalls nicht außergewöhnlich. Unklar ist nur, ob es einen Zusammenhang gibt.

Es ertönt eine automatische Durchsage mit der Bitte um Geduld, man möge die Türen geschlossen halten. Harriet hat genügend Zeit eingeplant, selbst eine zweistündige Verspätung könnte sie wegstecken. Sie plant meistens sehr viel Zeit ein, auch kurze Entfernungen sind unberechenbar. Als sie das letzte Mal mit dem Zug stehenblieb, hatte sich jemand in die Steuerung gehackt und alles lahmgelegt. Nicht zum ersten Mal. Aber üblicherweise hält ein Zug, wenn etwas auf den Gleisen liegt oder in der Oberleitung hängt oder der Strom ausgefallen ist oder eine Böschung brennt.

Die nächste Durchsage ist nicht von einer KI-Stimme. Es wird vorgeschlagen, den Zug zu verlassen und sich ein wenig die Beine zu vertreten, die Verzögerung sei nicht genau einzuschätzen, es handele sich aber um eine massive Störung im Gleisbett aufgrund eines großflächigen Waldbrands, dessen Ausläufer durch die Fenster zu sehen seien. Die körperlose Stimme gerät ins Plaudern: Sehr schnell habe sich das Feuer ausgebreitet, und nun gelte es, ein Seniorenwohnheim in unmittelbarer Nähe zu evakuieren, weshalb sich erst später um die Gleise gekümmert werden könne.

Beim Öffnen der Türen ist es, als würde man gegen eine Wand laufen, die Nachmittagshitze schlägt gegen die kalte, klimatisierte Luft, und der Brandgeruch kriecht nach wenigen Sekunden in jeden einzelnen Wagon. Die Ersten steigen aus, darunter auch Harriet, um sich nach dem Seniorenwohnheim umzusehen, und tatsächlich, schaut man in Richtung Zugende, ist ein großer Gebäudekomplex zu sehen, davor mehrere Busse, die Evakuierung scheint in vollem Gange. Harriets Mitreisende holen ihre Telefone raus, zoomen so nah wie möglich heran, einige entfernen sich vom Zug und lassen sich von Langeweile und Sensationslust über das Feld treiben. Das Feuer breitet sich durch einen zwar leichten, aber beständigen Wind aus westlicher Richtung schnell aus, die Löschfahrzeuge, Räumpanzer und Hubschrauber sind vielleicht einen Kilometer von dem Wohnheim entfernt, und Harriet denkt, dass es aussieht, als würde man mit Wasserpistolen versuchen, einen Scheiterhaufen zu löschen.

Sie dreht sich um, viele sind im Zug geblieben. Einige Frauen vom Zugpersonal stehen draußen, sie haben ihre Fächer aufgespannt, und es wirkt aus der Entfernung, als würden riesige Schmetterlinge vor ihren Gesichtern flattern. Ein kleines Grüppchen breitet eine Decke auf dem Feld aus und setzt sich hin, zwei Personen öffnen ihre Sonnenschirme. Die deutlich größere Gruppe, die sich zum Seniorenwohnheim aufgemacht hat, ist auf halbem Weg stehengeblieben, das Feuer hat den Gebäudekomplex nun bis auf wenige hundert Meter erreicht, die ersten Busse sind mit Bewohnern weggefahren.

Jemand schlägt Harriet vor, ebenfalls näher ranzugehen, vielleicht könne man helfen. Natürlich meint er nicht helfen, sondern gaffen, aber es gibt sonst nichts zu tun. Außer im Zug zu sitzen. Oder draußen herumzusitzen und in der Hitze kaputtzugehen. Lustlos schließt sie sich ihm an, er sammelt noch weitere verstreute Leute auf dem Weg über das ausgetrocknete, abgeerntete Erdbeerfeld ein. Der Wind frischt auf, und sie hält mit beiden Händen den Sonnenhut fest, damit er nicht wegfliegt.

Das Seniorenwohnheim dürfte sich selbst wohl Residenz nennen und besteht in der Hauptsache aus einem hufeisenförmigen, fünfgeschossigen weißen Gebäude mit flachem Dach und kleinen Balkonen, an denen bunt bepflanzte Blumenkästen hängen. Rechts neben dem Wohnhaus steht ein stilistisch dazu passender quadratischer Bau. Vor dem Hufeisen befindet sich ein eingeschossiges, langgezogenes Gebäude, ein überdachter Weg verbindet es mit dem Rest. Der Speisesaal oder eine Art Mehrzweckhalle, vermutet Harriet. Davor parkt die Busschlange. Je näher sie kommen, desto lauter wird das Knacken des Feuers, desto stickiger die Luft. Vereinzelte Stimmen sind zu hören, ängstliches Rufen, die alten Leute drängen sich im Hof in kleinen Rudeln aneinander, Satzfetzen wehen herüber: Ruhe bewahren, es ist genug Platz für alle in den Bussen, niemand bleibt zurück, die Koffer bitte abstellen, es wird sich um alles gekümmert. Und wieder: Ruhe bewahren. Die Angst der Alten lässt sich über das Erdbeerfeld hinweg greifen. Auf Harriet wirkt die Evakuierung strukturiert und durchdacht. Die brauchen keine Hilfe, denkt sie, sagt aber nichts, weil sich das Tempo ihrer unbekannten Gefährten ohnehin verlangsamt, bis sie alle stehenbleiben. Wieder wird gefilmt und fotografiert, ihr ist es peinlich danebenzustehen, und so entfernt sie sich in die Richtung, aus der das Feuer immer näher kommt. Sie hört noch, wie jemand ruft, ob Hilfe benötigt wird, und von den Bussen ertönt ein kräftiges Nein, während die Stimmen der Alten wie Bienen in einem Schwarm durcheinandersurren. Der nächste Bus setzt sich in Bewegung, zwei weitere warten noch darauf, voll besetzt und bepackt zu werden. Auch eine Evakuierung will ordentlich durchgeführt sein. Erst recht, wenn es sich um eine so offensichtlich hochpreisige Seniorenresidenz wie diese handelt. Nichts, was sich Harriet leisten könnte – sollte sie überhaupt jemals so alt werden. So lange zu leben, müsste man sich auch erst leisten können.

Gerade fährt der vorletzte Bus weg, sie sieht es nicht, hört nur, dass darüber gesprochen wird. Das Feuer hat sich längst bis in die Baumkronen hinaufgefressen, deshalb breitet es sich so schnell aus. Wieder scheint es einen Sprung näher an die Seniorenresidenz gemacht zu haben. Sie glaubt, die Hitze spüren zu können, über achthundert Grad hat so ein Feuer, und die Luft wird immer stickiger. Harriet zieht eine Staubmaske aus der Tasche. So oft, wie es im Sommer brennt, lohnt es sich, immer welche dabei zu haben. Die ersten Passagiere gehen bereits zurück, der Zug bietet Schutz vor dem Rauch für diejenigen, die keine Masken dabeihaben. Jemand ruft Harriet etwas zu, gibt ihr zu verstehen, dass man noch warten will, bis der letzte Bus abgefahren ist. Sie dreht sich zu der Person um, kann nicht viel von ihr erkennen, weil ihr Gesicht von einem roten Sonnenschirm verdeckt wird, darunter ebenfalls rote Leinenbekleidung.

Harriet nickt und winkt zum Zeichen, dass sie verstanden

hat, bleibt noch unschlüssig stehen, weil sie nicht weiß, ob sie allein zum Zug gehen oder sich zu den anderen gesellen soll. Also nimmt sie ihren Rucksack ab, stellt ihn auf den staubigen Boden, nimmt ihre Trinkflasche raus. Lässt sie wieder sinken, bevor sie sie auch nur aufgeschraubt hat. Da ist dieses schmale Haus direkt am Waldrand, ganz unscheinbar und durch Büsche verdeckt. Es befindet sich nicht weit von der Seniorenresidenz entfernt, ist aber näher dran an der sich voranfressenden Feuerwand. Und Harriet sieht, wie sich hinter den geschlossenen Fenstern etwas bewegt, wie jemand winkt. Harriet zieht den Rucksack wieder auf, geht auf das Haus zu, beschleunigt, bemerkt im Laufen, wie die Person mit Fäusten auf die Fensterscheiben einschlägt. Dann nicht mehr nur mit den Fäusten, sondern mit einem Gegenstand, vielleicht einem Stuhl, und Harriet wundert sich, dass das Glas so viel aushält. Sie winkt der Person zu. Im Laufen dreht sie sich um, ruft, dass hier drüben Hilfe benötigt wird, und zwei oder drei setzen sich nun ebenfalls in Bewegung, auf das Haus zu. Im Laufen verliert Harriet den Sonnenhut, dreht sich aber nicht einmal nach ihm um.

Es ist ein zweigeschossiges, grün gestrichenes Holzhaus, daneben steht ein breiter Schuppen. Ein Feldweg führt zu dem Grundstück, auf dem amerikanische Eichen und Ahornbäume wachsen, hohe Johannis- und Brombeersträucher und ein paar Heckenrosen grenzen es zum Feld hin ab. So nah am Waldrand lässt die heiße Luft sich kaum atmen. Harriet bleibt vor den Sträuchern stehen, sieht sich um, drei Leute sind auf dem Weg zu ihr. Sie nimmt den Rucksack ab, kippt Wasser aus ihrer Flasche über ein Tuch, das sie sich manchmal als

Sonnenschutz um Kopf und Schultern legt, nimmt die Maske ab und bindet es sich über Mund und Nase. Aus dem Augenwinkel bemerkt sie, dass die anderen aufholen, während sie sich durch die Sträucher schlägt und auf die Haustür zu rennt.

Sie erkennt, dass es sich bei der Person in dem Häuschen um eine ältere Frau handelt. Sie winkt ihr, ruft, sie solle zur Tür kommen. Rüttelt an der Haustür, die verschlossen ist, hört aber Sekunden später, dass jemand dagegenschlägt und um Hilfe schreit.

»Machen Sie die Tür auf«, ruft Harriet.

»Der Schlüssel«, hört sie von innen.

»Wo ist der Schlüssel?«

»Im Auto! Ich hab ihn vergessen, dann ist die Tür zugeschlagen, ich bin eingesperrt! Helfen Sie mir!«

Einer ihrer Mitreisenden ist in einiger Entfernung stehengeblieben und hustet bedenklich, sein ganzer Körper wird durchgeschüttelt. Eine Frau Ende zwanzig in khakifarbenem Overall versucht, eines der Fenster mit einem großen Stein einzuschlagen, hinterlässt aber gerade mal ein paar Kratzer. Es handelt sich offenbar um Panzerglas. Eine andere Frau, die mit dem roten Kleid, steht etwas abseits und hat den Notruf gewählt, sie ist noch dabei abzuklären, wo genau sie sich befindet, und ruft gerade »Warum können Sie mich nicht orten?« in ihr Telefon. Den roten Sonnenschirm hat sie vor der Hecke abgeworfen, er rollt langsam im Wind herum. Auch sie hat sich ein Tuch vor Mund und Nase gebunden. Weitere Satzfetzen sind zu hören: Seniorenresidenz, Waldrand, Feuer in den Baumwipfeln, springt bald über.

Harriet sieht sich um. Wenn es hier ein Auto gibt, kann

es nur in dem Schuppen stehen. Sie läuft hin, öffnet den Verschlag, steht vor einem alten, grünen Geländewagen, einem echten Geländewagen, keinem SUV. Die Fahrertür ist offen, auf dem Sitz liegt ein Schlüsselbund. Sie greift danach, läuft zurück und schließt die Haustür auf. Die alte Frau stürmt an ihr vorbei heraus, eine Reisetasche in der Hand, bleibt abrupt stehen, ringt nach Luft und dreht sich nach ihr um. Harriet packt ihre Arme, will sie stützen. Die Frau schüttelt den Kopf, macht sich von ihr los. »Wie hast du mich gefunden? Du darfst gar nicht hier sein«, sagt sie, jedenfalls ist es das, was Harriet versteht. Dann sinkt die Frau bewusstlos zu Boden, mit einem Seufzer, der wie Harriets Name klingt.

2

Harriet kniet neben der ohnmächtigen Frau, tätschelt ihr die Wangen.

»Wie haben Sie das gemeint? Kennen wir uns?«, fragt sie verwirrt, sieht sich nach den anderen um. Die Frau im roten Kleid ist noch am Telefon. Aber sie lässt es gerade langsam sinken und starrt über Harriet hinweg. Diese folgt ihrem entsetzten Blick und sieht, dass das Feuer ein großes Stück gesprungen ist und nun nicht mehr lange bis zu ihnen brauchen wird. Sie spürt, wie es heißer wird, das Prasseln der Flammen, das Krachen der brennenden Bäume wird unerträglich laut in ihren Ohren. Die Frau in Rot schreit in ihr Telefon, aber Harriet kann sie nicht verstehen, ruft ihr zu: »Kommt jemand?«

Die Frau schüttelt den Kopf und eilt auf sie zu. »Sie wissen nicht, ob sie es rechtzeitig hierherschaffen.«

»Was heißt das?« Harriet spürt Panik in sich aufsteigen. »Wir können sie doch nicht einfach hier liegenlassen!«

»Wir müssen sie wegtragen.«

Die Frau im Overall kommt aus dem Haus gelaufen. »Da ist niemand mehr.« Sie bemerkt, wie nah das Feuer ist. »Scheiße. Wir müssen weg!«

Harriet packt die ohnmächtige Frau an den Schultern und richtet ihren Oberkörper auf, schüttelt sie. »Sie müssen aufwachen!«, fleht sie sie an, aber keine Reaktion. Der Kopf der Frau rollt nur schlaff hin und her.

»Atmet sie? Schlägt ihr Herz?«, fragt die Frau im Overall.

»Sie ist nur ohnmächtig«, antwortet Harriet. »Glaube ich jedenfalls.«

»Wir tragen sie aufs Feld.« Sie umfasst die Knöchel der alten Frau, will sie hochheben, gibt Harriet zu verstehen, dass sie sie unter den Armen nehmen soll. Im selben Moment hören sie ein gewaltiges Krachen. Das Feuer hat sich weiter zu ihnen herangefressen, und einer der riesigen Bäume ist direkt neben das Haus gestürzt.

»Das schaffen wir nicht mehr rechtzeitig«, schreit die Frau im roten Kleid. Harriet glaubt, das Feuer schon auf ihrer Haut zu spüren, in ihrem Haar. Ihr Herz rast. Sie will, dass die Frau, die sie in den Armen hält, aufwacht und ihr erklärt, was sie da eben gesagt hat. Sie will, dass das Feuer aufhört, dass die Hitze aufhört. Sie hat eine Idee, und es fühlt sich an, als würde ihr Gehirn auf Autopilot umschalten. »Übernimm sie«, ruft sie der Frau im roten Kleid zu. Harriet läuft zum Schuppen und springt in den Wagen. Sie startet ihn mit einem der Schlüssel am Schlüsselbund, fährt ihn vors Haus. Die beiden anderen Frauen heben die Bewusstlose auf den Beifahrersitz, klettern auf den Rücksitz, knallen die Türen zu.

»Los, los, los«, ruft die im Overall, und Harriet hört wieder ein Krachen. Der nächste brennende Baum stürzt auf das Haus.

Harriet gibt Gas, sieht im Rückspiegel, was die beiden Frauen durch die Heckscheibe sehen: Ein Baum ist auf den Schuppen gestürzt. Der Schuppen brennt, als hätte er nur darauf gewartet. Dann ist ein lauter Knall zu hören. »Verdammt, was hat sie denn in dem scheiß Schuppen? Benzinkanister?«, sagt die in dem roten Kleid.

»Bei der Karre durchaus möglich.« Die Frau im Overall hustet.

Harriet drückt das Gaspedal durch. Der Feldweg führt an der Seniorenresidenz vorbei, ab dort ist die Straße ausgebaut.

»Das war knapp. Für uns alle«, sagt die Frau im Overall. »Ich bin übrigens Elin«, stellt sie sich vor und hustet wieder.

»Doro«, sagt die andere.

»Harriet«, sagt Harriet, und alle nicken stumm.

Elin sieht wieder durch die Heckscheibe. »Ich glaube, jetzt brennt auch das Haus.« Im Rückspiegel sieht Harriet, wie das Feuer sie einzuholen scheint, obwohl sie schon so schnell fährt, wie es geht. Doro hat sich ebenfalls umgedreht, sie flucht leise vor sich hin.

Scheiße, mein Rucksack, denkt Harriet, sie hat ihn irgendwo vergessen in der Aufregung, weiß, dass alles verbrennen wird, was sie dabeihatte: Telefon, sämtliche Chipkarten, ihr Werkzeug. Scheiße. Sie folgt der Straße, auf der die Busse vorhin weggefahren sind. Fährt immer weiter, ohne zu wissen, wohin es geht und wo sie genau sind, aber sie sind außer Gefahr. Keine Bäume um sie herum. Freie Fläche, asphaltierte Straßen.

»Medizinisches Notfallzentrum«, sagt Doro und schaut auf ihr Telefon, »in zweieinhalb Kilometern, nächster Kreisverkehr dritte Ausfahrt und dann immer geradeaus.«

»Danke«, sagt Harriet.

Die bewusstlose Frau scheint immer wieder leicht zu stöhnen. Elin hält sie von hinten an den Schultern, redet ihr gut zu, hustet aber immer wieder, sie hatte als Einzige keinen Atemschutz.

Am Kreisverkehr nimmt Harriet die Kurve fast zu schnell, kommt ins Schleudern, fängt den Wagen aber wieder ein. »Nicht mehr weit«, sagt Doro, »wir müssten es gleich sehen.«

»Ich glaub, das war nicht gut für mein Asthma«, sagt Elin leise und tastet die Taschen ihres Overalls ab, bis sie ihren Inhalator gefunden hat.

Niemand reagiert darauf. Die alte Frau auf dem Beifahrersitz murmelt etwas Unverständliches. Harriet sieht zu ihr rüber, die Frau hat die Augen noch immer geschlossen.

Sie erreichen das Notfallzentrum. Es befindet sich neben der Feuerwehr und sieht aus, als wäre es vor nicht allzu langer Zeit in das Gebäude eines ehemaligen Möbelmarkts eingezogen, an der Seite hängen noch Teile des alten Schriftzugs. Harriet hupt mehrmals und stoppt den Geländewagen direkt vor dem Zugang für Notfälle. Zwei Sanitäter kommen herausgelaufen. Harriet deutet auf den Beifahrersitz. Die Männer öffnen die Tür, sprechen die alte Frau an, heben sie vorsichtig aus dem Wagen und setzen sie in einen Rollstuhl.

»Nein, wir wissen nicht, wie sie heißt. Wir haben sie vor dem Waldbrand aus ihrem Haus gerettet. Sie ist ohnmächtig geworden.«

Harriet denkt an die Reisetasche. Keine von ihnen hat daran gedacht, sie mitzunehmen. Und mittlerweile dürften ihr Haus und alle ihre Sachen verbrannt sein.

Der eine Sanitäter verschwindet mit ihr im Gebäude, der andere bleibt noch kurz draußen und unterhält sich mit der hustenden Elin, die dann mit ihm reingeht.

»Sollen wir warten?«, ruft ihr Doro hinterher. Harriet schätzt sie auf Mitte fünfzig, sie ist groß und hat breite Schultern, eine Figur wie eine Ringerin. Ihr hellbraunes Haar wird schon deutlich grau, auf der Stirn und um die Augen herum haben sich tiefe Linien eingegraben. Ihr Gesicht strahlt Natürlichkeit und Entschlossenheit aus, was wie ein Kontrast zu dem knallroten Leinenkleid wirkt. Das Kleid ist eine Nummer zu klein, vielleicht hat es mal besser gepasst, vielleicht ist es ausgeliehen. Die Füße stecken in ausgelatschten, ebenfalls roten Sneakern. Harriet weiß, dass Doro ihren Blick bemerkt hat.

Doro zuckt die Schultern. »Warten?«, fragt sie Harriet, die unschlüssig neben dem Geländewagen steht, den Schlüssel in der Hand. Als Harriet nichts erwidert, schlägt sie vor: »Vielleicht parkst du das Monster um, damit es nicht im Weg rumsteht, und wir setzen uns irgendwo hin, wo Schatten ist, und warten noch ein bisschen. Der Zug ist offenbar zurückgefahren, weil es nicht mehr weiterging. Laut App ist die Strecke …«

»Kannst du den Wagen parken?«, unterbricht Harriet sie, und ihre Stimme trägt kaum noch, die Wörter verschwinden in einem Flüstern.

Doro guckt sie stirnrunzelnd an. Harriets Lippen und Hände zittern, ihr Gesicht ist bleich, und wenn sie sich nicht beruhigt, wird sie als Nächste das Notfallzentrum von innen besichtigen müssen. Doro nimmt ihr den Schlüssel ab, steigt in den Wagen, verschiebt mit großer Geste den Sitz nach hinten, richtet die Rückspiegel neu aus und lässt das grüne Ungetüm langsam und ziemlich ruckelig anrollen. Dann parkt sie keine zehn Meter weiter auf einer gekennzeichneten Fläche, steigt aus und kommt zu Harriet zurück. Diese sitzt mittlerweile auf dem Boden, den Rücken an das Gebäude gelehnt, die Augen weit aufgerissen. Ihr Blick irrt nervös umher, ohne wirklich etwas zu sehen.

»Sorry«, sagt Doro, »ich bin ewig nicht mehr Auto gefahren. Schon gar keinen Verbrenner.«

»Ich ... kann das gar nicht.«

»Ach was, das ging doch gut! Wäre ich gefahren, wären wir bestimmt im Straßengraben gelandet.« Sie nimmt ihre Schultertasche ab, kramt darin herum, reicht Harriet eine Trinkflasche. »Du brauchst Wasser. Der Schock kommt gerade an. Nimm ruhig, ich hab noch nicht draus getrunken«, versichert sie ihr.

Harriet nimmt die Flasche und trinkt einen Schluck, dann noch etwas mehr. Setzt ab und stöhnt, schaut hilflos zu Doro. »Ich kann nicht Auto fahren«, sagt sie.

»Hey, ist doch kein Problem. Da, wo es jetzt steht, kann es noch ne Weile stehen bleiben, und wenn alles gut läuft, ist der alten Dame nicht viel passiert, kleiner Schwächeanfall, in ein paar Stunden ist sie wieder munter und freut sich, wenn sie wenigstens ihr Auto vor der Tür hat.«

Harriet unterbricht Doros Gerede nicht, überlegt, ob sie mehr sagen soll. Ständig kommen Menschen an, mit dem Auto oder dem Fahrrad, manche zu Fuß. Sie sehen nicht unbedingt nach Notfällen aus, eilen aber zum Haupteingang, meist in Begleitung von Angehörigen. Immer wieder sind auch Sirenen von Rettungswagen zu hören, sie halten am anderen Ende des Gebäudes. Harriet versucht, das Treiben um sie herum auszublenden und ihre Gedanken zu sortieren. Sie ist selbst nicht sicher, was gerade passiert ist. Wie das alles sein kann.

Sie hat nie Autofahren gelernt, nie einen Führerschein

gemacht, es nicht auch nur im Spaß mal ausprobiert. Es ist unmöglich, dass sie die gesamte Strecke vorhin selbst gefahren ist. Aber wie soll sie das einer Fremden erklären? Also schweigt sie, schließt die Augen, versucht, nicht weiter darüber nachzudenken, sich lieber auf den Moment zu konzentrieren, damit der Gedankensturm in ihrem Kopf nicht überhandnimmt. Atmen, ganz ruhig, einfach nur atmen. Die Stimme der Frau rückt in die Ferne, eine weitere Stimme mischt sich dazu, dann legt sich eine Hand auf ihren Oberarm, und Harriet kann nicht länger ignorieren, was um sie herum geschieht.

»Harriet? Kommen Sie?« Es ist ein Sanitäter, sie weiß nicht, ob sie ihn vorhin schon gesehen hat.

»Was? Nein, mir geht es gut.«

Er hockt neben ihr, sieht sie direkt an und scheint tief durchzuatmen, wie um die Geduld zu bewahren, die er für eine schwierige Patientin benötigt. Sein weißes, kurzärmeliges Oberteil ist an den Achseln durchgeschwitzt, die halblangen dunklen Haare hat er zurückgebunden. Die Hand auf ihrem Oberarm fühlt sich an, als würde sie brennen. »Die Frau, die Sie hergebracht haben, ist wach und möchte Sie sprechen.«

Harriet schüttelt den Kopf. »Was, mich?«

»Sie heißen doch Harriet?«

»Das ist Harriet«, bestätigt Doro und reicht ihr den Schlüsselbund.

Harriet steht auf, vor allem, um seiner gutgemeinten Professionalität zu entkommen. Er richtet sich ebenfalls auf und geht vor, an dem Gebäude entlang, wirft gelegentlich einen Blick über die Schulter, um sicher zu sein, dass sie ihm folgt.

3

Früher hatte sie oft diesen Traum, diesen wiederkehrenden Traum, er war jedes Mal ein bisschen anders, aber das Thema blieb: Sie geht in tiefer Dunkelheit an der Autobahn entlang, gegen die Fahrtrichtung. Es liegt Schnee, aber sie friert nicht. Der Asphalt ist spiegelglatt, aber sie rutscht nicht aus. Sie kann nur nicht rennen, wie immer in Träumen. Hinter ihr ein zusammengedrückter Wagen in der verbeulten Leitplanke, und irgendwie ist ihre Mutter bei ihr und macht ihr Vorwürfe. Dann kommt ein LKW. Harriet winkt. Der Fahrer hupt. Der LKW gerät ins Schleudern, kracht auf den verunfallten Wagen, durchbricht die Leitplanke, und Harriet wird wach.

Manchmal entsteht ein Feuerball, wenn der LKW auf das Auto kracht. Manchmal brennt das Auto schon vorher. Manchmal winkt sie nicht, und der Fahrer hupt nicht. In einigen dieser Träume sagt ihre Mutter, Harriet sei schuld, weil sie den Wagen gefahren ist. Oder sie sagt, sie sei schuld, weil sie nicht gefahren ist. Es gibt den Traum auch in einer Version, in der ihre Mutter gar nichts sagt und sich Harriet trotzdem schuldig fühlt. Aber immer brennt das Auto.

Sie weiß natürlich, woher der Traum kommt. Ihre Mutter starb vor zwölf Jahren bei einem Verkehrsunfall, und obwohl Harriet nichts für diesen Unfall kann, macht sie sich Vorwürfe. Weil ihre Mutter ihretwegen verärgert war. Weil sie nicht dabei gewesen war. Irgendeinen unsinnigen Grund findet das schlechte Gewissen immer. Deshalb hat Harriet nie den Führerschein gemacht. Deshalb fährt sie nicht in einem Auto mit, wenn sie es vermeiden kann, und meistens kann sie es vermeiden.

Und deshalb ist das, was vorhin passiert ist, unmöglich.

Sie geht es noch einmal durch. Sie ist einfach zum Schuppen gegangen, um das Auto zu holen. Sie hat nicht einen Moment darüber nachgedacht, hat weder Elin noch Doro gefragt. Ihr war gar nicht die Idee gekommen, dass sie nicht fahren kann. Sie hat einfach gehandelt. Dann ist sie eingestiegen und – was dann? Sie muss alles völlig automatisch gemacht haben. Motor starten, Gas geben, lenken, bremsen. Sie kann sich an gar nichts erinnern.

Vielleicht ist es gar nicht so schwer, ein Auto zu fahren. Das meiste übernimmt die Technik. Und heißt es nicht auch immer, dass man in Ausnahmesituationen über sich hinauswächst? Superkräfte entwickelt? So muss es gewesen sein. Ihre geheime Superkraft unter Adrenalin scheint Autofahren zu sein, und hinterher kann sie sich nicht mehr daran erinnern, wie sie das geschafft hat.

Der Sanitäter reicht ihr einen Mundschutz, bevor sie das Gebäude betreten, und setzt seinen eigenen auf. Er führt sie an der Anmeldung und dem farblich unterteilten Wartebereich vorbei – Rot für kritische Fälle, Gelb für dringend, Grün für diejenigen, die problemlos warten können. Eine Rolltreppe führt nach oben, dort gibt es eine Ambulanz für Menschen ohne Versicherung, erklärt er ihr im Vorbeigehen. Hinter einer improvisierten Wand ist der Behandlungsbereich. Rechts und links, nur durch Vorhänge getrennt, liegen Menschen auf

Betten oder sitzen in Roll- oder Behandlungsstühlen. Weißgekleidete Personen eilen an ihnen vorbei oder ihnen entgegen. Im Vorbeigehen erkennt Harriet die Frau im Overall, Elin. Sie trägt eine Beatmungsmaske und hat die Augen geschlossen. Ein alter Mann im Rollstuhl ruft ängstlich einen Namen, Lena oder Leda, immer wieder. Der Sanitäter drückt ihm kurz die Hand und flüstert ihm etwas zu. Weiter hinten bleibt er stehen und deutet auf ein Bett. Die alte Frau liegt darin, ein Infusionsbeutel hängt an einem Ständer, sein Inhalt tropft gleichmäßig in den Schlauch, der mit ihrer Hand verbunden ist. Sie richtet sich ein wenig auf, als sie Harriet sieht. Mit einem freundlichen Nicken und einer beiläufigen Berührung ihrer Schulter lässt der Sanitäter Harriet stehen.

»Wie geht es Ihnen?«, fragt Harriet.

Die Frau blinzelt sie an. »Kommen Sie näher«, verlangt sie, und Harriet gehorcht. »Nehmen Sie die Maske ab.« Sie tut es. »Sie haben mich gerettet«, sagt die Frau.

»Ihr Haus ist offenbar sehr gut gesichert.« Ihr fällt ein, dass sie die Schlüssel der Frau noch hat. Sie zieht sie aus der Hosentasche und tritt noch einen Schritt näher, um den Schlüsselbund vorsichtig aufs Bett zu legen. Die Frau folgt mit dem Blick genau ihren Bewegungen.

»In der Abgeschiedenheit muss man vorsichtig sein. Heutzutage wird ja überall geplündert. Das Sicherheitssystem hat mich vorhin allerdings ausgetrickst.«

Harriet lächelt unsicher. »Es muss doch eine Möglichkeit geben, sich selbst zu befreien, wenn so etwas passiert?«

Die alte Frau zuckt die Schultern und richtet sich ein weiteres Stück auf. »Ja, es gibt eine Nummer für solche Fälle, eine

Art Schlüsseldienst«, murmelt sie, »die brauchen aber ewig.« Sie starrt Harriet an. »Also, vielen Dank! Sagen Sie auch Ihren Freundinnen, dass ich sehr dankbar bin.«

Das Gespräch scheint vorbei zu sein, aber Harriet ist dazu noch nicht bereit. »Kann ich noch etwas für Sie tun? Wie heißen Sie? Mein Name ist ...«

»Ich weiß«, unterbricht die Frau, und als sie Harriets fragenden Blick bemerkt, fügt sie hinzu: »Man hat mich bereits informiert. Hören Sie, ich habe in den nächsten Wochen und Monaten damit zu tun, mein Leben neu aufzubauen. Ich muss davon ausgehen, dass alles verbrannt ist. Deshalb erwarten Sie bitte nichts von mir.«

Harriet ist so perplex, dass sie nicht weiß, wie sie sich verhalten soll. »Ich erwarte doch gar nichts«, bringt sie schließlich hervor.

»Gut. Gut. Dann noch mal Danke für alles. Auch Ihren Freundinnen.«

»Klar, selbstverständlich ...«

»Und sagen Sie, wir kennen uns nicht irgendwoher, oder?«

Harriet schüttelt den Kopf. »Nein, sicher nicht. Also nicht dass ich wüsste.« Jetzt regt sich Misstrauen in ihr. »Oder sollte ich ...?«

»Nein. Es ist nur, weil ich ...« Die Frau rutscht auf ihrem Bett herum, betastet die Hand, in der die Kanüle steckt. »Ich hatte Sie verwechselt. Im ersten Moment dachte ich, dass wir uns kennen. In der Aufregung. Bevor ich das Bewusstsein verloren habe. Ich dachte, Sie sind jemand anderes. Das wollte ich nur klarstellen.«

»Oh, natürlich.« Harriet nickt und tritt einen Schritt zurück. »Das kann passieren. Ich geh dann mal.« Sie deutet in Richtung Flur. »Sie sind ja gut versorgt. Hoffentlich sind Sie bald wieder auf den Beinen, und alles Gute für ...«

»Ja, danke«, unterbricht die alte Frau sie barsch. »Danke. Ich muss mich jetzt ausruhen.« Sie schließt die Augen und dreht sich, so gut es geht, auf die Seite.

Harriet schafft es nicht, sich zu bewegen. Sie betrachtet die Frau, versucht, sich ihr Gesicht genau einzuprägen, versucht, sich zu erinnern, ob sie sie nicht vielleicht doch irgendwoher kennt.

»Leben Sie wohl!«, sagt die Frau laut.

Auf dem Gang hört Harriet einen Mann schreien. Sie dreht sich um. Er wird gerade an ihr vorbeigeschoben, hat beide Hände vors Gesicht geschlagen. Auf ihm liegt eine Rettungsdecke, die bei Verbrennungen eingesetzt wird. Sie schaut schnell weg, setzt ihre Maske auf, weiß nicht mehr, in welche Richtung sie gehen muss, und stößt gegen eine Ärztin, die sie unfreundlich zurechtweist. Den Sanitäter kann sie nirgendwo sehen. Nach ein paar Schritten merkt sie, dass sie in die falsche Richtung gelaufen ist, ist froh, als sie sich endlich im überfüllten Wartebereich wiederfindet. Schnell verlässt sie das Gebäude und reißt die Maske vom Gesicht.

Draußen sieht sie Doro nicht sofort, aber ihr Blick fällt auf den geparkten Geländewagen. Die Luft flimmert, so heiß ist der Asphalt von der gleißend hellen Sonne. Hier sind keine Bäume, keine Pflanzen, die Schatten spenden und die Luft kühlen könnten. Sie geht auf den Wagen zu und öffnet zögerlich die Fahrertür. Sie setzt sich hinein, merkt, dass der Sitz zu weit hinten ist, tastet herum, probiert Hebel aus. Nichts in ihrem Kopf signalisiert ihr, welche Funktion diese haben könnten. Es fühlt sich alles fremd an. Mit den Händen umklammert sie das Lenkrad, mit den Füßen tastet sie nach den Pedalen. Sie sieht auf die verschiedenen Anzeigen. Es kommt nichts zurück von ihrer Superkraft. Sie verspürt Angst, mit einer falschen Bewegung das Ding losrollen zu lassen. Unmöglich, dass sie es vorhin gefahren haben soll. Und doch hat sie es.

Im Rückspiegel sieht sie, dass Doro auf den Wagen zukommt. Sie steigt schnell aus, knallt die Fahrertür zu.

»Sie sagt Dankeschön«, verkündet sie und geht Doro entgegen.

»Wie nett. Aber sie dankt nur dir?«

»Nein, uns allen, und sie wollte sichergehen, dass wir bloß nichts von ihr erwarten.«

»Wow.«

»Ja. Es war ein sehr seltsames Gespräch.«

»Komische Alte. Dachte sie, wir wollten Geld?«

»Keine Ahnung, wahrscheinlich.« Harriet lächelt schief. Mittlerweile ist sie davon überzeugt, die Frau zu kennen. Sie kann sich nur nicht erinnern, woher.

4

»Eigentlich war es Glück im Unglück mit dem Zug«, sagt Doro. »Ich habe nachher hier noch einen Termin.« Sie laufen vom Notfallzentrum am äußersten Rand von Gießen zur Polizeistation, wo Harriet sich einen neuen Ausweis ausstellen lassen muss.

»Beruflich?«, fragt Harriet.

»Sportlich«, antwortet Doro und lacht. »Privat. Früher war ich mal in der Olympiamannschaft, vor über hundert Jahren. Frauen-Achter.«

»Rudern?«

»Genau. Und heute Abend steigt eine kleine Party, das alte Team. Die Kleiderordnung ist etwas … exzentrisch.«

Harriet versucht, so zu tun, als wäre ihr das Kleid gar nicht aufgefallen. Was ihr nicht gelingt.

»Ja, wir haben gesagt, wir ziehen an, was wir bei unserer letzten gemeinsamen Sportgala getragen haben, und die ist ein paar Jahre her … egal.« Doro lacht wieder.

»Ruderst du nicht mehr?«, fragt Harriet.

»Selten. Ich halte mich fit, aber ich hab immer viel zu tun und bin unterwegs …«

»Arbeit?«

»Sportjournalistin, was soll ich auch sonst machen. Und du?«

Harriet zögert, überlegt, wo sie anfangen soll, welchen

Teil ihres Lebens sie erzählen will. Die langweilige Version, dass sie im Frankfurter Luxuskaufhaus vor einer Boutique für schwerstreiche Leute eine Art Türsteherin für weniger als Mindestlohn gibt? Bei einer der unzähligen Securityfirmen, von denen es immer mehr zu geben scheint, weil sich kaum noch jemand auf die Polizei verlassen will und die Reichen vor den Armen immer größere Angst haben? Oder den interessanteren Teil, der aber fast eine Lüge ist, weil sie in diesem Beruf kaum Arbeit findet? Auf den Teil ist sie allerdings stolz, irgendwie. »Ich bin Klavierbauerin.«

»Ach wie toll! Für welchen Hersteller?«

Sie hätte das mit der Boutique erzählen sollen. Aber sie hatte ja unbedingt mithalten wollen. »Gelernte Klavierbauerin. Meistens stimme ich die Instrumente nur. Und repariere sie ein bisschen. Freiberuflich.«

»Okay«, sagt Doro, und Harriet weiß nicht, ob sie weiterreden soll.

»Viele Aufträge?«, hakt Doro schließlich nach.

»Eigentlich war ich unterwegs zu einem.«

»Hast du schon Bescheid gegeben, was los ist?«

»Wie denn.«

»Ah, sorry.«

Doro hält ihr das Handy hin. »Willst du anrufen?«

»Ich weiß nur die Mailadresse auswendig.«

»Sag sie mir, ich sag für dich ab, okay?«

Vieles auf dem Weg durch das ehemalige Industriegebiet sieht aus, als würde es gerade umfunktioniert, große Gemeinschaftswohnflächen entstehen hier, riesige Zweck-WGs für diejenigen, die sich selbst den sozialen Wohnungsbau nicht mehr leisten können. Harriet wohnt so in Frankfurt, in einem aufgegebenen Bürotower. Es gibt keine Mietverträge, nur Genehmigungen vom Amt, dass man die Fläche als Wohnraum nutzen darf. Man sucht sich vor Ort selbst ein Zimmer aus und hofft, dass niemand anderes ein Auge darauf geworfen hat. Man muss selbst mit anpacken, dafür zahlt man eine sehr geringe Miete. Man muss wissen, worauf man sich einlässt. Es gibt keine richtige Hausverwaltung, die etwas ausbessert, nur gelegentliche Check-ups, und wenn mal zu viel Chaos herrscht, müssen die Leute wieder ausziehen. Es gibt keine Vermieter, die irgendetwas regeln, nur die Städte und Kommunen als Ansprechpartner, was ewige Wartezeiten bedeutet. Wenn die Rohre verstopft sind oder kein Wasser mehr kommt oder der Strom ausfällt, ist man erst einmal auf sich selbst gestellt. Zusammen mit der Zweckgemeinschaft. Das kann manchmal schön sein, oft genug aber ist es die Hölle.

»Kommst du denn von hier?«, fragt Doro, während sie auf ihrem Telefon herumtippt.

»Aus Frankfurt. Und du?«

»Mhm.« Offenbar absorbiert sie das Mailschreiben. Harriet fragt nicht weiter nach.

Der Weg zur Polizei verläuft parallel zu einer breiten, wenig befahrenen Straße, die gerade durch ein Waldstück schneidet. Auf der anderen Straßenseite befindet sich ein Militärgelände. Ein Konvoi aus Einsatzfahrzeugen der Feldjäger hat sich weit hinter ihnen mit Blaulicht und Sirenen angekündigt, ist an ihnen vorbeigerast und schließlich auf das Gelände eingebogen. Danach ist es wieder so still, dass sie Vogelgezwitscher hören können.

Die Polizeistation ist direkt neben der Kaserne. Harriet ist froh, dass sie nicht allein reingehen muss, auch wenn sie sich in Doros Gegenwart langsam nicht mehr wohlfühlt. Zu viel, was sie ihr nicht sagen kann oder sagen will. Zu viel, was die beiden im Leben trennt. Aber Doro wollte sie begleiten, sie könne sie nicht einfach ohne Ausweis, ohne Bezahlmöglichkeiten, ohne Telefon allein lassen. Harriet muss einmal mehr im Leben dankbar für die Großzügigkeit sein, die ihr jemand Bessergestelltes entgegenbringt. Natürlich meint die Frau es gut. Harriet fühlt sich dennoch klein und hilflos.

Als sie aufgerufen wird, tippt Doro bereits andere Nachrichten. »Ich muss mich da schnell mal drum kümmern, die Arbeit …« Harriet fühlt sich noch kleiner und hilfloser und ist froh, von einer Beamtin weg von Doro in einen großen Raum mit mehreren Computerplätzen geführt zu werden. Die Beamtin setzt sich an einen der Tische und schiebt ihr ein Gerät hin, das ihre Fingerabdrücke einliest. Der Bildschirm zeigt an, dass sie tatsächlich sie selbst ist. Trotzdem werden ihre Abdrücke noch mal komplett genommen, und sie wird neu fotografiert.

»Tragen Sie die Haare immer so oder eher offen?«, wird sie gefragt. Ihr langer, geflochtener Zopf fällt über ihre linke Schulter.

»So«, sagt sie. »Ist das denn wichtig?«

Sie erhält keine Antwort. Die Chipkarte für die Europa-ID wird vorbereitet, die Meldung für ihre Krankenversicherung, das Sozialamt und die Bank rausgeschickt. Harriet will sich schon verabschieden, als die Beamtin sie fragt: »Einen neuen Führerschein wollen Sie doch bestimmt auch, oder ist der nicht verlorengegangen?«

»Ich hab gar keinen Führerschein«, antwortet sie automatisch.

Die Beamtin wirft ihr einen misstrauischen Blick zu. »Natürlich haben Sie einen, sonst wäre er hier im System nicht hinterlegt.« Ihre Stimme ist lauter geworden, und einige verdrehen ihre Köpfe nach ihnen.

»Ich meine, ich fahre gar nicht Auto«, sagt Harriet schnell und versucht, ihre Verwirrung zu überspielen. Oder ist das ein Test? Eine Fangfrage? Harriet klammert sich an ihrem Stuhl fest und lacht künstlich. »Ich hab quasi vergessen, dass ich einen habe.« Sie hofft, dass die Beamtin erklärt, es handele sich um einen Systemfehler.

»Wollen Sie jetzt einen neuen oder nicht?«, fragt sie. »Der kostet so viel wie jede andere neue Chipkarte auch, plus Bearbeitungsgebühr nach Gebührenordnungskatalog.« Die Beamtin hält kurz inne. »Ach nee, Sie sind ja Leistungsbezieherin. Kostet gar nichts. Also?«

»Klar, doch«, sagt Harriet schnell, um nicht noch mehr Aufmerksamkeit auf sich zu ziehen.

Die Beamtin nickt nur und tippt etwas ein. »Chipkarten kommen gleich, dauert bisschen, warten Sie draußen. Wir rufen Sie auf.« Mit einem Nicken gibt sie ihr zu verstehen, dass sie hier fertig sind und Harriet verschwinden soll.

Harriet verschwindet. Zurück in den Wartebereich am Eingang. Wo Doro sitzt und auf ihr Telefon schaut, so wie alle, die dort sitzen, auf ihre Telefone schauen. Doch selbst wenn Harriets Handy nicht auf dem Feld verbrannt wäre, hätte sie es vermutlich aus Scham nicht in die Hand genommen. Es war alt, oft genug bekam sie damit nicht mal eine Datenverbindung, weil irgendwelche Updates fehlten.

»Alles klar?«, fragt Doro.

»Ja, gleich bekomm ich alles neu.«

»Und dann?«

Sie schüttelt den Kopf. »Irgendwo ein neues Telefon besorgen, fürchte ich. Und beim Amt Bescheid geben, dass ich immer noch ich bin und sich niemand eine neue Identität unter meinem Namen erschlichen hat.« Zu spät fällt ihr auf, dass sie sich verraten hat. Jetzt weiß Doro, dass sie Leistungen bezieht, auf der untersten Stufe. Dass sie zu den Ärmsten gehört, die sich bei jeder Kleinigkeit persönlich dort melden müssen, um Sozialbetrug vorzubeugen. Als ginge es dabei um große Summen und nicht nur um ein paar wenige Vergünstigungen. Doro tut so, als hätte sie nichts bemerkt. Sie sagt: »Der Mann, dessen Klavier du stimmen sollst, hat zurückgeschrieben, er ist zu Hause, und du kannst jederzeit vorbeikommen, auch wenn es etwas später wird. Ich hab auf der Karte geschaut. Du kannst von hier aus sogar hinlaufen.« Sie zeigt Harriet, wo sie sich gerade befinden und wie sie zu ihrem Termin kommt.

»Danke«, sagt Harriet leise und wünscht sich, Doro würde endlich gehen. Sie merkt, dass sie mit den Fingern auf ihren Knien herumtrommelt, ballt die Hände zu Fäusten, um sie stillzuhalten. »Bestimmt sind meine Chipkarten gleich fertig.«

Doro sieht sie fragend an.

»Ich will dich nicht aufhalten«, sagt Harriet schnell.

»Es muss dir nicht unangenehm sein. Ich habe ja noch Zeit. Und ich hab's auch nicht so eilig, die anderen wiederzusehen. Eigentlich wollte ich gar nicht hingehen.«

Harriet weiß nicht, ob sie weiterfragen soll. Sie nickt nur, lächelt nervös. »Komischer Tag«, sagt sie schließlich. »Was für ein komischer Tag.« Erleichtert springt sie auf, als sie ihren Namen hört. Die Beamtin von vorhin winkt sie zu sich und reicht ihr die neuen Chipkarten. Harriet dankt ihr.

Draußen bleibt sie stehen und sieht sich die Karten genau an. Ihr Name. Ihr Foto. Ihr Geburtsdatum. Auch die Adresse stimmt. Ebenso auf der Führerscheinkarte.

»Na, alles in Ordnung?«, hört sie Doro neben sich sagen.

Der Führerschein wurde vor fast sechzehn Jahren ausgestellt. Als sie siebzehn war. Und sie hat nicht den Hauch einer Erinnerung daran, ihn je gemacht zu haben. Wie erklärt man das einer Fremden? Wie sich selbst?

»Alles in Ordnung, vielen Dank«, sagt Harriet und lächelt sie an.

5

Familie Bruckner bewohnt eine Villa in der Nähe des Alten Friedhofs. Das gelb gestrichene Haus ist Baujahr 1901, so steht es über der Tür. Dezentes Fake-Fachwerk an der Fassade des obersten Stocks, eine Veranda, Balkone, Wintergarten. Es ist von einem großen Grundstück umgeben, alte Obstbäume, hohe Laubbäume, eine Sommerwiese mit hohem Gras und bunten Blumen. Wie überall, wo wohlhabende Menschen leben, prangt das Schild eines Securitydiensts außen am Zaun, und Überwachungskameras folgen jeder Bewegung.

Als Harriet dort ankommt, ist es früher Abend. Sie schämt sich, dass sie so durchgeschwitzt ist, aber es wäre dumm gewesen, den Termin nicht wahrzunehmen, wo sie doch schon mal in der Nähe war. Auch wenn sie nicht viel wird ausrichten können ohne ihr Werkzeug.

Herr Bruckner öffnet ihr die Tür. Er ist ungefähr in ihrem Alter, dunkelblonde Locken bis auf die Schultern, blaue Augen, knittriger beiger Leinenanzug. Er mustert sie aufmerksam, nickt zufrieden, bittet sie herein.

Innen altes, knarzendes Parkett, aber in sehr gutem Zustand; hohe Decken mit makellosem Stuck, Fenster und Türen sind stilgerecht modernisiert. Viele Antiquitäten, gemischt mit teuren Designklassikern des späten 20. Jahrhunderts. Das Wohnzimmer wirkt ein bisschen wie ein Fritz-Hansen-Showroom, mit den beiden Egg Chairs und dem Favn-Sofa, alles in einem dezenten Grauton. Sie erinnert sich dunkel an die Preise, die sie aus dem Luxuskaufhaus kennt. Ein Egg Chair kostet bereits mehr, als sie in einem Jahr verdient.

Bruckner bittet sie, ihn Finn zu nennen. Den Namen seiner Frau, die kurz Hallo gesagt und sich dann gleich entschuldigt hat, erfährt Harriet nicht.

»Meine Frau ist Intendantin am Stadttheater«, sagt Finn. »Heute Abend ist eine Premiere, da muss sie anwesend sein.«

»Wie schön«, sagt Harriet, »interessant!« Sie weiß gerade nicht, was sie sonst sagen soll.

»Danke, dass Sie doch noch gekommen sind.«

»Ja, dann lernen wir uns wenigstens kurz kennen ...«

»Ich habe Ihnen das Werkzeug besorgt.« Er geht in den Flur und kommt mit einem Köfferchen zurück. »Hier, sehen Sie, meine Frau hat im Theater angerufen, der Korrepetitor hat es uns ausgeliehen.« Er scheint ihre Gedanken zu lesen, denn er fügt schnell hinzu: »Meine Frau möchte ihn nicht im Haus haben. Er tratscht ihr zu viel.« Amüsiert verdreht er die Augen und imitiert mit der Hand einen schnatternden Schnabel.

Harriet öffnet das Köfferchen. Darin liegt ein Mäppchen mit Stimmhammer, Stimmgabel, verschiedenen Stimmkeilen und einem Filzband. Sie nimmt die Stimmgabel in die Hand, sieht dann, dass in dem Köfferchen noch ein elektronisches Stimmgerät liegt.

Jemand poltert eine Treppe hinunter. Die Stimme eines jungen Mannes ruft: »Bis später!«

Finn antwortet mit: »Schönen Abend!« An Harriet gewandt sagt er: »Das ist unser Au-Pair, er hat seine Zimmer unterm Dach. Die Haushälterin wohnt im Souterrain, und irgendwo steckt auch noch unsere Tochter Antonia.« Er ruft nach ihr, lächelt Harriet entschuldigend an. »Eigentlich ist es ihr Klavier. Jedenfalls hatte ich es so geplant.«

»Wo steht es denn?«

»Können Sie denn mit dem Werkzeug etwas anfangen?«

Harriet nickt. Der Gedanke, was sie sich nun alles neu kaufen muss, um ihren Beruf – ihren Nebenjob? Ihre eigentliche Berufung? Wie soll sie es nennen? – ausüben zu können, bereitet ihr Kopfschmerzen.

Finn steht auf und geht durch die offene Flügeltür in den Nachbarraum, eine Art zweites Wohnzimmer, vermutlich nennen sie es Musikzimmer. Das Klavier ist nicht, was sie erwartet hat. Kein altes Erbstück, kein teurer Flügel – ja, er hat immer nur von Klavier gesprochen, aber irgendwie hat sie einen Flügel erwartet. Es ist ein solides, mittelmäßiges Konzertklavier von einem japanischen Hersteller, die Tastatur eine Nachbildung der Flügelmechanik. Keine dreißig Jahre alt, vor kurzem erst angeschafft, sie sieht, dass es noch nicht richtig platziert ist, der Raum nicht auf das Instrument gewartet hat. Es steht in einer schummrigen Ecke. Noten könnte man hier nicht gut lesen, obwohl es draußen noch hell ist. Beleuchtung ist nicht vorgesehen. Die Klavierbank ist außerdem nicht so eingestellt, als hätte jemals ein Kind darauf gesessen. Harriet klappt den Sitz hoch, das Notenfach darunter ist leer.

»Oh, da kann man etwas reintun!«, bemerkt Finn Bruckner.

»Hat Ihre Tochter denn keine Noten?« Harriet sieht sich suchend um.

»Die besorgen wir noch. Wenn wir wissen, was sie gern spielen möchte.«

Wie ahnungslos dieser Finn wirklich ist, merkt sie, als er auf die Frage, ob eine Stimmung von 440 Hz ausreichend sei oder 443 Hz bevorzugt würden, nichts zu antworten weiß.

»Spielt Ihre Frau?«, fragt sie. »Planen Sie Hauskonzerte mit anderen Instrumenten oder mit Gesang?«

Er reibt sich den Nacken. »Ehrlich gesagt haben wir über so etwas noch gar nicht gesprochen. Ich habe das Klavier erst vor zwei Wochen gekauft.«

»Verstehe.« Sie setzt sich auf die Bank, stellt die richtige Höhe ein, öffnet die Tastenklappe und lässt die Finger einige Tonleitern probieren. Natürlich ist es komplett verstimmt. Sie steht auf, klappt den Gehäusedeckel zurück, hält mit einer Hand den Oberrahmen, öffnet mit der anderen die Scharniere, lässt den Oberrahmen etwas nach vorn kippen und zieht ihn heraus. Als sie die Tastenklappe abnimmt, bemerkt sie, dass Finn unschlüssig in der Tür steht und die Hände knetet.

»Ein Glas Wasser wäre toll«, sagt sie. »Und wenn ich hier noch mehr Licht haben könnte?«

»Natürlich.« Er verschwindet, und sie atmet tief aus. Auf sie wirkt es, als sei das Instrument angeschafft worden, weil es dazugehört, dass die Tochter der Theaterintendantin auch ein wenig musikalische Erziehung mitbekommt. Sie hört ihn wieder nach dem Kind rufen, und wieder regt sich nichts im Haus.

»Ich habe eine Idee.«

Harriet zuckt zusammen. Sie hat ihn nicht kommen hören, trotz des knarzenden Parketts. Als sie sich umdreht, bemerkt sie, dass er Filzpantoffeln trägt. Wie in einem Museum. Er hat ein Glas Wasser für sie in der einen Hand, in der anderen eine Stehlampe. Harriet steht auf und nimmt ihm beides ab.

»Meine Idee«, setzt er wieder an. »Sie könnten …«

Aus dem Flur dringt die Stimme seiner Frau. »Alles in Ordnung mit dem Klavier?« Sie steckt den Kopf durch die Tür und lächelt Harriet an. »Ich hab nur was vergessen, bin gleich wieder weg. Kommen Sie klar?«

»Die Hammerköpfe müssen bearbeitet werden«, sagt Harriet. »Bei einigen sollten die Filze komplett erneuert werden. Und das ist erst der Anfang. Ich fürchte, ich habe hier so einiges zu tun, mit Stimmen allein ist es nicht getan. Allerdings habe ich nicht das nötige Werkzeug hier.«

Frau Bruckner nickt. »Machen Sie das. Kommen Sie wieder, wenn Sie alles dafür haben. Lassen Sie die Rechnungen für das Material einfach an mich schicken.« Sie nickt zum Abschied, aber ihr Mann hält sie auf.

»Alma, ich habe da so eine Idee. Was hältst du davon, wenn Frau Laurent unserer Antonia Unterricht gibt?«

Alma Bruckner ist mindestens so überrascht wie Harriet, die im ersten Moment kurz davor ist, nein zu sagen. Sie hat noch nie unterrichtet und will es auch nicht. Klavierlehrerin zu sein war schon immer ihr Albtraum. Außerdem kennt sie das Kind noch gar nicht, und überhaupt kann sie mit Kindern nicht viel anfangen. Aber in derselben Sekunde denkt sie daran, dass sie ein neues Telefon braucht. Neues Werkzeug. Einen neuen Rucksack. Und was noch alles mit dem Rucksack verbrannt ist, woran sie gerade nicht denkt. Sie braucht das Geld. Also nickt sie eifrig, und bevor Frau Bruckner etwas anderes sagen kann, hört sie sich rufen: »Was für eine schöne Idee, das mache ich gern, wenn Antonia einverstanden ist.«

Alma Bruckner räuspert sich. »Ich muss Ihnen allerdings mitteilen, dass ich an meiner Tochter bisher noch nicht das geringste Interesse an Musik feststellen konnte. Sie singt nicht gern, sie scheint kein Rhythmusgefühl zu haben, sie hört freiwillig keine Musik. Wenn Sie sich dem gewachsen fühlen, bitte. Sehr gern. Und jetzt muss ich wirklich los, ich bin schon spät. Hat mich gefreut.« Die Frau winkt ihr zum Abschied und verschwindet.

Finn grinst etwas verlegen. »Hätten wir das auch geklärt. Ich habe die Hoffnung noch nicht ganz aufgegeben. Vielleicht sollte ich mal raufgehen und Antonia suchen.« Er dreht sich um und verschwindet ebenfalls. Harriet hat den Raum für sich allein. Sie wendet sich wieder dem Klavier zu, inspiziert die Hammerköpfe, die Saiten, prüft die Tasten, die Pedale, den Resonanzboden, merkt gar nicht, wie die Zeit vergeht, und hat das Kind schon vergessen, als sie Finns Stimme hört: »Das also ist sie. Antonia, sag Frau Laurent guten Tag.«

Harriet richtet sich auf und dreht sich um. »Hallo Antonia«, sagt sie freundlich. Das Mädchen ist dünn und blass, hat die dunklen Haare ihrer Mutter, nur sehr viel länger, fast so lang wie Harriet und ebenfalls zu einem Zopf geflochten. Sie lässt einen gelangweilten Blick über das Klavierinnere schweifen. »Hallo«, sagt sie nur.

»Du möchtest Klavierspielen lernen?«

»Nein, das möchte mein Vater.«

Er mischt sich ein. »Antonia, bitte. Wir hatten es doch gemeinsam beschlossen.«

»Du hast es beschlossen«, sagt das Mädchen und verschränkt die Arme.

»Wir müssen das nicht tun, wenn du nicht willst. Heute können wir sowieso noch nicht anfangen.«

»Das seh ich.«

»Willst du absolut gar nicht?«

»Nein.«

Harriet sieht zu Finn. Ihre Hoffnung auf ein kleines Nebeneinkommen schmilzt dahin. »Dann wäre es bestimmt besser, wenn …«

»Nein«, sagt Finn. »Wir probieren es. Zehn Probestunden, Antonia. Du hast es mir zugesagt!«

Antonia stampft mit dem Fuß auf.

Harriet weiß spätestens jetzt wieder, warum sie nie Klavierlehrerin sein wollte.

»Du hast es mir zugesagt«, wiederholt Finn, und jetzt bemerkt Harriet, dass bei dem Satz noch etwas mitschwingt, das sie nicht greifen kann. Irgendein Geheimnis zwischen Vater und Tochter, irgendetwas, das nicht vor Fremden besprochen wird, und Antonia murmelt: »Von mir aus.« Sie dreht sich um und geht ohne ein weiteres Wort.

Finn seufzt und lacht dann entschuldigend auf. »Ich will mir gar nicht ausmalen, wie es wird, wenn sie in die Pubertät kommt!«

»Wie alt ist sie?«

»Zehn. Wenn wir jetzt nicht mit dem Unterricht anfangen …«

Harriet versucht, nicht an das Kind, sondern an die Bezahlung zu denken. Aber sie kann nicht anders, sie sieht Antonia vor sich, wie sie schlecht gelaunt auf der Klavierbank sitzt und die Arme verschränkt hält. Wie sie einfach aufsteht und wegrennt. Sie hat noch die Mutter im Ohr, wie sie sagt, dass das Kind keinerlei Interesse an egal welcher Musik hat. Allein die Vorstellung, sich jedes Mal auf den Weg nach Gießen machen zu müssen, um ein bockiges Mädchen ohne einen Funken Talent zu unterrichten, macht ihr Kopfschmerzen.

»Wissen Sie was, ich zahle Ihnen einen Vorschuss. Nein, einen Bonus. Das hilft Ihnen eventuell, sich zu entscheiden?«

Es hilft. Sie braucht neues Werkzeug. Und ein Telefon. Natürlich hilft ein Bonus. Sie sagt: »Das müssen Sie doch nicht.«

»Gar kein Problem, wirklich. Ich überweise es sofort.«

Sie fragt: »Was denken Sie, wie oft sollten wir ansetzen? Einmal pro Woche? Zweimal?«

Harriet steht mit ihrem neuen Telefon, einem schwarzen Rucksack aus dem Sonderangebot und einer Flasche Wasser mitten in einem riesigen Restaurant. Es ist fast Mitternacht, aber es herrscht reger Betrieb. In erster Linie handelt es sich um ältere Menschen, diejenigen, die jünger sind, tragen entweder die Uniform des Servicepersonals oder die Uniform eines Pflegedienstes.

Der Krankenpfleger im Notfallzentrum hat ihr gesagt, dass sie die alte Frau, die sie gerettet hat, hier finden könnte. Über dem Restaurant, das in eine ehemalige Brauerei gebaut wurde, befindet sich ein Hotel, und dort sind offenbar auch die Anwohner der Seniorenresidenz untergebracht worden. Wer es sich leisten kann, denkt Harriet.

Es ist sinnlos, nach der Frau zu fragen, sie weiß den Namen immer noch nicht. Also geht sie langsam die Tische ab und sieht sich nach ihr um. Die Stimmung ist überraschend gut, auf den meisten Tischen stehen Weinflaschen, Teller mit Pizza- und Pastaresten, es wird laut geredet und viel gelacht. Das Treppenhaus, das zu den oberen Stockwerken führt, in denen sich das Hotel befindet, ist im hinteren Teil des Gebäudes. Sie geht durch die Tür, will gerade nach oben, als sie sieht, dass die Treppe auch nach unten ins Freie führt, auf eine großzügige Terrasse, wo ebenfalls ältere Menschen sitzen. Harriet geht hinaus, lässt den Blick über die Terrasse schweifen. Hier ist es etwas ruhiger, die Menschen wirken nachdenklicher, sprechen gedämpfter. Von einem Tisch hört sie Schluchzer, sie sieht nicht hin, weil es ihr falsch vorkäme. Ganz hinten entdeckt sie einen Tisch, an dem nur eine Person sitzt, eine Frau. Sie hat ihr den Rücken zugewandt, aber Harriet weiß, dass sie sie gefunden hat. Entschlossen geht sie zu ihr, stellt sich neben sie, räuspert sich.

»Ich darf doch?«

Die alte Frau ist erschrocken, sie schließt für einen Moment die Augen, um sich zu sammeln. Dann steht sie ruckartig auf. »Gern, der Tisch wird gerade frei.«

Harriet packt sie am Arm. »Bitte, bleiben Sie. Wir müssen reden.«

»Was fällt Ihnen ein!« Die Frau versucht, Harriet abzuschütteln, sieht sich um, ob ihr jemand zu Hilfe kommen kann. Aber alle sind zu sehr mit sich beschäftigt, die Terrasse ist kaum beleuchtet, und ihre Stimme hat kaum Volumen. Harriet fällt auf, dass sie sich umgezogen hat. Sie trägt jetzt einen eleganten hellen Leinenanzug, hat sich eine große Sonnenbrille ins frisch gestylte Haar geschoben, eine Handtasche liegt auf dem Stuhl neben ihr. Das Gesicht ist sorgfältig geschminkt. Niemand könnte ihr ansehen, was sie heute durchgemacht hat. Sie muss sich nach dem Aufenthalt im Notfallzentrum als Erstes neu eingekleidet haben. Harriet weiß, dass sie selbst immer noch nach Feuer und Schweiß riecht, und ihre Kleider kleben ihr am Körper.

»Fünf Minuten«, sagt Harriet. »Bitte.«

Die Frau starrt sie wütend an. »Was wollen Sie? Ich habe mich bei Ihnen bedankt. Wollen Sie etwa Geld?«

Harriet sieht jetzt, dass die Kälte, die Gleichgültigkeit nur gespielt sind. Die Frau hat Tränen in den Augen, und ihre dünne Stimme zittert. Sie lässt ihren Arm los. »Ich will kein Geld. Das wissen Sie auch. Ich will mit Ihnen reden.«

»Ich wüsste nicht, worüber.«

Harriet starrt sie fassungslos an. »Warum tun Sie das?«, sagt sie leise.

Die Augen der Frau weiten sich, sie beißt sich auf die Unterlippe, setzt sich wieder auf ihren Platz. Sie wendet den Blick ab und gibt Harriet mit einer Handbewegung zu verstehen, sie möge sich zu ihr setzen.

»Warum tun Sie das?«, wiederholt Harriet. »Warum wollen Sie mich unbedingt loswerden? Sie wissen doch sogar, wie ich heiße. Woher kennen Sie mich?«

Die alte Frau sieht sie immer noch nicht an, sie schüttelt den Kopf. »Ich habe Sie verwechselt. Ich war durcheinander und mit der Situation überfordert. Ich hatte Angst.«

»Sie haben meinen Namen genannt.«

»Nein, sicher nicht. Da haben Sie sich verhört.«

Harriet seufzt. Versucht eine andere Strategie. »Warum wohnen Sie so einsam? Und mit so vielen Sicherheitsvorkehrungen?«

»Letzteres erklärt sich da ja wohl von selbst, bei einer alleinstehenden alten Frau. Und das Haus war damals günstig. Ich mag es, meine Ruhe zu haben. Sind wir jetzt fertig?«

»Sie kennen mich. Sagen Sie mir, woher.«

»Ich soll Sie kennen? Warum kennen Sie mich nicht?« Jetzt klingt die Frau trotzig wie ein kleines Kind. »Können Sie sich an mich erinnern? Nein? Dann sind wir uns wohl auch nie begegnet, oder was meinen Sie? Also, woher soll ich Sie kennen, wenn Sie mich noch nie zuvor gesehen haben?« Endlich sieht sie Harriet wieder in die Augen, ihr Blick hat etwas Triumphierendes. »Logisch, oder?«

Harriet nickt stumm. Ihr bleibt nicht viel anderes übrig. Vielleicht hat sie sich wirklich verhört. Und bildet sich etwas ein. Es war ein verrückter Tag. Sie fühlt sich schlagartig müde und ausgelaugt.

»Gut«, sagt die Frau und steht auf. »Dann wäre alles gesagt.«

»Nur für den Fall, dass ich mich nicht verhört habe. Und Sie meinen Namen gesagt haben. Irgendetwas muss das in mir ausgelöst haben. Danach ...« Sie bricht ab, weiß nicht, was sie eigentlich sagen will. »Irgendetwas war anders. Als wäre ich eine andere Person. Mit anderen Fähigkeiten. Wissen Sie, was ich meine?«

Zögerlich setzt sich die Frau wieder hin. »Es gibt diese Ausnahmesituationen im Leben, da schaltet unser Gehirn auf

Überleben und spult ein Programm ab, das wir in dem Moment gar nicht beeinflussen können. Viele Leute sagen hinterher, dass sie sich gar nicht richtig erinnern können an das, was sie in der Situation getan haben. Dass sie den Eindruck hatten, gar nicht sie selbst zu sein und ganz untypisch zu handeln. Machen Sie sich keine Gedanken. Es war schrecklich anstrengend. Sie sollten sich ausruhen.«

»Nein, das ist es nicht, ich glaube, es hat etwas mit Ihnen zu tun. Sie haben …«

»Kindchen, interpretieren Sie nicht zu viel in unsere Begegnung hinein. Lassen Sie es gut sein, wirklich.« Die Frau schiebt ihren Stuhl zurück und erhebt sich. »Was Sie auch gerade in Ihrem Leben suchen mögen, ich bin es sicherlich nicht.«

»Sagen Sie mir wenigstens, wie Sie heißen.« Harriet klingt flehender als beabsichtigt.

»Damit Sie mich am Ende noch stalken?«

»Was? Nein! Ich dachte nur, vielleicht …«

Die Frau hebt eine Hand. »Ich danke Ihnen und Ihren Freundinnen noch einmal in aller Form, dass Sie mir das Leben gerettet haben. Aber gehen Sie mir bitte aus dem Weg, ich habe Ihnen nichts zu sagen. Ich bin gern für mich, und ich will von diesem Leben nichts weiter als meine Ruhe.« Sie wendet sich zum Gehen, zögert dann aber doch und fügt hinzu: »Schauen Sie nach vorn. Es hilft niemandem, wenn Sie jetzt anfangen, Türen zu öffnen, die Sie am Ende nicht mehr schließen können.«

6

Ihre Führerscheinchipkarte liegt auf der Holzkiste neben ihrer Matratze, wo sie sie seit vier Wochen jeden Tag beim Einschlafen und Aufwachen sieht. Sie lässt sie dort in der Hoffnung liegen, dass sie eines Tages aufwacht und weiß: Ah ja, damals, als ich den Führerschein gemacht habe ... Die Karte irgendwo zu verstecken, hat nur dazu geführt, dass sich ihre Gedanken ständig darum drehten. Wenn sie offen herumliegt, fühlt sich Harriet besser.

Ihr neues Telefon liegt direkt daneben, und sie hat bisher nicht bereut, so viel Geld für das Ding ausgegeben zu haben. Innerhalb weniger Stunden hat sie sich an all die Vorzüge gewöhnt, die das Gerät ihr bietet, sie weiß gar nicht mehr, wie sie vorher mit der alten Krücke überhaupt existieren konnte. Nachrichten ploppen viel schneller auf, sie ist immer auf dem neuesten Stand. So wusste sie auch sofort über die Auswirkungen des Brands Bescheid: Der Bergwerkswald war komplett abgebrannt, ebenso große Teile des Schiffenberger Walds, bis hinauf zum Kloster, wo eine Hochzeitsgesellschaft, die die Warnungen und Anweisungen der Behörden schlicht ignoriert hatte, mittels Hubschrauber vor den Flammen gerettet werden musste. Und dabei hatte es sich nicht um eintönige Kiefernwälder gehandelt, sondern um Mischwälder mit einem hohen Anteil an Eichen und Buchen. Es hatte nichts genützt, der Boden war über Monate und Jahre zu trocken gewesen. Und so war es auch zu Flurbränden um die Wälder herum gekommen. Das abgeerntete Erdbeerfeld hatte es natürlich auch erwischt. Viele Häuser sind bis auf die Grundmauern abgebrannt, Friedwälder wurden komplett zerstört, der Kletterwald, der Waldkindergarten, alles verloren. Erst kurz vor der Hohen Warte war es nach mehreren Tagen gelungen, den Brand aufzuhalten.

Erschwerend kam hinzu, dass sich noch mindestens vier 500-Kilo-Bomben aus dem Zweiten Weltkrieg auf dem betroffenen Gebiet befunden hatten, von denen drei durch die Brandhitze unkontrolliert explodiert sind. Wenn sie nun von Frankfurt nach Gießen fährt, braucht sie wesentlich länger, weil die Bahn einen Umweg machen muss. Die direkte Strecke wird noch Wochen gesperrt bleiben. Hunderte Anwohner aus den umliegenden Dörfern und vom Gießener Stadtrand sind evakuiert worden. Sie denkt an die leerstehenden Gebäude in dem ehemaligen Industriegebiet, wo die Notfallstation war. Sie hat gelesen, dass die meisten dieser Menschen dort untergekommen sind. Sie leben jetzt ungefähr so wie sie. Mit dem Unterschied, dass es für einige nur vorübergehend sein wird. Nur für jene, die nicht versichert sind, wird es dauerhaft sein. Und diejenigen, die reich sind, können es sich leisten, eine Weile im Hotel zu bleiben und sich in Ruhe nach neuen Häusern und Wohnungen umzusehen. So wie die Frau, die sie gerettet hat. Die Frau, über die sie eigentlich nicht nachdenken will. Harriet hat so viele Meldungen über diesen Brand verfolgt, wie ihr möglich war, aber über die Frau konnte sie nichts weiter erfahren. Einmal noch war sie nach dem Klavierunterricht in das Hotel gegangen, in der Hoffnung, sie dort zu sehen, aber sie hatte sie nirgendwo entdeckt. Vielleicht war es besser so.

Ihr Zimmer in dem Bankentower ist gar nicht so klein, dreißig Quadratmeter, vielleicht war es mal ein Besprechungsraum. Vor allem ist es aber ihr eigenes Zimmer. Andere haben ihre Zelte und Schlafsäcke in den ehemaligen Großraumbüros platziert, weil sie dort direkten Zugang zu Küche und Toiletten haben. Harriet muss erst ein gutes Stück den Flur entlang bis zum nächsten Klo, und es gibt nur eine kleine Kochzeile, die sie sich mit allen anderen in diesem Flügel teilen muss, aber das ist für sie in Ordnung. Die Stadtverwaltung hat ihnen Tagesrationen an Strom und Wasser zugeteilt, alle müssen sparsam sein. Wer dabei erwischt wird, zu viel zu verbrauchen, bekommt von den anderen Ärger oder wird bei der Stadtverwaltung angeschwärzt und fliegt raus. Manchmal führt es zu Handgemengen. Meistens ist der Strom gegen Abend aufgebraucht. Harriet lädt deshalb ihr Telefon immer morgens als Erstes. Sie geht davon aus, dass es alle so machen. Der Akku ihres neuen Telefons hält viel länger durch, obwohl sie es viel häufiger benutzt als das alte. Noch ein Vorteil.

Harriet besitzt ansonsten nicht mehr als eine Matratze, einen Tisch, einen Klappstuhl, einen Garderobenständer, an dem ihre wenigen Kleidungsstücke hängen, daneben stehen drei Paar Schuhe. Vor kurzem hat sie ein altes Sofa am Straßenrand entdeckt und mit Hilfe zweier Mitbewohner hier raufgeschleppt, was ein ziemlicher Stress war, weil natürlich die Aufzüge nur funktionieren, wenn ein Antrag gestellt wird, und dann muss man mit etwas Pech noch eine Zusatzgebühr zahlen. Sie haben die Schlepperei über den ganzen Tag verteilt und zwischendurch Leute auf den anderen Stockwerken besucht. Die Wände sind nackt, sie hat nichts, was sie aufhängen könnte. Aber es würde auch nur von dem Blick über die Stadt ablenken. Sie schaut zwar nicht auf den Main, dafür aber nach Nordwesten in Richtung Taunus.

Hier im 19. Stock wird es im Winter schneller kalt, und es heizt sich ab dem Frühjahr schneller auf. Natürlich sind auch alle Klimaanlagen abgeschaltet, aber es lässt sich aushalten. Über die Jahre hat sie genügend Decken zusammengesammelt. In ihrem ersten Winter hier ist sie zum Schlafen runter in den Sockelbau gegangen und hat sich auch tagsüber meistens in den unteren Stockwerken aufgehalten, obwohl dort die Drogenabhängigen zu Dutzenden lagerten, aber jetzt hat sie sich auf die Temperaturen eingestellt. Ganz am Anfang hatte sie auch ein Zimmer nach Süden, sie dachte damals, der Blick auf den Main wäre ihr wichtig, aber die Südseite heizte sich zu schnell auf. Die einst vorgenommenen Renovierungen und Klimadämmungsmaßnahmen sind nicht auf die Temperaturen ausgelegt, die mittlerweile ab April herrschen.

Schon oft hat sie in den letzten Wochen daran gedacht, die Führerscheinchipkarte einfach aus dem Fenster zu werfen und mit jedem Stockwerk, an dem sie vorbeisegelte, Abschied von dem damit verbundenen Irrsinn zu nehmen. Aber sie kann das Ding nicht einfach wegschmeißen. Es ist Realität, es gehört zu ihr, sie weiß nur noch nicht, wie und warum. Es ist, als sei etwas aus einer anderen Welt, einem Paralleluniversum vielleicht, in ihre gerutscht. Die erste Zeit hat sie sich noch eingeredet, dass es eine Art Systemfehler sein musste. Irgendein Häkchen, das die Beamtin an der falschen Stelle gemacht hat. Aber das würde nicht erklären, warum sie am Tag des Waldbrands ohne nachzudenken Auto gefahren war. Hat sie sich diese Fähigkeit unbewusst irgendwo abgeschaut, in Filmen, bei anderen Leuten, die wenigen Male, die sie in den letzten Jahren in einem Auto mitgefahren ist? Oder früher bei ihren Eltern?

Die verrückte Idee mit dem Paralleluniversum reizt sie eine Weile. Sie sucht Artikel über Quantenphysik, versteht sie aber nicht wirklich. Sie findet etwas zum Thema Parallelwelt im Bereich der Psychologie, aber es bringt sie auch nicht weiter, schließlich ist diese beschissene Chipkarte echt, sie kann sie sehen und anfassen, andere Leute können sie ebenfalls sehen und anfassen. Das alles ist keine Form von Realitätsflucht.

Als sie eines Abends wieder nicht einschlafen kann und aus dem Fenster über den Taunus hinweg schaut – der Himmel ein dunstiges Hellblau, der längste Tag des Jahres war erst vor kurzem –, dreht sie den Gedanken einfach um: Was, wenn nicht der Führerschein aus einer Parallelwelt kommt, sondern ich in eine hineingeraten bin, in der ich einen habe? Dann würden meine Erinnerungen aus einer anderen Welt stammen.

Was war vor sechzehn Jahren? Damals hat sie mit ihren Eltern noch in München gewohnt, ihre Mutter war am Leben, ihr Vater hatte seinen Verstand beieinander. Ihr letztes Schuljahr vor dem Abitur. Ungefähr zu der Zeit musste ihre

Großmutter gestorben sein, die Mutter ihres Vaters. Eine zurückhaltende Frau, die sich fast nie einmischte, wenig Aufmerksamkeit forderte, früh ihren Mann verloren hatte und nie wieder eine neue Beziehung eingegangen war. Harriet versucht, sich an die Beerdigung zu erinnern, auf dem Waldfriedhof. Viele Nachbarn der Großmutter waren gekommen, ihre Freundinnen, in erster Linie ebenfalls alleinstehende Frauen, die sich zusammengefunden hatten, um sich gegenseitig zu unterstützen und einander Gesellschaft zu leisten. Hier und da fallen ihr Details ein, sie sieht einzelne Szenen wie Fotos vor sich. Was war noch? Die Galerie ihres Vaters – war es ein gutes oder ein schlechtes Jahr? Welche Ausstellungen liefen gerade? Keine Chance, sie weiß es nicht mehr sicher, aber sie sieht die Räumlichkeiten vor sich, im Schlachthofviertel, erinnert sich, wie eine Vernissage sich anfühlte, erinnert sich an ihren Vater, der Bürokram erledigte, herumtelefonierte, auf der Suche nach der nächsten großen Überraschung in der Kunstwelt. Ihre Mutter arbeitete als Professorin für Klinische Psychologie und Psychotherapie an der Uni München und reiste ständig für Vorträge oder Lehraufträge durch die halbe Welt. Und sie selbst? Welche Konzerte hat sie damals gespielt? Wahrscheinlich irgendein Klavierkonzert von Beethoven mit dem Schulorchester. Nein, Beethoven hatte sie schon ein paar Jahre früher eingeübt. Eher Ravel, G-Dur. Tschaikowsky? Je mehr sie versucht, die Ereignisse konkret zu fassen, desto verschwommener werden sie, ziehen sich mit Erinnerungen aus anderen Jahren zusammen, überlappen sich mit Bildern, von denen sie nicht weiß, ob es Erlebtes ist oder Fotografiertes. Früher, denkt sie, konnte sie sich an jeden einzelnen Tag ihres

Lebens erinnern. Jedenfalls war es ihr so vorgekommen. Und dann wird man älter und erlebt so viel, dass das Gehirn anfängt auszusortieren.

Sie merkt, dass sie sich die linke Hand reibt, die Narbe unterhalb des Ringfingers. Nein, das war später gewesen. Sie versucht, sich vorzustellen, wie sie mit einem Auto durch München fährt, sieht sich aber immer nur in der U-Bahn, in der S-Bahn, im Bus, der Tram. Sie versucht, sich an das Auto ihrer Eltern zu erinnern. Ihr Vater ist nie gefahren, aber ihre Mutter besaß einen Wagen. Welche Marke? Es ist so lange her und so unwichtig. Sich selbst sieht sie nicht in dem Auto. Blau war es. Es ist nicht das Auto in ihrem Traum, nach dem blauen hatte sich ihre Mutter ein neues gekauft, den späteren Unfallwagen, in dem sie starb. Das neue Auto war silbern. Im Traum ist es einfach irgendein zerdrückter Schrotthaufen.

Draußen auf dem Flur hört sie Stimmen. Es sind die beiden Männer, die vor zwei Monaten in den Raum nebenan gezogen sind. Bisher hat sie ihnen nicht mehr als Hallo gesagt. Aber sie hat den Eindruck, dass sich die beiden schämen, hier zu sein. Dass sie versuchen, sich selbst einzureden, es sei nur vorübergehend. Sie kennt das. Sie war am Anfang genauso. Mittlerweile ist sie seit fast fünf Jahren hier. Harriet steht auf und öffnet die Tür, ruft den beiden eine Begrüßung zu. Sie erstarren kurz, murmeln auch ein Hallo.

»Wollt ihr auch ne Tasse Tee, falls es noch Strom gibt?«, fragt sie betont gutgelaunt. Der Größere, er sieht aus wie Mitte vierzig, das dunkle Haar schon leicht angegraut, bedankt sich leise und lehnt ab. Der andere hat sich wortlos ins Zimmer verzogen. Harriet geht den Flur entlang zur Küchenzeile.

Tatsächlich gibt es noch Strom. Ein paar ihrer Mitbewohner aus diesem Stockwerk sitzen um ein paar Kerzen herum auf dem Boden und reden leise, laden sie aber nicht ein, sich zu ihnen zu setzen. Es sind die Jüngeren, die, die denken, dass es bald aufwärtsgeht und sie Jobs finden, von denen sie leben können. Sie haben gerade erst die Schule beendet und wohnen hier, weil sie keine Lust auf ihre Eltern haben. Für sie ist das alles ein Abenteuer, ein lustiges Intermezzo. Wir sprechen uns in drei Jahren, denkt Harriet. Der Wasserkocher gibt mittendrin auf, der Strom für den Tag ist verbraucht. Sie gießt das lauwarme Wasser über den Teebeutel und geht ohne ein Wort mit ihrer Tasse zurück.

Sie stellt sich an ihr Fenster, pustet unnötig auf den Tee und sieht nach draußen. Lässt ihre Gedanken umherirren, in der Hoffnung, dass sie ihren Platz finden werden. Versucht, sich vorzustellen, wie die Stadt ausgesehen haben muss, als Strom noch nicht so knapp war und nachts überall Straßenlaternen brannten. Sie kennt Fotos, Drohnenaufnahmen aus der Zeit, die nächtlichen Straßen der Großstädte wirken darauf wie Lavaströme. Jetzt sind nur die Häuser der Reichen beleuchtet, die eine eigene Stromversorgung haben, und die Gebäude, in denen auch nachts gearbeitet werden muss. Nach einer Weile, sie weiß nicht, wie viel Zeit vergangen ist, haben sich ihre Gedanken sortiert, und sie fragt sich, warum sie nicht schon vorher darauf gekommen ist: Natürlich muss sie nach München fahren und dieser Sache mit dem Führerschein auf den Grund gehen.

Sie wird sich ein paar Tage freinehmen. Eine Woche vielleicht. Freinehmen bedeutet, dass sie den Termin in Gießen bei den Bruckners verschiebt. Antonia wird sich freuen, eine Woche von ihr verschont zu bleiben, denkt Harriet. Freinehmen bedeutet außerdem, ihren Job als Türsteherin umzuorganisieren. Es kostet sie jedes Mal Überwindung, ihn als eigentlichen Job zu bezeichnen, aber dort bekommt sie ein regelmäßiges, wenn auch geringes Gehalt, Geld, um sich Essen zu kaufen, von dem man nicht sofort krank wird. Und Wasser. An manchen Tagen kann man das Wasser aus der Leitung nicht trinken. Dann erhält sie eine Warnung über eine der Katastrophen-Apps. Auch hier gibt es Hierarchien: Wer ein Telefon hat, weiß Bescheid. Die Leute im Erdgeschoss haben oft kein Telefon. Manche von ihnen sind schon an verunreinigtem Leitungswasser gestorben. Auch weil niemand aus den oberen Stockwerken es für nötig hält, die Warnungen nach unten weiterzureichen. Doch als sie selbst es einmal versucht hat, ist sie von den Leuten fortgejagt worden. Man unterstellte ihr, sie würde Lügen verbreiten. Als sie die Nachricht auf der App vorzeigte, hieß es, die Behörden verbreiteten nur Lügen. Der, der am lautesten auf sie eingebrüllt hatte, musste wenig später mit schweren Magen-Darm-Problemen ins Krankenhaus und kehrte nie wieder zurück. Seitdem traut sich Harriet nicht mehr, die Leute unten zu warnen. Ihr schlechtes Gewissen meldet sich manchmal noch deshalb.

Ihr eigentlicher Job also besteht darin, mehrere Schichten pro Woche vor einer der Luxus-Boutiquen im Luxuskaufhaus auf der Zeil zu stehen und den Leuten in der Schlange zu sagen, ob und wann sie rein dürfen. Das Gute an dem Job: Das Kaufhaus ist klimatisiert, und zwar das ganze Jahr über, rund um die Uhr. Es ist dreihundertfünfundsechzig

Tage im Jahr rund um die Uhr geöffnet, und dadurch, dass Harriet dort arbeitet, darf sie das Gebäude jederzeit betreten. Ihre Zutrittsberechtigungskarte erlaubt es ihr, sich dort fast überall aufzuhalten, solange sie niemanden stört. Natürlich darf sie dort nicht übernachten oder offensichtlich herumlungern. Manchmal, wenn sie eine der späten Schichten hat und in den frühen Morgenstunden fertig ist, schleicht sie sich in die Personalduschen, und wenn sie allein ist, duscht sie lange und heiß. Wenn sie sonst dort duscht, dann nur kurz und lauwarm, weil sie nicht möchte, dass die anderen Kolleginnen über sie reden und sie am Ende vielleicht noch ihren Job verliert. Im Arbeitsvertrag steht ausdrücklich etwas von »verpflichtet sich zu ressourcenschonendem Verhalten am Arbeitsplatz«.

Das Luxuskaufhaus hat auch eine Luxus-Lebensmittelabteilung, die sie in den ersten Wochen gemieden hat, weil sie wusste, dass sie sich dort nichts leisten kann. Mittlerweile schlendert sie gern über die Fläche, saugt den Duft auf, genießt den Anblick der Speisen. Außerdem wird ihr manchmal etwas verbilligt mitgegeben. Wenn das Haltbarkeitsdatum überschritten ist zum Beispiel. Oder wenn jemand von den dort Arbeitenden (die den doppelten Stundenlohn bekommen, plus Trinkgeld) gerade in Spendierlaune ist. Oft genug passiert es auch, dass etwas nicht abgeholt wird, obwohl es bezahlt ist. Gerade am frühesten Morgen ist oben wenig los, und nach so einer langen, heißen Dusche spaziert sie besonders gern dort herum.

In der Kosmetik- und Parfümabteilung ist man hingegen geizig. Dort bleibt nie etwas liegen, nie fällt auch nur ein kleines Pröbchen für sie ab. Sie vermutet, dass diejenigen, die dort arbeiten, alles, was möglich ist, mitgehen lassen, um es online oder im Bekanntenkreis zu verkaufen. Sicher weiß sie es aber nicht. Von der Damenmode hält sie sich fern. Wer dort arbeitet, ist üblicherweise so perfekt und geschmackvoll gekleidet, dass sie sich noch schäbiger fühlt als sonst, und nichts, was dort zum Verkauf steht, ist für sie erschwinglich, nicht einmal im Sale. Sie muss lange sparen, um sich ein halbwegs passables Kleidungsstück in einem Secondhandladen kaufen zu können. Gleichzeitig ist sie dazu gezwungen, korrekt gekleidet zu sein, weil saubere Kleidung ohne Abnutzungserscheinungen bei ihrem Türsteherinnenjob erwartet wird.

Wahrer Luxus bedeutet für sie allerdings etwas ganz anderes als Kleidung oder Parfum. Und dieser wahre Luxus befindet sich im fünften Stock. Dort gibt es nur Musikinstrumente. Es mag daran liegen, dass sogar Leute, die es sich leisten können, im Luxuskaufhaus zu shoppen, hier und da Strom sparen wollen, jedenfalls sind neuerdings besonders die großen Konzertflügel sehr begehrt, anstelle von E-Pianos. Vielleicht ist es aber auch nur eine Mode, und die Leute stellen sich die Flügel in ihre Villen, weil es gut aussieht. Es gibt außerdem einen Bereich für Streichinstrumente und einen für Holz- und Blechblasinstrumente, man findet teure Akustikgitarren, aber die Flügel dominieren eindeutig die Fläche. Und Harriet hat einen Deal mit der Abteilungsleitung: Sie darf spielen, wenn nichts los ist, und im Gegenzug stimmt sie die Instrumente. Ein kleiner Aushang enthält ihre Kontaktdaten, falls die Kundschaft eine Klavierstimmung braucht.

Sie weiß, dass sie keinen besseren Deal bekommen wird,

und sie weiß auch, dass sie niemals auf besseren Instrumenten spielen wird. Deshalb sitzt sie manchmal nachts eine Stunde an einem der Flügel. Und deshalb nimmt sie die Kehrseite ihres eigentlichen Jobs in Kauf: die Kundschaft.

Der Gedanke, ein paar Tage dieser Kundschaft nicht begegnen zu müssen, lässt sie in guter Stimmung einschlafen.

7

Zwei Personen unterhalten sich. Oder drei? Es ist ein großer Raum, die Beleuchtung grünlich-gelblich-beige, alles hat diese Farben. Sie sieht sonst nicht viel, weil sie die Augen kaum offen halten kann.

»Mir ist schlecht«, flüstert sie, ohne zu wissen, ob es jemand hört. Sie kann nicht richtig sprechen. Ihr Hals brennt, fühlt sich an, als hätte sie Rasierklingen verschluckt.

Es nähert sich jemand, eine Krankenpflegerin, und stellt ihr eine Schale neben den Kopf.

»Da kann nicht mehr viel kommen.«

Harriets Magen hebt sich, sie hustet und spuckt etwas grünliche Flüssigkeit in die Schale.

»Sag ich doch. Da kommt nicht mehr viel.«

Sie hat eine Kanüle in der Armbeuge. Ein Mann verbindet sie mit einem dünnen Schlauch. Ihr Blick folgt dem Schlauch zu einem Beutel. Die Flüssigkeit darin ist dunkelrot.

»Was macht der Hals?«, fragt er.

Harriet versucht zu antworten, krächzt nur.

»Das dauert noch«, sagt er.

Sie will fragen, was passiert ist, es kommt wieder nur Gekrächze.

»Was los war? Magenspülung. Wollen Sie wissen, wie das abläuft? Ja?«

Sie nickt.

»Wir stecken Ihnen einen dicken Schlauch in den Hals bis runter in den Magen, pumpen Flüssigkeit rein, und die läuft dann durch denselben Schlauch wieder raus. Dann kommt die nächste Ladung, und immer so weiter, bis alles raus ist. Sie hatten ne Tablettenüberdosis, nehm ich an? Da werden Sie jetzt noch ne Weile beduselt sein.«

Harriet stöhnt.

»Überdosis und hoher Blutverlust, deshalb die Transfusion.« Er sieht Harriets Überraschung. »Das hier ist eine Blutkonserve.« Sie versteht immer noch nicht. »Okay, Sie sind noch zu beduselt, um sich zu erinnern. Sie haben sich ins Bein geschnitten. Mal was anderes als immer nur die Handgelenke.«

Auf seinem Namensschild steht Andriy. »Die Ärztin kann Ihnen nachher mehr sagen. Ich soll nur dafür sorgen, dass Sie wieder genug Blut haben.« Andriys Augen lächeln ihr aufmunternd zu. Er trägt Handschuhe, Mundschutz, ein Bandana. Sie kann nicht genau erkennen, wie alt er ist, aber sie glaubt, dass er auf die fünfzig zugeht.

»Danke«, kann sie schließlich sagen.

»Na, dafür bin ich doch da«, antwortet er und tätschelt leicht ihren Arm. »Geht's mit der Kanüle? Ja? Wenn Ihnen schlecht wird oder schwindelig, also mehr als sowieso schon, dann sofort melden. Wenn Sie Herzrasen bekommen oder Ihnen heiß wird, sofort melden. Okay?«

Sie nickt.

»Normalerweise passiert nichts.«

Sie nickt wieder.

»Hier ist die ganze Zeit jemand. Also keine Angst.«

Er geht, und sie versucht, sich umzusehen, zu begreifen, wo sie ist. Sie sieht nur verschwommen, hört aber Stimmen. Vielleicht ein anderer Patient. Ein Arzt. Der Pfleger, nur woanders im Raum. Er hat recht, sie ist hier nicht allein. Sie macht die Augen wieder zu.

Sie taucht aus tiefem Schwarz auf.

»Wir haben sie. Wir haben sie.« Es piept. Stimmen und Schritte und Hektik um sie herum.

Sie will das nicht. Sie will wieder zurück.

»Hierbleiben.« Jemand tätschelt ihr im Gesicht herum. Es nervt. »Hören Sie mich?«

Sie will das nicht. Es hört nicht auf zu piepen.

Flackerndes Licht. Sie bewegt sich, ohne sich zu bewegen. Es schaukelt. Ihr ist kotzübel. Sie will sterben. Sagt, dass sie sterben will, aber es kommt kein Wort aus ihr heraus. Sie sagt es nur in ihrem Kopf. Und lässt sich von der Dunkelheit einfangen. Dort, wo ihr nicht mehr schlecht ist, wo alles ganz leicht ist. Dort will sie bleiben.

»Nicht einschlafen«, sagt jemand. »Bleiben Sie bei uns.«

Aber einschlafen ist genau das, was sie jetzt will. Alles hinter sich lassen. Nie mehr aufwachen. Das ist das Beste, was ihr passieren kann. Warum soll sie bleiben.

»Nicht einschlafen. Harriet, hören Sie mich«, sagt jemand. »Harriet, hallo. Sie müssen bei uns bleiben. Geben Sie mir ein Zeichen.«

Sie scheißt drauf, ein Zeichen zu geben. Sie will das alles nicht.

»Bitte, machen Sie die Augen auf. Hallo?« Eine Hand in ihrem Gesicht. Sie merkt, dass sie wütend wird, weil sie schlafen will. Sie öffnet kurz die Augen. Vor ihr sieht sie das Gesicht der Frau, die sie vor dem Waldbrand gerettet hat.

Kein Licht, nirgends. Nur Dunkelheit. Sie ist müde und wird immer müder. Ihr Gehirn flüchtet sich in Bilder und Szenen, sie glaubt, Stimmen zu hören, versteht aber nichts. Es ist kalt, ganz tief in ihrem Körper, aber sie ist viel zu müde, um sich zu bewegen, um etwas dagegen zu tun. Sie weiß, dass es gleich vorbei sein wird, die Müdigkeit, das Frieren, es wird für immer vorbei sein, dann hat sie ihre Ruhe. Mehr will sie nicht. Genau das will sie.

Harriet weiß, dass sie gleich stirbt.

Mit einem Keuchen reißt sie die Augen auf. Ihr Herz rast, sie ist vollkommen verschwitzt. Sie tastet nach Streichhölzern und Kerze, setzt sich im fahlen Lichtschein aufrecht hin und versucht zu verstehen, was sie gerade im Traum gesehen hat.

Falls es ein Traum war. Es fühlte sich an wie eine Erinnerung.

8

»Kann es sein, dass man einfach so wichtige Teile des eigenen Lebens vergisst?«, fragt sie die Neurologin.

Dr. Nazari sieht sich die Aufnahmen von Harriets Gehirn an. »Hier ist alles in Ordnung«, sagt sie. »Organisch lassen sich keine Schädigungen oder Veränderungen erkennen. Und auch die Testbögen, die Sie ausgefüllt haben, geben keine Hinweise darauf, dass Sie eine Hirnschädigung haben.«

Okay. Das sind gute Nachrichten, denkt Harriet. Irgendwie. Und irgendwie doch nicht. »Aber was ist es dann? Werde ich langsam verrückt? Oder bin es schon? Mein Vater, ich hab es Ihnen vorhin erzählt …«

»Darauf weist ebenfalls nichts hin«, sagt die Ärztin und überlegt. »Extremer Stress könnte so etwas ausgelöst haben. Oder eine PTBS. Waren Sie mal in psychotherapeutischer Behandlung?«

»Das ist lange her. Warum?«

»Weil es Methoden gibt, traumatische Erinnerungen abzuschwächen, damit man besser mit ihnen leben kann. Es kommt tatsächlich vor, dass einige Erinnerungen komplett gelöscht werden. Aber das, was Sie erzählen … Wenn Sie nur die Führerscheinprüfung vergessen hätten, würde ich es noch verstehen. Wäre es in Ordnung, wenn ich mich mit einigen Kolleginnen und Kollegen bespreche?«

»Ja klar.« Sie schluckt. Fühlt sich wie ein hoffnungsloser

Fall. Sieht sich schon in einem Hörsaal vor hunderten Studierenden stehen, während die Professorin sagt: »Diese Patientin können wir uns noch gar nicht erklären, deshalb stellen wir Sie Ihnen als Forschungsobjekt zur Verfügung.«

»Traumatische Ereignisse prägen sich üblicherweise sehr genau in unser Gedächtnis ein und werden nachträglich kaum verfälscht. Andererseits ist es aber auch möglich, dass aufgrund anhaltender traumatischer Erfahrungen sogar ganze Lebensabschnitte in der Erinnerung verfälscht werden, und zwar gründlich. Nur sehe ich da den Zusammenhang mit dem Führerschein nicht ganz. Das ist doch ein eher bürokratischer Vorgang.« Dr. Nazari hebt die Schultern. »Wenn Sie sich mit Verwandten unterhalten, was in dieser Zeit geschehen sein könnte? Mit Freundinnen?«

»Muss ich wohl. Und das, was gestern Nacht passiert ist, was halten Sie davon?«

Dr. Nazari schüttelt den Kopf. »Ehrlich gesagt klingt das für mich nach einem Traum.«

»Aber es fühlte sich ganz anders an.«

»Manche Träume fühlen sich sehr real an.«

»Und ich kann mich sonst nie so im Detail an Träume erinnern. Außer an einen ...« Sie unterbricht sich.

»Sehen Sie?« Die Ärztin hebt eine Augenbraue. »Sie müssen sich eins merken. Erinnerungen sind extrem unzuverlässig, besonders die Details. Zeugenaussagen bei der Polizei oder vor Gericht sollten nicht nur meiner Meinung nach deutlich weniger Gewicht haben. Wenn man nicht sofort nach einem Ereignis ein Gedächtnisprotokoll macht, kann man sich nicht mehr auf das verlassen, was einem die eigene vermeintliche

Erinnerung vorspielt. Da hat man längst versucht, eine stringente Geschichte zu stricken, und die hat nicht immer was mit der Realität zu tun.«

Harriet starrt die Frau an. »So schlimm?«

»Schlimmer. Wie gesagt, vergessen Sie Details. Sie erinnern sich an etwas und sind überzeugt, dass es stattgefunden hat, als Sie fünf Jahre alt waren. In Wirklichkeit waren Sie aber sieben. Oder es ist gar nicht Ihre eigene Erinnerung, sondern das, was die Familie jahrelang bei Feierlichkeiten als Anekdote weitergetragen hat. Oder etwas, das Sie von Fotos her kennen, und Sie selbst waren vielleicht nicht einmal dabei. Es gibt verfälschte Erinnerungen, und es gibt komplett falsche Erinnerungen, aber das ist ein anderes Thema.« Dr. Nazari überlegt kurz. »Emotionen spielen beim Erinnern eine große Rolle. Was mit großen Emotionen verknüpft ist, prägt sich besser ein, aber das heißt nicht, dass es sich bis ins Detail korrekt einprägt. Und sicherlich ist Ihnen schon aufgefallen, dass Musik oder bestimmte Gerüche Erinnerungen auslösen können. Erinnerungen und Emotionen. Ich fürchte nur, dass Ihnen das alles gerade überhaupt nicht weiterhilft.«

»Keine Ahnung«, sagt Harriet leise. »Ich hab das Gefühl, komplett den Bezug zur Realität zu verlieren, wenn ich nicht bald herausfinde, was es mit diesem albernen Führerschein auf sich hat. Und das andere, gestern Nacht«, sie hält einen Moment inne, sieht die Ärztin an, die die Hände unterm Kinn gefaltet hat und mit zusammengezogenen Augenbrauen ihre Patientin anblinzelt. Die Zeit ist abgelaufen, sie hat mit ihrem niedrigen Versicherungsstatus kein Anrecht auf eine ausführlichere Behandlung. Sie muss froh sein, überhaupt diesen Termin samt Untersuchung bekommen zu haben.

»Bestimmt haben Sie recht, und es war nur ein Albtraum«, gibt Harriet klein bei. »Ich komme mir so albern vor.«

»Warum?«

»Weil ich denke, dass ich durchdrehe.«

»Sicher nicht. Sie haben Angst, so zu werden wie Ihr Vater, aber dafür gibt es im Moment keinerlei Anzeichen.«

»Und was soll ich jetzt ...«

Die Ärztin erhebt sich. »Versuchen Sie, sich zu entspannen. Es gibt bestimmt eine ganz einfache Erklärung.«

»Ich dachte schon an einen Datenbankfehler.«

»Zum Beispiel.« Dr. Nazari lächelt immer noch, aber mit Blick auf die Uhr, die über der Tür hängt. »Alles Gute für Sie.«

Es ist eine Gemeinschaftspraxis mit fünf weiteren Ärztinnen und Ärzten, entsprechend voll ist das Wartezimmer. Harriet versucht, nicht hineinzusehen, als wäre es eine Indiskretion. Sie konzentriert sich auf ihre Schritte, ihre Bewegungen, denkt immer wieder: Mit mir ist alles in Ordnung. Es geht mir gut. Den Praxishelfern am Empfang nickt sie freundlich zu, tritt auf den Flur, nimmt den Aufzug nach unten, atmet auf, als sie das Gebäude verlassen hat, obwohl es draußen so viel heißer und stickiger ist als in der Praxis. Die Stadt heizt sich schnell auf und kühlt nicht ab, egal, welche Gegenmaßnahmen sich das Amt für Stadtentwicklung und Klimaschutz überlegt.

Heute hat Antonia noch weniger Lust als sonst, was für Harriet bis eben kaum vorstellbar war, und tritt ständig gegen das Klavier. Wenn Harriet nicht aufpasst, tritt sie ihr noch gegen das Schienbein. Antonia sitzt auf der Klavierbank, Harriet auf einem Stuhl schräg neben ihr, und mit viel Geduld fragt sie die Zehnjährige zum wohl hundertsten Mal, was ihr denn gefallen würde, und sie bekommt die übliche Antwort, dass alles langweilig sei und keinen Spaß mache und ob sie jetzt bitte wieder gehen dürfe. Harriet bittet sie noch um ein paar Minuten ihrer Aufmerksamkeit. Nachdem sie es mit Mozart und den anderen üblichen Verdächtigen versucht hat, mit Popsongs und Musicals, mit Gershwin und Bernstein, zwischendurch aus Verzweiflung sogar mit Operettenmelodien und Volksliedern, und Antonia kein einziges Mal eine Regung gezeigt hat, spielt sie ihr atonale Kompositionen vor, und zum ersten Mal reagiert das Mädchen. Sie lauscht aufmerksam. Harriet reißt sich zusammen, um nicht frustriert zu seufzen. Also dann, Schönberg, Webern, Berg und wie sie alle heißen. Das Kind ist musikalisch gesehen eine überraschende Anomalie.

Finn zeigt sich begeistert über diesen gewaltigen Fortschritt. Er und seine Frau machen sich, wie er ihr anvertraut, schon seit Jahren Sorgen, haben reihenweise Tests mit dem Kind durchgeführt, Stichwort Autismusspektrum, Stichwort ADHS, was man eben so alles abklären muss, aber bisher haben sie keine eindeutige Diagnose. Er kann offen über sie sprechen, weil Antonia längst wieder auf ihrem Zimmer ist. Sie geht nicht gern raus, so viel hat Harriet schon erfahren, aber was das Mädchen allein treibt, ob sie liest oder am Computer hängt oder an die Decke starrt, hat sie bislang nicht herausbekommen.

»Spielen Sie mir etwas vor?«, fragt er, Hände in den Hosentaschen, mit einem freundlichen Lächeln. Nichts Anzügliches, kein Flirtversuch, soweit Harriet das beurteilen kann. Sie hat in der Woche nach dem Brand viel Zeit bei den Bruckners verbracht, weil diese sich beim Kauf des Klaviers offensichtlich nicht gut informiert hatten. Harriet hatte Filze erneuert, Hämmer abgezogen, Hebeglieder neu gerichtet, die Tastatur geradegelegt, die Dämpfung neu befilzt, alles gereinigt und gesäubert, hier und da noch weitere Teile ausgetauscht – sie hatte lange nicht mehr so viel an einem Instrument arbeiten dürfen und war glücklicher, als sie zugeben wollte. Zum Schluss hatte sie die komplette Brahms-Rhapsodie Nr. 2 gespielt, was ihr ein anerkennendes Kopfnicken von Alma und ein begeistertes Klatschen von Finn Bruckner eingebracht hatte. Damals schon hatte er sie gebeten, noch etwas zu spielen, sie hatte sich so euphorisiert gefühlt wie schon lange nicht mehr und mit Prokofjews Tokkata Opus 11 nachgelegt. Innerlich triumphierte sie, als sie noch beim Spielen bemerkte, wie Alma Bruckner in der Bewegung erstarrte und still lauschte.

Jetzt denkt sie über Ravel nach, Alborada del gracioso. Sie hat es über die letzten Monate im Kaufhaus immer wieder geübt, ist sich aber nicht ganz sicher, wie fehlerfrei sie es auswendig hinbekommen wird. Das sagt sie Finn Bruckner. Er winkt ab. »Glauben Sie wirklich, ich würde es hören, wenn Sie sich verspielen?«

Es läuft besser, als sie erwartet hat, sie spielt konzentriert und meistert ihre Angststellen, nur repetiert das Klavier nicht ganz so gut, wie es für das Stück nötig wäre, und sie überlegt noch beim Spielen, ob sie nicht doch noch mehr aus diesem Instrument herausholen kann. Das Stück ist etwas über sechs Minuten lang, und als die letzten Töne verklingen, hört sie, dass Finn ein seltsames Geräusch von sich gibt. Schnell fängt er an, laut zu klatschen. Sie macht im Sitzen eine spielerische Verbeugung, dann sieht sie ihn an und erschrickt. Er hat Tränen in den Augen und blinzelt heftig.

»So schlecht war's auch wieder nicht«, scherzt sie.

Finn wischt sich verstohlen über die Augen. »Meine Güte, Sie haben unglaublich viel Talent!«

»Das merken Sie heute erst?« Sie grinst ihn an.

»Natürlich nicht, aber – wow. Ich bin immer wieder völlig hingerissen. Was war das?«

»Ravel. Maurice Ravel. Das Stück ist von 1905, fast so alt wie das Haus hier.«

Er schüttelt den Kopf. »Nie gehört.«

»Der mit dem Bolero?«

Er zuckt hilflos die Schultern. »Sie sehen, von wem unsere Tochter ihr musikalisches Talent hat.«

Sie winkt ab. »Wie soll man auch alles kennen.«

»Können Sie noch was anderes von dem?«

»Sicher, aber ich müsste langsam los.«

Finn lässt sich auf einen Sessel sinken, der nicht weit vom Klavier entfernt steht. »Sie sollten Profimusikerin sein. Sie könnten auf Welttournee gehen.«

Jetzt lacht sie laut. »Das ist sehr nett von Ihnen, danke, aber da ist noch sehr viel Luft nach oben.«

»Im Ernst, hatten Sie nie vor, das zu studieren? Oder beruflich etwas damit zu machen?«

»Mach ich doch.«

»Nein, ich meine ... Sie wissen, was ich meine.«

Harriet überlegt, wie viel sie ihm erzählen will. Sie spricht nicht gern darüber. »Ich musste an der Hand operiert werden, das ging schief, ich bin jahrelang ausgefallen, und das war's dann mit der Profikarriere.«

Finn hat wieder Tränen in den Augen. »Nur wegen der Hand? Wie schrecklich«, sagt er leise. »Schrecklich.« Dann geht ein Ruck durch ihn hindurch, und er sagt mit fester Stimme: »Ich freue mich umso mehr, dass es Ihnen heute gut geht und Sie wieder ganz toll spielen können!«

Seine Ignoranz für ihre Lebensverhältnisse lässt sie auflachen, aber sie kennt ihn nicht gut genug, um abschätzen zu können, wie er reagieren würde, wenn sie ihn darauf hinweist, dass es ihr alles andere als »gut« geht. Dass sie sich nur aufgrund ihres geistlosen Jobs in einem Luxuskaufhaus, in dem sie jede Minute vorgeführt bekommt, wie arm sie ist, regelmäßig Essen leisten kann – nicht nur bei den Tafeln oder anderen sozialen Einrichtungen, sondern regelmäßig Essenskisten aus dem Supermarkt mit gerade abgelaufenen oder aus anderen Gründen nicht mehr zum Verkauf geeigneten Lebensmitteln, und gelegentlich auch mal etwas aus dem regulären Bestand der Frischeabteilung. Natürlich ist es qualitativ immer noch nicht so gutes Essen wie das, was Familie Bruckner im Kühlschrank und in der Vorratskammer hat, auch der Au-Pair und die Haushälterin werden sich sehr viel besser ernähren können als Harriet, und sie werden nicht verstohlen auf einem langen, kahlen Flur darauf warten müssen, wann die Toiletten frei sind oder die Waschbecken, falls sie endlich mal wieder Wäsche waschen wollen, Waschmaschinen gibt es nämlich keine in dem ehemaligen Bankentower.

Sie behält das alles für sich. Lässt ihn in dem Glauben, dass sie lacht, weil sie sich über sein Kompliment freut.

»Wirklich, sehr nett von Ihnen«, sagt sie und wirft sich ihren Rucksack über die Schulter.

»Wollen Sie nicht doch noch ein wenig bleiben? Meine Frau kommt gleich nach Hause, Sie könnten mit uns essen.«

»Das nächste Mal gern, aber jetzt muss ich wirklich los«, sagt sie und bedankt sich wieder. »Die Strecke ist immer noch nicht frei, der Zug braucht doppelt so lang.«

»Es tut mir sehr leid mit Ihrer Hand«, sagt er zum Abschied.

»Muss es nicht, Sie können ja nichts dafür«, sagt sie leichthin und winkt auf dem Weg zur Straße, ohne sich noch einmal umzusehen.

9

»Vielleicht sollte ich auch öfter Zug fahren, das klingt interessant«, sagt Xiaomeng, Harriets Kollegin und irgendwie auch Freundin. Xiaomeng ist eine leidenschaftliche Radfahrerin, die sich selten aus Frankfurt wegbewegt und mit der zusammen Harriet die Nachtschicht im Luxuskaufhaus hat.

Die Rückfahrt hat ewig gedauert. Es brannten wieder Wälder, aber diesmal standen sie, weil jemand aus der JVA in Butzbach ausgebrochen war. Die JVA hat eigentlich die höchste Sicherheitsstufe, trotzdem schafft es immer wieder einer der Insassen, sich aus dem Staub zu machen. Die anschließenden Verfolgungsjagden sind filmreif und häufig in Ausschnitten im Internet zu finden. Diesmal war der Flüchtige aus einem Waldstück gestürmt und knapp vor dem Zug über die Gleise gesprintet, verfolgt von keuchenden Vollzugsbeamten mit Suchhunden. Der Zug musste hart bremsen. Es kam eine Durchsage, für die sich aber kaum jemand mehr interessierte, weil die meisten die Jagd über das angrenzende Rapsfeld filmten. Als noch ein Hubschrauber auftauchte, war das Unterhaltungsprogramm perfekt. Warum der Zug letzten Endes fast eine Stunde stehen bleiben musste, wurde nicht bekanntgegeben.

Später hieß es, man habe den Flüchtigen einsammeln können. Noch später, es handele sich um einen dreiunddreißigjährigen Mörder, aber das war keine offizielle Mitteilung.

Auch dass der Flüchtige aufgeben musste, weil er von mehreren Bienen gestochen worden war und allergisch reagierte, war keine offizielle Mitteilung, verbreitete sich aber rasend schnell und würde tatsächlich im Laufe der Nacht von einigen seriösen Medien, die noch selbst recherchierten, bestätigt werden.

Harriet tut Xiaomengs trockene Bemerkung mit einem Schulterzucken ab.

»Gibt's endlich Regen?«, fragt Xiaomeng.

Harriet merkt erst jetzt, dass sie wieder die Narbe unterhalb des Ringfingers gerieben hat. »Schön wär's.«

»Meine Narbe juckt, wenn es Regen gibt.«

»Wow. Meine Narbe kann so was nicht.«

»Vielleicht hörst du ihr nicht richtig zu.«

»Besser, ich hör nicht so genau hin.«

Die beiden lachen. Sie haben sich nie gegenseitig nach ihren Narben gefragt, Narben haben ihre eigene Geschichte, und meistens ist es keine gute. Aber sie machen manchmal Witze darüber. Xiaomengs Narbe zieht sich vom Handgelenk bis fast zum Ellenbogen. Meistens trägt sie lange Ärmel oder Unterarmstulpen aus dünnem, schwarzem Stoff, um sie zu verbergen. Solange sie komplett schwarz tragen und nicht zu viel Haut zeigen, können sie hier nahezu alles anziehen, was sie wollen. Xiaomeng steht in der Hackordnung über Harriet, sie arbeitet schon länger hier und übernimmt wesentlich mehr Schichten als die meisten anderen. Sie ist außerdem für die Einteilung der Schichten zuständig und damit so etwas wie die Vorgesetzte aller, die dort als Security Dienst schieben. Es heißt, sie sei ehrgeizig und nehme ihren Job sehr ernst.

Harriet glaubt, dass ihre Kollegin so viel arbeitet, um nicht zu oft mit ihren Gedanken allein sein zu müssen. So wie Harriet manchmal mit ihren Gedanken nicht allein sein will. Die Narbe erinnert sie jeden Tag, aber Harriet denkt nicht gern daran. Und redet nicht gern darüber. Am liebsten würde sie das alles vergessen. Sie weiß, dass es Xiaomeng nicht anders geht.

In den Sommermonaten ist nachts manchmal so viel los wie tagsüber, besonders, wenn es draußen kaum abkühlt und Beton und Asphalt die gespeicherte Hitze nicht loslassen. Eine Gruppe aus fünf chinesischen Männern mittleren Alters fordert Einlass in die Boutique. Xiaomeng erklärt ihnen, dass sie warten müssen, und während die Männer warten, tippen sie auf ihren Telefonen herum, suchen auf der Homepage der Luxusmarke, was sie sich kaufen wollen, fragen Xiaomeng, ob diese Sachen auch wirklich hier vor Ort zu finden seien. Harriet muss kein Mandarin sprechen, um die Gespräche zu verstehen. Alles hier läuft nach den immerselben Mustern ab.

»Ich muss für ein paar Tage verreisen«, sagt Harriet, als die Männer für einen Moment Ruhe geben und still mit ihren Telefonen beschäftigt sind.

»Kein Problem«, sagt Xiaomeng und schaut sie prüfend an. Sie wartet, ob Harriet mehr erzählen will. Sie fragt nicht nach, warum sie wegmuss oder wohin. Sie fragt nur: »Wie lange?«

»Höchstens eine Woche.«

Xiaomeng nickt. »Klar.« Wieder wirft sie ihr nur einen langen Blick zu, wartet, und Harriet weiß, dass es okay ist, wenn sie nicht mehr sagt.

»Danke«, sagt Harriet.

Xiaomeng nickt.

Die Nacht verläuft ohne besondere Vorkommnisse. Harriet hat sogar Zeit, sich für eine halbe Stunde im fünften Stock an einen der Flügel zu setzen und ein wenig zu spielen. Xiaomeng erlaubt es ihr manchmal, wenn wenig los ist, und gegen vier Uhr, als der Himmel schon den Sonnenaufgang ankündigt, ist es schlagartig im ganzen Kaufhaus so gut wie leer. Die Verkäufer der Boutiquen im Erdgeschoss, wo sich der Luxus des Luxuskaufhauses noch einmal potenziert, fangen an, die Glasvitrinen zu wischen und die dezent verdeckten Kühlschränke mit den Champagnerflaschen für die exklusive Kundschaft aufzufüllen. Harriet ist meist nur im Eingangsbereich und nicht im Inneren der Boutique, wo die unbegreiflich teuren Handtaschen und Schuhe und Kleider wie Exponate in einem Museum inszeniert sind, dazwischen bequeme Sofas und Sessel und Beistelltischchen, denn irgendwo muss der Champagner serviert werden. »Unvermeidlich«, hat Xiaomeng vor längerer Zeit zu ihr gesagt, »dass du den Respekt verlierst.«

»Dazu müsste man welchen gehabt haben«, lautete ihre Antwort.

Xiaomeng gab zurück: »Ich meine nicht nur die Reichen. Ich meine die Menschen. Alle.«

»Ich auch.«

Xiaomeng konnte nicht wissen, dass Harriets Familie einmal zu den Reichen gehört hatte. Nicht zu diesen Superreichen, denen man in den Boutiqen im Erdgeschoss begegnet, aber das eine oder andere hier hätten sie sich schon leisten können. So wie Finn und Alma Bruckner, die hier im Kaufhaus auf Harriets Aushang gestoßen sind. Jedenfalls hat Harriets Familie in gewisser Weise dazugehört. Jetzt gibt es ihre Familie nicht mehr, und den Reichtum ebenfalls nicht. Woran sie selbst schuld ist.

Es hatte einige Jahre gedauert, bis die Bewegungsfähigkeit ihrer Finger zurückkam. Vielleicht wäre es schneller gegangen, wenn sie die notwendigen physiotherapeutischen Übungen wirklich täglich gemacht hätte, aber manchmal war sie so frustriert, dass sie wochenlang damit aussetzte. Was nicht mehr zurückkam, war das Gefühl im Ringfinger. Er blieb taub.

Als sie sich wieder ans Klavier setzte, spielte sie zunächst nur mit der rechten Hand, allerdings mit so viel Verbissenheit und Verzweiflung, dass sie eine Sehnenscheidenentzündung und einen Nervenzusammenbruch bekam. Ihre Eltern baten sie, sich etwas Ruhe zu gönnen. Und in dieser Zeit reifte in ihr der Entschluss, eine Ausbildung zur Klavierbauerin zu machen.

»Vielleicht ist es besser für dich, wenn du etwas Abstand gewinnst?«, fragte ihre Mutter.

Sie wüsste nicht, warum sie Abstand bräuchte. Klavierspielen hatte sie immer glücklich gemacht. Sich auf diese Weise mit dem Instrument zu beschäftigen, würde ihr gefallen, das wusste sie.

Ihre Mutter sah das anders. »Das hat doch keine Zukunft.«

Sie begann trotzdem mit der Ausbildung.

Die beiden zerstritten sich heftig. Ihr Vater hielt sich raus. Er entglitt fast unmerklich in seine eigene wirre Welt.

Wenige Monate später war ihre Mutter tödlich verunglückt. Sie hatten sich nicht mehr versöhnt, nicht mehr ausgesprochen. Testamentarisch war verfügt worden, dass das gesamte Vermögen für die Unterbringung von Harriets Vater in einem privaten Sanatorium für Demenzkranke verwendet und im Falle seines Todes der Rest für die Forschung auf diesem Gebiet gespendet wurde.

Harriet stand da mit nichts.

Und das war von jenem Moment an ihr Leben.

Es ist morgens um sechs, als Harriets Schicht zu Ende ist. Sie ist seit fast vierundzwanzig Stunden wach und muss runterkommen. Also geht sie nicht auf direktem Weg zurück in den Bankentower, sondern hinunter ans Mainufer. Sie liebt diese frühen Stunden am Wasser, wenn sie dort fast allein ist mit den Nilgänsen und den grünen Papageien und die Welt so klar und ruhig wirkt und mit sich im Reinen, dass Harriet es für diese paar Minuten fast glaubt. Sie setzt sich auf eine Bank, den Kopf zur Sonne gedreht, schließt die Augen und lächelt, einfach um zu lächeln, weil es gut tut, so wie die Sonnenstrahlen um diese Zeit gut tun, wenn sie noch nicht so sengend heiß sind.

Nach einer Weile steht sie auf und geht weiter. Als sie am Eisernen Steg vorbeiläuft, bemerkt sie den Mann. Er steht nur da, die Unterarme auf die Brüstung gestützt, die Finger ineinander verschränkt, starrt auf das Wasser des Mains. Es ist einer ihrer neuen Nachbarn, der ältere der beiden. Harriet geht die Stufen hinauf, stellt sich neben ihn auf die Brücke, ohne ein Wort zu sagen.

»Wir kennen uns doch?«, sagt er schließlich.

Sie nickt, sieht ihn aber nicht an, sondern weiter aufs Wasser. »Ihr wolltet keinen Tee.« Sie grinst.

»Oh! Natürlich, wir sind Nachbarn! Entschuldige. Ich bin Elias.«

»Harriet.«

»Wir sind noch nicht richtig angekommen, denke ich.«

»Es dauert.«

Er wirkt etwas unruhig, als wüsste er nicht recht, was er mit ihr anfangen soll. »Kannst du auch nicht schlafen?«

Sie erzählt ihm, dass sie gerade vom Arbeiten kommt und auf dem Weg ins Bett ist, schließlich auch von ihren Reiseplänen.

»Wollen wir mal zurück? Wir haben noch neunzehn Stockwerke vor uns.«

»Das hält vermutlich fit«, sagt Elias.

»Ich denke jeden Tag darüber nach, einen Schlafsack sehr viel weiter unten zu platzieren.«

»Aber wenn man erst mal oben ist und die Aussicht hat …«

Sie lacht. »Komisch, dass man sich daran nicht sattsehen kann.«

Elias schaut auf den Fluss. »Wird man weiter unten wirklich so oft ausgeraubt?«

»Ständig. Ab dem neunten Stock geht's aber.«

»Ab da war alles voll. Wohnen eigentlich über uns Leute?«

»Sehr wenige. Und ich glaube, ein paar von denen waren sehr lange nicht mehr draußen.«

Jetzt lacht er, und sie ist froh, dass sie ihn aufmuntern konnte.

»Na los«, sagt sie.

Als sie unter den Platanen am Nizza-Ufer entlanggehen, denkt sie: Eigentlich müsste die ganze Stadt Nizza heißen, nicht nur der Park. Und dann fragt sie sich, wie heiß es wohl jetzt in Nizza sein wird.

Bevor sie den Tower erreichen, sagt Elias leise zu ihr: »Danke.«

»Du bist nicht der Erste und Einzige, der drüber nachdenkt.«

»Kann man deshalb die Fenster im Tower nur kippen?«

»Ganz genau. Und aufs Dach kann man auch nicht.«

Elias bleibt stehen. Er sieht sie nicht an, als er fragt: »Hast du auch schon mal dort gestanden, auf der Brücke?«

»Natürlich. Am Anfang jede Nacht. Aber ich habe mir jedes Mal gedacht: Wozu? Dann verpasse ich doch was!«

Wieder muss Elias lachen. »Und? Was hättest du verpasst?«

»Jeden einzelnen Tag. Egal, wie scheiße er auch sein mag, aber irgendeinen Mist lernt man dann doch immer dazu.«

Als sie sich auszieht, streicht sie mit dem rechten Daumen über die andere Narbe. Die am linken Oberschenkel, sie ist lang und dünn. Sie hat Elias nicht angelogen. Sich umzubringen war und ist für sie keine Option, dazu ist sie tief im Inneren viel zu neugierig darauf, was vielleicht doch noch in diesem Leben geschehen könnte. Vielleicht hat sie aber auch einfach nur Angst davor, was der Tod bringt. Natürlich ist sie arm, und sie lebt in einfachsten Verhältnissen, besitzt nichts und hat keinerlei Aussicht auf Veränderung. Und trotzdem ist da etwas in ihr, das nicht aufgeben will, das die Hoffnung auf etwas vollkommen Unvorhergesehenes nicht missen will. Harriet ist fest davon überzeugt, dass sie einfach nicht der Typ ist, der sich das Leben nimmt.

Aber damals, als sie nicht mehr spielen konnte, dachte sie, ihr Leben sei vorüber. Damals war alles voller Schmerz und Wut, und dann folgte eine schwarze Leere. Wollte sie alles beenden? In dem Traum war ihr der Magen ausgepumpt worden. Der Pfleger hatte etwas von hohem Blutverlust gesagt. Dass sie sich ins Bein geschnitten hatte.

Sie hört die Stimme ihrer Mutter. »Du bist an einem Stacheldrahtzaun hängengeblieben. Du hast dich durch einen Bauzaun gequetscht, auf ein Grundstück mit einem Abrisshaus. Dabei hast du dich verletzt.«

Sie sieht es vor sich, wie sie über ein verwildertes Grundstück mit einem verfallenden Haus läuft, ein Stück Draht über ihren Oberschenkel ratscht und Blut herausströmt.

Sie sieht es vor sich, wie sie in einem Auto sitzt, mit einem kleinen, scharfen Taschenmesser über ihr Bein ratscht und Blut herausströmt.

Harriet weiß nicht, welche Erinnerung stimmt.

10

Südlich des Mains, etwas abseits der Kennedyallee, befindet sich ein Sanatorium für Menschen, die ihre Erinnerung verlieren. Gelegentlich auch ihren Verstand. Es ist ein weitläufiges Gelände mit mehreren Gebäuden, großzügigen Gärten, Beschäftigung und Betreuung für diejenigen, die dort ihre letzte Heimat haben – manchmal nur für ein paar Wochen, manchmal für Jahrzehnte. Hier wurde an alles gedacht, an eine Bushaltestelle, von der niemals ein Bus abfahren wird, an das Café, das rund um die Uhr geöffnet hat, und an einen kleinen Laden, der analoges Lesematerial im Sortiment hat. Niemand kann unbemerkt durch das Haupttor hinein oder hinaus, andere Zugänge gibt es nicht. Die Mauern und Zäune sind hoch, die Überwachungskameras und Alarmanlagen dezent.

Obwohl das Sicherheitspersonal am Haupteingang Harriet seit Jahren kennt, wird sie jedes Mal aufs Neue überprüft. Sie muss ihren Ausweis einlesen, ihr Telefon abgeben, durch den Körperscanner gehen. Manchmal, wenn sie es aushält, kommt sie mehrmals im Monat. In letzter Zeit muss sie sich zwingen, wenigstens einmal alle vier Wochen zu erscheinen.

Sie geht den gewundenen asphaltierten Weg entlang zum Hauptgebäude, in dem sich das Zimmer ihres Vaters befindet. Vorbei an der Bushaltestelle und der Telefonzelle, in der wie so oft Herr Çelik steht, den Hörer in der einen Hand, mit der anderen in einem Telefonbuch blätternd. Er wirkt hochkonzentriert. An der Rezeption steht einer der Pfleger, der hier gefühlt schon immer arbeitet. Er nickt ihr freundlich zu und sagt ihr, wo sie ihren Vater findet. Sie geht raus zum kleinen Teich, seinem Lieblingsplatz. Dort sitzt er gern und zeichnet, oder er fotografiert mit einer alten Kamera, die keinen Speicherchip hat. Einmal hat sie ihm einen mitgebracht, aber er war nervös geworden, als er Fotos im Speicher fand, an die er sich nicht erinnern konnte. Harriet hatte den Chip schnell aus der Kamera entfernt und ihn in den Teich geworfen.

Heute hat er eine Staffelei aufgebaut und benutzt Zeichenkohle. »Immer noch keine Farben?«, fragt sie.

Er sieht sie an und lächelt. Sie erkennt an seinem Blick, dass er nicht weiß, wer sie ist. »Sie müssen noch viel lernen, aber deshalb sind Sie ja hier. Holen Sie sich irgendwo einen Stuhl und schauen Sie mir zu. Am Anfang lernt man durch Beobachtung am meisten.« Harriet gehorcht und nimmt sich einen der Gartenstühle, die um einen kleinen Eisentisch herum stehen. »Wissen Sie, das ist meine geheime Superkraft. Ich bringe die Motive zum Leuchten, obwohl ich keine Farben benutze!« Er klingt großspurig, und sie weiß, dass er dahinter seine Unsicherheit verbirgt. Die Ärztin hat ihr erklärt, dass ihm seine Orientierungslosigkeit bewusst ist. Dass er oft nicht versteht, wo er ist und wer die anderen sind. Er versucht, diesen Zustand zu kompensieren. Harriet soll einfach mitspielen, damit er Sicherheit verspürt. Im Moment glaubt er offenbar, wieder als Dozent an der Uni zu arbeiten und Kunststudentinnen zu unterrichten. Sie kannte ihren Vater nur als Galerist. Den Künstler hat sie erst in den letzten Jahren kennengelernt. Aber wenn er der Künstler ist, weiß er nicht mehr, dass er eine Tochter hat. Er hält ihr ein Kohlestäbchen hin.

»Ich kann das nicht«, sagt sie.

»Das sind nur die Grundlagen«, erklärt er. »Das kann nun wirklich jedes Kind lernen. Worauf es dann später ankommt, ist, in sich die eigene Kunst zu finden. Verstehen Sie? Das hier«, er wedelt mit der freien Hand herum, »ist noch keine Kunst. Das ist nur das Handwerk.«

»Zeigst du mir deine Kunst?« Sie bringt es nicht über sich, ihn zu siezen.

»Heute nicht. Heute machen wir Grundlagenarbeit.«

»Schade.« Sie rückt den Stuhl etwas zur Seite, um tiefer im Schatten eines Baums zu sitzen, dann lehnt sie sich zurück und sieht ihm dabei zu, wie er mit den Fingern die Hintergründe verwischt, mit sicheren Strichen Schilf und Bäume zeichnet, die beiden Schwäne auf dem Wasser, wie er die Kohlestifte wechselt und nicht merkt, dass er sich das weiße Haar und die Stirn beschmiert, wann immer er ungeduldig eine Strähne zurückstreicht. Es ist, als würde sie im Zeitraffer sehen, wie das Bild entsteht, so schnell und geschickt sind seine Bewegungen.

Ihr Vater, der Künstler. Deshalb hatte er immer unendlich viel Verständnis für das Talent seiner Tochter, für das Leiden und Zweifeln an manchen Tagen, die Euphorie und den Größenwahn an anderen. Harriet weiß bis heute nicht, was ihn davon abgehalten hat, als Künstler weiterzumachen. War es nicht die richtige Zeit für seine Kunst oder fehlte der kleine Funken Genialität in seinem Schaffen? Irgendwann hatte er offenbar entschieden, es nicht länger selbst zu versuchen, sondern anderen den Raum zu geben, andere zu entdecken und zu fördern.

Nach dem Umzug übernahm er eine Galerie im Frankfurter Bahnhofsviertel und war mit einem Schlag sehr viel erfolgreicher als jemals zuvor in München. Es war die Zeit nach den Operationen an Harriets Hand, die Zeit der Reha und der Verzweiflung, und wahrscheinlich weiß sie deshalb nicht mehr genau, wann es anfing mit dem Vergessen, wann er einige Teile seines Lebens verlor und aus anderen nicht mehr herausfand. Sie erinnert sich an schreckliche Szenen, wie er morgens davon spricht, ins Schlachthofviertel zu fahren, und nur verständnislos schaut, als sie ihm sagt, dass sie mittlerweile in Frankfurt wohnen. Wie er sie mit unsicherem Blick anschaut und fragt, ob sie denn heute schulfrei hat, und wütend wird, als sie ihm sagt, dass sie nicht mehr zur Schule geht.

Sein Bild ist fertig. Sie kann nicht anders, sie applaudiert. Er dreht sich zu ihr um und verneigt sich ein wenig.

»Grundlagen«, sagt er wieder. »Das ist nur das Handwerk.« Er sprüht Fixierspray auf das Bild und nimmt sich nun ebenfalls einen Stuhl, um sich zu ihr zu setzen. »Ich schenke es Ihnen. Wollen Sie es haben?«

Er hat ihr noch nie ein Bild geschenkt. Nicht einmal eine seiner Skizzen. »Du kannst es dir doch erst mal aufhängen«, sagt sie überfordert und lenkt ihn auf ein anderes Thema. »Ich fahre nach München. Vielleicht heute Nacht noch.«

»München!« Er wirkt jetzt verwirrt. »Wir sind doch ...«

»Natürlich. Wir sind in München.« Sie ärgert sich über ihren Fehler, auch wenn er gleich wieder vergessen wird, was ihn irritiert hat.

»Es gibt eine neue Philharmonie«, sagt er.

»Ja, die ist sehr schön.«

Er lacht. »Das ist doch noch eine Baustelle!«

»Dann wird sie bestimmt sehr schön.« Nun kann sie zeitlich genauer eingrenzen, wo er sich befindet.

»Bestimmt wirst du dort ein Konzert geben, wenn sie fertig ist.«

Sie schluckt, wechselt das Thema. »Wollen wir spazieren gehen?«

Manchmal bewegt er sich gern. Dann geht er das Gelände stundenlang ab, inspiziert jede Ecke, scheint gar keine Ruhe zu finden. Heute ist ein ruhiger Tag. Er schüttelt den Kopf. »Es ist so friedlich hier. Ich möchte ein wenig im Schatten sitzen bleiben.«

»Soll ich dir was zu trinken holen? Oder ein Stück Kuchen? Brauchst du was?«

Ihr Vater schüttelt den Kopf. »Haben Sie meine Medikamente dabei?«

»Nein, die brauchen wir erst später.« Die Sprünge ist sie gewohnt. Jetzt ist er wieder in Frankfurt, in diesem Heim, aber er erkennt sie immer noch nicht. »München«, sagt sie wieder. »Ich fahre hin. Ich war lange nicht dort.«

»Nein, sehr lange nicht«, sagt er. »Ich kann mich nicht erinnern, wann ich zuletzt dort war. Ich glaube, es war eine Beerdigung …«

»Du meinst Mamas Beisetzung, aber die war hier in Frankfurt.«

Er stockt. »Meine Mutter ist da beerdigt«, sagt er schließlich.

»Stimmt.«

Sie schweigen eine Weile.

»Muss ich dort Blumen gießen?«, fragt er verunsichert.

»Das macht eine Gärtnerei. Wir müssen uns nicht kümmern.«

Er nickt, wenig überzeugt. »Wann war ich denn zuletzt in München ...«

Sie sagt ihm nicht, dass es über zehn Jahre her ist.

»Fährt deine Mutter manchmal noch hin?«

Sie bekommt Gänsehaut, weil er jetzt weiß, wer sie ist, auch wenn er in der falschen Zeit steckt. »Nein.«

»Besucht sie mich morgen?«

»Bestimmt.«

»Sie hat sicher wieder viel zu tun.«

»Sehr viel.«

»Was willst du in München?«

»Ich muss ein paar Dinge erledigen. Es geht um meinen Führerschein.«

»Willst du den Führerschein machen?«, fragt ihr Vater. »Ich glaube, das ist nicht gut. Autofahren ist nicht gut.«

Sie starrt ihn an, folgt einem Impuls, nimmt seine Hand. »Papa, wie alt bin ich?«

Er sieht sie direkt an, dann wendet er schnell den Blick ab. »Was stellst du denn für Fragen.« Er zieht seine Hand zurück und verschränkt die Arme. »Deine Mutter wollte doch längst hier sein. Wo ist sie denn?«

»Papa, weißt du noch, woher ich die Narbe am Oberschenkel hab?«

Er sagt nichts. Er hat die Augen geschlossen, die Arme

immer noch verschränkt, und ignoriert sie. Oder weiß schon nicht mehr, dass sie da ist. Oder wer sie ist.

Manchmal hat er kurze klare Momente. Manchmal kann er etwas von früher erzählen. Manchmal ist er im Heute bei ihr. All diese Momente sind kurz und flüchtig, kostbar vielleicht, aber schneller vorüber als der Schatten einer Möwe, die sich mit dem Sturm davontreiben lässt. Meistens lebt er in einer Zeit, in der es sie noch nicht gab. Sie hört ein leises Schnarchen, ist unsicher, ob sie warten soll, es noch einmal versuchen. Sie steht auf und geht zur Staffelei, sieht sich die Kohlezeichnung aus nächster Nähe an. Das Fixierspray ist getrocknet, sie löst das Blatt und rollt es zusammen.

Als sie geht, spricht Herr Çelik in seiner Telefonzelle in den Hörer. Sie weiß, dass am anderen Ende der Leitung eine weibliche Stimme in ruhigem Tonfall sagt, dass die Person, die er zu sprechen wünscht, im Moment leider nicht erreichbar ist, er möge es später noch einmal versuchen. Herr Çelik wirkt etwas aufgebracht, während er versucht, mit der Bandansage zu diskutieren. Harriet spürt, wie ihr die Tränen kommen. Sie wischt sich mit dem Handrücken über die Augen.

»Brauchen Sie ein Taschentuch? Ich habe ein Taschentuch«, hört sie jemanden sagen. An der Bushaltestelle, von der niemals ein Bus abfahren wird, sitzt eine vielleicht neunzigjährige sportlich gekleidete Frau, sie trägt Wanderschuhe und hat einen Rucksack und Walkingstöcke dabei.

»Es geht schon«, sagt Harriet, »vielen Dank!« Sie wünscht ihr noch einen schönen Tag.

»Wir fahren in den Rheingau«, sagt die Frau, und Harriet kann jetzt nichts mehr antworten, sie hat einen Kloß im Hals, und ihr Gesicht ist ganz nass.

Zu Hause hängt sie das Bild auf. Unterwegs hat sie extra einen Rahmen dafür gekauft, in einer Schublade der Kochnische liegt Werkzeug, dort hat sie sich einen Nagel und einen Hammer geholt. Als es gerade hängt, merkt sie, wie sehr die Glasscheibe spiegelt, und sie geht einen Schritt zur Seite, um das Bild besser betrachten zu können. Jetzt erst fällt ihr auf, dass mit den beiden Schwänen etwas nicht stimmt. Ihre Schnäbel sind falsch, sind vorn nach unten gebogen. Harriet spürt wieder Tränen aufsteigen. Zu sehen, dass er selbst im Moment des Beobachtens nichts mehr richtig festhalten kann, tut ihr weh. Schnell wendet sie den Blick ab, packt das Nötigste für ein paar Tage in ihren Rucksack und schultert den Schlafsack.

11

Sie war seit fast fünfzehn Jahren nicht mehr in ihrer Geburtsstadt, aber sie hat auch nichts vermisst. Es gab keine Freundinnen aus der Jugendzeit, weil sie nie wirklich enge Freundschaften gepflegt hatte. Ihr Klavierlehrer, dem sie ihren ganzen Erfolg zu verdanken hatte, war verstorben, ihre Mutter hatte sie auf die Todesanzeige aufmerksam gemacht, sie im Arm gehalten, als sie weinte, mit ihr gemeinsam das Trauervideo im Internet angesehen, das ein Verwandter von ihm gedreht hatte. Einen glatteren Bruch hätte man sich nicht wünschen können. Kein Heimweh, keine Sehnsucht. Sie hat sich immer glücklich geschätzt, dass es so war und ist.

Wahrscheinlich kommt ihr diese Fahrt deshalb besonders absurd vor. Eine Reise in die Vergangenheit. Wo will sie anfangen zu suchen? Gibt es Leute, die sie wiedersehen könnte? Die ihren Erinnerungen auf die Sprünge helfen könnten? Oder soll sie einfach ein paar Orte ihrer Kindheit besuchen und sehen, was das mit ihr macht? Sie fühlt sich zunehmend unwohl. Vielleicht hätte sie doch nicht fahren sollen.

Aber sie wird es durchziehen, was kann schon passieren. Langsam formt sich ein Plan in ihren Gedanken: Damals gab es eine Fahrschule in Solln, dem Ortsteil, in dem sie aufgewachsen ist. Alle sind zu dieser Fahrschule gegangen. Dort wird sie anfangen, und wenn das zu nichts führt, kommt ihr vielleicht eine Idee, wo sie weitermachen soll. Sie braucht nur noch eine plausible Erklärung dafür, warum sie auf dieser seltsamen Suche ist. Aber wer weiß, ob das alles überhaupt nötig ist? Vielleicht würde es reichen, zu der Ausgabestelle für Führerscheine zu gehen und dort zu behaupten, es stimme etwas mit ihrem Datensatz nicht. Während sie darüber nachdenkt und aus dem Fenster schaut, wo nur ab und zu ein Lichtschein in der Ferne auszumachen ist, nickt sie ein.

Als sie wach wird, tut ihr der Nacken weh, und sie erinnert sich nur wage an die wirren Träume. Aber da ist dieses Gefühl, jemand sei neben ihr stehengeblieben und habe sie beobachtet, kurz bevor sie aufgewacht ist. Niemand sitzt neben ihr, sie hat zwei Plätze für sich, und auch auf der anderen Seite des Gangs sind beide Plätze leer. Sie steht kurz auf, wie um sich zu strecken, und dreht sich um. Eine große, blonde Frau verschwindet gerade auf einer der Toiletten. Wahrscheinlich ist Harriet davon wach geworden, dass jemand in dem spärlich besetzten Zug durch den Gang gelaufen ist. Sie setzt sich wieder hin, gähnt, merkt, dass sie sich eigentlich auch ein wenig darauf freut, in München anzukommen und sich die Orte ihrer Kindheit anzusehen.

Das bringt sie auf die Idee, sich auf der Homepage ihrer alten Schule umzusehen. Sie erinnert sich an das Intranet, von dem es hieß, ihre Zugangsdaten behielten auch nach dem Abschluss Gültigkeit, um auf den Bereich für Ehemalige Zugriff zu haben. Dort gab es Fotos von jedem Jahrgang und jeder Klasse, und jetzt will sie wissen, an wen sie sich noch mit Namen erinnert, und vielleicht, ganz vielleicht könnte sie doch mit jemandem Kontakt aufnehmen.

Nach einigem Herumprobieren muss sie einsehen, dass sie

ihr Passwort vergessen hat, aber das Intranet ist gnädig genug, ihr Ersatzfragen anzubieten, und die nach ihrem »Lieblingstier« kann sie sofort richtig beantworten. Nicht etwa, weil Ameisenbär tatsächlich ihr Lieblingstier war, sondern weil sie noch genau weiß, wie lustig sie den Namen, wie absurd sie das Tier damals fand. Niemand, davon war sie überzeugt, würde jemals Ameisenbär als Lieblingstier angeben. Oder es bei ihr vermuten.

Jetzt freut sie sich über so viel weise Voraussicht. Sie tippt sich durch die verschiedenen Kategorien, bis sie die Liste mit den Abschlussjahrgängen findet, sucht dort ihre Klasse, findet Fotos. Im Chemielabor, alle tragen weiße Kittel und grinsen breit. In der Sporthalle, alle in Trainingsanzügen mit Schulwappen, sie stehen gerade und ordentlich und blicken ernst. Auf einem Bild tragen alle festliche Kleidung, strahlen um die Wette, halten Urkunden in der Hand – es muss vom Tag der Zeugnisvergabe sein. Die meisten Gesichter erkennt sie sofort, auch wenn sie nicht alle Namen parat hat, aber das ist es nicht, was sie irritiert. Sie braucht eine Weile, um zu verstehen, was los ist: Sie ist auf keinem dieser Bilder zu sehen. Es ist ganz sicher ihre Schulklasse, ihr Jahrgang. Aber sie ist nicht auf den Fotos. Ihr Herz schlägt schneller, ein Gefühl von Unwirklichkeit macht sich breit, und sie weiß nicht, ob sie tatsächlich in diesem Zug sitzt, auf diesem Platz, in dem Sitz, sie muss die Armlehne fest umklammern, sie tastet nach der kühlen Fensterscheibe.

Ein Mann in der Uniform der Bahngesellschaft kommt mit einem Verkaufswägelchen vorbei und fragt sie, ob sie etwas zu trinken oder einen Snack möchte. Sie starrt ihn an, hat keine Ahnung, was sie antworten muss. Er geht weiter, drei Reihen hinter ihr greifen Leute dankbar zu.

Die fremden Stimmen verrauschen in ihren Ohren, aber langsam kommt sie wieder zu sich, tippt mit zittrigen Fingern alle möglichen Fotos an, sucht sich darauf, aber da ist sie nicht, obwohl sie die anderen Menschen erkennt, die Räumlichkeiten, einzelne Gegenstände, nur sie ist nicht da, als wäre sie ein Gespenst, das sich nicht fotografieren lässt, das unsichtbar bleibt. War sie jedes Mal krank? Oder hatte aus einem anderen Grund gefehlt? Aber die Bilder sind doch an unterschiedlichen Tagen aufgenommen worden. Sie liest die Namenslisten der Abschlussklassen durch, vielleicht ist ihr Name in die falsche Kategorie gewandert, aber da ist nichts. Auch die Suchfunktion spuckt keinen Treffer aus, als hätte es sie nie gegeben.

Dabei kann sie sich doch an alles erinnern. An die Themen der Abiturprüfungen. Wie sie bangen musste, weil in der schriftlichen Musikprüfung ausgerechnet die Wiener Schule der Moderne abgefragt wurde, nicht gerade ihr Lieblingsthema. Wie sie in der mündlichen Biologieprüfung mit dem Lehrer aneinandergeraten war, weil er seine Fragen ihrer Meinung nach nicht präzise genug formuliert hatte. Dr. Matuschek, sie weiß sogar noch seinen Namen, sieht genau vor sich, wie er vor Empörung platzt, wie die Beisitzerin aufspringt und zu schlichten versucht, kann sich an den Prüfungsraum erinnern, dass sie vom Fenster aus die Alpen sehen konnte, weil an dem Tag Föhn war, eine herrlich klare Sicht. Die Zeugnisvergabe sieht sie ebenfalls vor sich, wie einen Film: Ihre Eltern in einer der vorderen Reihen des Saals, wie sie bei der Überreichung applaudieren, wie sie sie hinterher in den Arm nehmen und ihr gratulieren. An die Abschlussfeier kann sie sich nicht erinnern, weil sie nicht dort war. Sie hatte sich nicht wohl gefühlt, ein leichtes Fieber, eine Sommergrippe. Sie weiß, dass sie nicht besonders traurig darüber war. Dann fällt ihr ein, dass sie einmal auch in Frankfurt das Abiturzeugnis in der Hand hatte. Sie kann sich an die einzelnen Benotungen erinnern. Sie sieht es bildlich vor sich.

Harriet geht zurück auf die Startseite und gibt dort ihren Namen ein. Jedes ihrer Schuljahre ist aufgelistet. Sie klickt sich durch die Liste, durch die Klassenfotos, wo sie sich auf jedem einzelnen wiederfindet. Ihr Name ist überall verzeichnet. Wie es sein soll. Nur nicht im Abschlussjahr. Es muss ein Datenbankfehler sein. Und bei den Fotos hat sie eben gefehlt. Sie weiß nicht mehr, warum, aber manchmal ist man eben krank. Vielleicht hat sie auch einfach geschwänzt, um Klavier zu üben. Das hat sie damals häufig gemacht. Langsam spürt sie, wie sie ruhiger wird, wie ihre Gedanken in geordnete Bahnen zurückfließen. Wie sich ihre Nackenmuskulatur entspannt und sie sich in dem Sitz zurückfallen lassen kann. Sie klickt weiter durch die Fotos, klappt die Kommentare, die manche darunter hinterlassen haben, aus, liest sie teils belustigt, teils verständnislos, erinnert sich an Namen und gemeinsame Erlebnisse, wen sie mochte und wen nicht, und als sie doch wieder bei den Fotos des Abschlussjahrgangs landet, liest sie unter einem:

Schade, dass Harriet nicht mehr hier ist.

Harriet, du fehlst uns!

Wo ist Harriet jetzt, weiß das jemand?

Hey Harry, falls du das irgendwann mal liest, meld dich doch!

Drückst du dich vorm Abi, Harriet? Ausgerechnet du?! Sind doch nur noch ein paar Monate!

In dem Stil geht es weiter, dann greift die Schulleitung ein und erklärt knapp:

Harriets Eltern lassen ausrichten, es gehe ihr gut. Von einer Kontaktaufnahme bitten sie derzeit jedoch, Abstand zu nehmen. Sobald sich dahingehend etwas ändert, geben wir Ihnen selbstverständlich Bescheid. Wir verstehen, dass Sie Ihre Klassenkameradin und Freundin vermissen und sich gern mit ihr gemeinsam auf den Abschluss vorbereitet hätten.

Harriet erreicht die Zugtoilette gerade noch im letzten Moment, bevor sie sich übergeben muss.

12

Sie sitzt in der U3 Richtung Fürstenried West. Im selben Wagen ist jemand, den sie kennt. Als er in Thalkirchen aussteigt, folgt sie ihm durch die kühle Nacht in Richtung Hellabrunn, über den Mühlbach, den Isarwerkkanal, die Isar. Harriet hat die Kapuze aufgesetzt, nicht nur weil es nieselt. Sie will nicht von ihm erkannt werden, noch nicht. Er geht nicht besonders schnell, telefoniert offenbar mit jemandem, bleibt einmal sogar stehen und schaut aufs Wasser, so dass sie sich im Schatten abseits der zu dieser Zeit heruntergedimmten Laternen verbergen muss. Außer ihnen beiden ist kaum jemand unterwegs, nur eine Person geht mit raschen Schritten auf der anderen Seite der Brücke in dieselbe Richtung. Harriet weiß, dass auch nachts Tiere aus dem Zoo zu hören sind, aber jetzt gerade ist es absolut still.

Beim Flamingo-Eingang erhöht sie ihr Tempo und holt ihn ein. Er dreht sich zu ihr um, braucht eine Sekunde, um sie zu erkennen, sagt ihren Namen.

Sie ballt die rechte Hand zur Faust und boxt ihm ins Gesicht. Zwischen den Fingern hat sie ihren Schlüssel. Er schreit, aber sie hört ihn nicht, sieht ihn nur, wie in einem Stummfilm. Er blutet im Gesicht. Sie rammt ihm das Knie zwischen die Beine, und als er sich krümmt, rammt sie ihm das Knie in den Bauch. Er stürzt zu Boden, sie tritt auf seine Brust ein. Sie trägt schwere Stiefel mit einer dicken Sohle. Sie kann sein Gesicht gar nicht mehr erkennen vor lauter Blut.

Es fühlt sich gut und richtig an.

Sie hört seine Rippen brechen. Dann seine Nase. Er spuckt Blut und bettelt, weint, aber sie macht weiter. Irgendwann ist er bewusstlos, rührt sich nicht mehr, und sie macht weiter. Tritt auf seine Hand, bis auch da die Knochen brechen, kniet sich auf ihn und schlägt mit der Faust in sein Gesicht, bis sie sein Blut auf den Lippen schmeckt.

Er regt sich nicht mehr. Er atmet nicht mehr. Es ist ihr egal. Sie steht auf, wischt sich mit dem Ärmel durchs Gesicht, streift die Hand an der Hose ab. In der Ferne hört sie Sirenen. Sie zieht sich die Kapuze tiefer ins Gesicht und geht über die Brücke zurück, aber nicht zur U-Bahn, sondern den Fußweg am Schmiedberg hinauf, dann links die Wolfratshauser Straße entlang, immer weiter, ganz in Ruhe, und hier wird ihr klar, dass sie nicht träumt. Dass sie sich erinnert.

Harriet reibt sich die Augen. Es ist früher Morgen, an der Isar herrscht schon geschäftiges Treiben. Jogger sind unterwegs, Yogagruppen machen ihre Übungen, Hunde werden ausgeführt. Rechts und links von ihr sieht sie weitere Schlafsäcke, ein Stück in Richtung Flaucher liegen welche um ein erloschenes Lagerfeuer herum, von der Party hat sie gestern Nacht aber nichts mehr mitbekommen. Sie wollte erst noch in einer Herberge fragen, ob es einen Schlafplatz für sie gibt, aber es war spät in der Nacht, als sie in München ankam, und sie war zu müde. Sie ist ein paar Stationen mit der U-Bahn gefahren und hat sich entschieden, an der Isar zu campieren. Die Nacht war warm, der Sternenhimmel spektakulär, und bevor sie eingeschlafen ist, hat sie daran gedacht, wie ihr Vater ihr einmal erzählt hat, dass die Städte früher so viel heller waren und man deshalb nachts nicht so viele Sterne sehen konnte. Vielleicht war es sogar genau hier gewesen.

Nicht weit vom Tierpark. Nicht weit von dem Ort, an den ihre Erinnerung sie geführt hat. Sie schüttelt sich, und die Sonnenstrahlen lassen die Bilder in ihrem Kopf zu Staub zerfallen. Also doch nur ein Albtraum, denkt sie. Natürlich nur ein Albtraum. Man vergisst nicht, dass man jemanden umgebracht hat.

Harriet rollt ihren Schlafsack zusammen, gießt sich etwas Wasser aus ihrer Flasche ins Gesicht, spült sich den Mund aus, wandert los in Richtung Solln, zu dem Haus, in dem sie aufgewachsen ist.

Unterwegs merkt sie, dass ihr die Bewegung guttut. Es ist noch nicht acht und bereits sehr warm. Ihre Gedanken ordnen sich im Takt ihrer Schritte. Entweder gibt es einige Missverständnisse in ihrer Vergangenheit, die bis heute ihre Schatten werfen, oder sie hat gewaltige Gedächtnisstörungen, durch die sie einiges vergessen hat und sich an Dinge erinnert, die nie geschehen sind. Die Anteilnahme der anderen aus ihrer Klasse, aus dem gesamten Jahrgang: Woher rührte die? Zu Schulzeiten war sie nur oberflächlich mit einigen aus ihrem Jahrgang befreundet. Sie hatte sich häufig selbst genügt, fand, dass die anderen sie sowieso nicht verstanden, und umgekehrt war man ihr auch nicht gerade mit besonderer Herzlichkeit begegnet, höchstens mit distanzierter Bewunderung, meistens mit Neid. Wieso dann diese ganzen Nachfragen, diese Botschaften, dieses *Wir vermissen dich*?

Und noch rätselhafter: *Harriets Eltern lassen ausrichten …* Nur dass sie ihre Eltern nicht mehr fragen kann. Aber jemanden von der Schule. Jemanden aus der Nachbarschaft. Mit jedem Schritt, den sie sich ihrer alten Heimat nähert, wächst in ihr die Sicherheit, dass sie herausfinden wird, was los ist.

Sie folgt eine halbe Stunde lang der Wolfratshauser Straße immer geradeaus in Richtung Süden. Hier ist kaum jemand zu Fuß unterwegs, die meisten fahren mit dem Fahrrad oder nehmen die Tram, an die sich Harriet erinnern kann: Sie wurde gerade neu geplant, als sie noch hier wohnte. Es sind kaum Autos unterwegs, und die wenigen, die hier fahren, schnurren leise und in gemächlichem Tempo an ihr vorbei. Wo früher noch Felder waren – hier hatte sie mit ihren Eltern Erdbeeren gepflückt, als sie klein war –, stehen nun moderne helle Hochhäuser mit großzügigen Balkonen, cleverer Fassadenbegrünung und Dachgärten. Auf Höhe des S-Bahnhofs Solln biegt sie rechts ab, benutzt die Unterführung, geht weiter durch die Diefenbachstraße, durch die ruhigen Straßen mit den großen Villen und den alten Bäumen, die ein ganz anderes Klima schaffen als das in der Frankfurter Innenstadt.

Und dann steht sie vor ihrem Elternhaus. Ihre Mutter hatte es verkauft. »Wir kehren nicht mehr zurück, und wir brauchen das Geld, du siehst doch, wie krank dein Vater ist.« Aber es sieht nicht so aus, als würde jemand darin wohnen. Das Gras steht hoch, Büsche und Hecken sind lange nicht geschnitten worden. Alle Fensterläden sind geschlossen. Auf der Terrasse an der Seite stehen keine Gartenmöbel, keine bepflanzten Blumenkübel, nur eine Schubkarre lehnt an der

Hauswand, daneben ein einsamer Übertopf. Es ist in all den Jahren nicht einmal neu gestrichen worden. Sie geht ein Stück am Zaun entlang, daran hängen mehrfach Hinweise auf eine Sicherheitsfirma, die das Objekt schützt. Kameras sind in gleichmäßigen Abständen installiert und folgen diskret ihren Bewegungen. Die Eingangspforte ist verschlossen. Harriet rüttelt daran, aber keine Chance, das Schloss gibt nicht nach. Am Pfosten ist noch die alte Klingelanlage installiert, es klebt ein Schild darauf: »Bitte nebenan bei Neumüller klingeln.« Am Briefkasten klebt ein ähnliches Schild: »Post bitte bei Neumüller abgeben«, und auch den Schildern ist anzusehen, dass sie dort nicht erst seit gestern hängen. Neumüller, das sind ihre Nachbarn, ein Ehepaar, etwas älter als Harriets Eltern, aber sie haben einen Sohn in ihrem Alter, der allerdings eine andere Schule besucht hat, ein stiller Junge, der zusammen mit seinen Eltern auf keiner Familienfeier, keiner Gartenparty fehlte. Harriet geht nach nebenan und klingelt, aber niemand öffnet. Sie klingelt wieder, wartet, nichts passiert. Aber als sie die Klinke des Eingangstors hinunterdrückt, lässt es sich öffnen. Sie betritt das Grundstück, ruft nach Frau Neumüller, nach Herrn Neumüller, bekommt keine Antwort. Früher hatten sie einen Hund, der hätte sofort losgebellt, wenn jemand das Grundstück betrat. Vielleicht haben sie wieder einen und sind mit ihm unterwegs.

Bei den Neumüllers ist alles akkurat gepflegt. Das Haus strahlt in frischem Gelb, die Fensterscheiben glänzen, die weißen Rahmen wirken wie neu lackiert. Harriet ignoriert die Villa und geht über die Wiese zu einem kleinen Tor in dem Zaun, der die beiden Nachbargrundstücke trennt. Es ist verschlossen, aber ein Stück weiter runter gab es eine kleine Lücke zwischen dem Zaun und einer Hecke. Sie ist noch da. Wer sie nicht kennt, sieht sie nicht, jetzt schon gar nicht mehr, weil sie zugewuchert ist. Harriet wirft Rucksack und Schlafsack über den Zaun und zwängt sich durch das Gestrüpp, durch die Hecke, zerreißt sich die Kleidung, zerkratzt sich Arme und Beine, flucht leise. Sie lässt ihre Habseligkeiten im hohen Gras liegen und steuert auf das Haus zu, betritt die Terrasse, wo die Schubkarre an die Hauswand gelehnt steht, rüttelt an Roll- und Fensterläden, bis das Holz des Klappladens vor dem Wintergarten mit einem Seufzen nachgibt. Das Ding hätte damals schon repariert werden müssen. Sie geht ganz nah an die Scheibe ran, schirmt die Augen mit den Händen ab. Im Innern des Hauses ist es dunkel, das einzige Licht dringt durch das Fenster, vor dem sie steht, und wegen der hohen, dicht belaubten Bäume ist es nicht allzu viel, aber sie kann etwas erkennen. Und obwohl sie geahnt hat, was sie erwartet, durchzuckt es sie wie ein Blitz: Sie schaut gerade fünfzehn Jahre zurück, in das Wohnzimmer ihrer Kindheit und Jugend, wo noch alle Möbel genauso dastehen, wie sie es in Erinnerung hat. Genauso wie an dem Tag, als sie das Haus für immer verlassen haben.

Nur dass sie sich an diesen Tag nicht erinnern kann. Das konkrete Ereignis, das Kofferpacken, das Verabschieden, die Abreise selbst – sie findet nichts davon in ihrem Gedächtnis. Lediglich Dinge, die später gesagt wurden, als sie schon in Frankfurt wohnten.

Da hat uns doch nichts mehr gehalten.

Ein Neuanfang ist eine große Chance für uns alle.

Wir können nicht mehr zurück, alles ist verkauft.

Ein glatter Schnitt, dazu gehören auch neue Möbel.

Was ist noch alles in diesem Haus? Ihr alter Flügel? Ihre Kleider?

Es war damals irgendwie logisch gewesen, ganz neu anzufangen. Wenn sie in ihrem neuen Zuhause nach etwas von früher gesucht hat, einem alten Buch, einer bestimmten Hose, egal was, dann hatte ihre Mutter gesagt: »Aber du hast doch lauter neue Sachen. Und wenn dir was fehlt, kaufen wir es einfach.«

Sie hatte auch gesagt: »Ich will nicht, dass du ständig an die Zeit vor den Operationen erinnert wirst, glaub mir, es ist besser so.«

Jetzt denkt sie: Vielleicht gab es da etwas, woran ich mich auf keinen Fall erinnern sollte.

Harriet sieht sich um, ihr Blick fällt auf den großen, verwitterten Übertopf, sie wuchtet ihn hoch und zerschlägt damit die Fensterscheibe.

Die Stille nach dem Lärm ist ohrenbetäubend. Sie steht ein paar Sekunden regungslos da, nimmt den schwachen muffigen Geruch wahr, der ihr aus dem Loch in der Scheibe entgegenschwebt. Dann klingt das Rauschen in ihren Ohren ab, und sie hört wieder die Welt, die sie umgibt. Vogelgezwitscher, einen Specht, Hundegebell in der Ferne.

Noch kann sie zurück. Was auch immer dort auf sie wartet, was auch immer vor fünfzehn Jahren geschehen sein mag, zurückgelassen wurde, vergessen werden musste, sie kann sich auf der Stelle umdrehen und gehen. An alles einen Haken machen und die Vergangenheit ruhen lassen. Dann kann sie sich eben an diesen blöden Führerschein nicht erinnern. An ihre Fahrstunden und die Prüfung. Dann bildet sie sich eben ein, dass sie ihr Abi hier gemacht hat, danach fragt sowieso niemand mehr, wozu sich darüber den Kopf zerbrechen? All diese Dinge haben sie in den letzten fünfzehn Jahren nicht interessiert, warum sollten sie es jetzt tun? Dann haben ihre Eltern sie eben angelogen, sie werden schon ihre Gründe gehabt haben. Wozu nach hinten schauen, die Gegenwart erfordert genug Aufmerksamkeit. Es ist ganz einfach. Sie muss sich nur umdrehen und gehen. Ihre Sachen einsammeln, zurück zum Bahnhof, zurück nach Frankfurt, als sei nichts geschehen.

Aber etwas in ihrem Kopf übernimmt ihren Körper und lässt sie durch das Loch im Fenster klettern. Sie schneidet sich die linke Handfläche auf, flucht leise, drückt mit der anderen Hand auf die Wunde. Sie hört das Reißen von Stoff. Ihre Shorts. Besser als der Oberschenkel, denkt sie. Unter ihren Füßen knirschen die Scherben. Im Wintergarten finden sich leere Blumentöpfe und ein paar Korbsessel. Sie geht ins Wohnzimmer, wo der riesige Esstisch steht, an dem zehn Personen Platz hätten. Eine dicke Staubschicht hat sich auf der Tischplatte abgesetzt. Sie fährt mit dem Finger hindurch, malt einen Kreis, bemerkt zu spät, dass Blut an ihrem Finger herabläuft. Ohne nachzudenken, wischt sie das Blut an ihrem Oberteil ab. Sie sieht sich um, geht wie selbstverständlich auf eine Kommode zu, öffnet sie und nimmt eine Stoffserviette heraus, die sie sich um die verletzte Hand bindet.

Dann öffnet sie eine Schublade, und noch eine. Kommoden- und Schranktüren. Geht rüber in die Küche, klappt erst einmal den Fensterladen zurück, um Licht zu haben, und öffnet dann auch da alle Türen und Schubladen. Man könnte sofort einziehen. Es ist noch alles da. Das silberne Besteck mit der Rosenverzierung, das teure Porzellan mit dem dezenten grauen Rand, die Kaffeemaschine, die gläsernen Untersetzer, Flaschenöffner und Korkenzieher, Auflaufformen, Pfannen, Tischsets, Blumenvasen, Dekanter, Wasserkaraffen, Kerzenständer, Topflappen ... alles.

Sie reißt den Kühlschrank auf, erwartet fast, ihn gefüllt zu sehen, aber er ist leer. Der Stecker ist gezogen. Sie drückt auf den Lichtschalter, nichts passiert. Dreht den Wasserhahn auf, es kommt nichts. Dann geht sie in den Flur, öffnet die Tür zum Gästebad, wo noch Handtücher liegen. Sie geht ans Ende des Flurs, dort ist das Musikzimmer, so nannten sie es damals. Harriet legt die Hand auf den Türknauf, dreht ihn. Die Tür ist verschlossen. Sie rüttelt am Knauf, wirft sich gegen die Tür, aber sie klemmt nicht, sie ist abgesperrt.

In diesem Haus waren die Türen nie verschlossen, wenn man von den Badezimmern einmal absieht. Warum hätte jemand das Musikzimmer abschließen sollen? Ihr Blick fällt auf das altmodische Schlüsselkästchen neben der Haustür. Darin ist ein Ring mit sechs, sieben sehr unterschiedlichen Schlüsseln. Sie nimmt ihn mit, geht zurück, prüft, welcher passen könnte. Aber keiner gehört zu dieser Tür. Sie sieht noch einmal in dem Kästchen nach, folgt dann einer Eingebung und durchwühlt die Kommodenschubladen im Wohnzimmer. Dort findet sie einen weiteren Schlüsselring, und diesmal ist der richtige Schlüssel dabei.

Mitten im Raum steht ihr alter Flügel. Ein schwarzer Steinway B-211, Baujahr 1967. Auf der Schutzhülle liegt natürlich ebenfalls dick Staub. Sie deckt ihn komplett auf, wirft die Schutzhülle auf einen Sessel. Dann macht sie auch hier die Fensterläden auf, an allen Fenstern, sie braucht das Licht, sie will das Instrument sehen, nach so langer Zeit. Dann öffnet sie die Tastenklappe und nimmt den Filzläufer herunter, faltet ihn bedächtig zusammen, legt ihn zur Seite. Während sie sich langsam auf die Klavierbank setzt, streicht sie vorsichtig mit den Fingerspitzen über die weißen Tasten, berührt sie dabei kaum. Sie steht wieder auf, um den Deckel zu öffnen, sieht in das Innere des Flügels, nimmt aus einer ebenfalls mit schwarzem Klavierlack überzogenen Kommode das Mäppchen mit ihrem Stimmwerkzeug.

Es ist wirklich noch alles da. Sogar ihre Noten liegen hier. Endlich nimmt sie sich die Zeit, den gesamten Raum in sich aufzunehmen. Lässt den Blick langsam über die gerahmten Konzertposter wandern, über das Foto von ihr, wie sie in der Isarphilharmonie zusammen mit den Münchner Philharmonikern spielt – damals war sie sechzehn, ihr Vater hat einen bekannten Fotografen gebeten, den Auftritt seiner Tochter zu dokumentieren.

Wahrscheinlich hat sie nicht gehört, dass jemand ins Haus gekommen ist, weil sie den Flügel angespielt hat. Jetzt stehen zwei Männer in dunkelblauen Uniformen mit dem Abzeichen der Sicherheitsfirma vor ihr. Sie haben ihre Pistolen gezogen und starren sie an, als sei sie ein Geist.

»Was machen Sie da?«, fragt der eine, er wirkt etwas jünger als sein Kollege.

»Ich wollte den Flügel stimmen«, sagt sie wahrheitsgemäß.

Ihre Stimme zittert, und sie hat die Hände hochgehoben, obwohl man sie nicht dazu aufgefordert hat.

»Sie brechen hier ein, um den Flügel zu stimmen?«

»Stehen Sie auf und gehen Sie von dem Klavier weg, Hände bleiben oben«, sagt der andere und klingt deutlich barscher.

»Flügel, nicht Klavier«, nuschelt Harriet und stellt sich hinter die Bank, die Hände hoch in die Luft gestreckt.

Von draußen ist die Stimme einer Frau zu hören. Der jüngere Mann dreht leicht den Kopf und ruft in den Flur: »Alles in Ordnung, aber warten Sie noch einen Moment!« Er geht zu Harriet, packt sie an den Handgelenken, fesselt sie hinter ihrem Rücken mit einem Kabelbinder.

»Sie können reinkommen!«, ruft er.

Eine ältere Dame, sehr gepflegt, sehr attraktiv, geschmackvoll gekleidet, tritt ein. Und sieht aus, als würde auch sie einen Geist sehen.

»Frau Neumüller«, sagt Harriet. »Ich hab geklingelt, Sie waren nicht da.« Ihr schlägt das Herz bis zum Hals, aber ihr wird klar, dass sie keine Angst mehr hat. Sie ist nur schrecklich aufgeregt, wieder hier zu sein.

»Lassen Sie die Frau los«, sagt Mila Neumüller zu den Männern.

»Kennen Sie sie?«, fragt der Ältere.

»Natürlich. Es ist alles in Ordnung.«

»Das ist nicht so einfach«, erwidert er. »Ich brauch was Schriftliches, und ich brauch die Personalien von der da. Allein schon wegen der Versicherung.«

»Das sollte kein Problem sein.«

»Aha. Und wer ist das?«

»Ich kenne sie, sie hat jedes Recht, hier zu sein«, sagt Frau Neumüller.

Der Mann schüttelt den Kopf. »Ich bin seit über zehn Jahren hier für das Haus zuständig, und noch nie …«

»Sie ist die Eigentümerin.«

»Das ist doch Quatsch!« Der Mann klingt gereizt. »Sie ist hier eingebrochen, das sehen Sie doch selbst.«

Frau Neumüller seufzt. »Ich zeige Ihnen die Unterlagen. Und jetzt machen Sie ihr um Himmels willen dieses Ding ab, damit sie sich richtig bewegen kann!«

Der Jüngere schneidet den Kabelbinder durch, packt sie aber fest am Arm und geleitet sie aus dem Haus. Harriet stolpert neben ihm her und wirft Mila Neumüller einen fragenden Blick zu. Diese nickt nur. »Harriet, willkommen zurück. Wir haben hier nichts verändert, wie man es uns gesagt hat.«

13

Mila Neumüller lebt schon seit ihrer Geburt in Solln, in genau diesem Haus. Sie hat es von ihren Eltern geerbt, genau wie die Aktienmehrheit an einem Pharmakonzern, der sich aus einem kleinen Familienbetrieb ihrer Großeltern, die mit einer bescheidenen Apotheke angefangen hatten, in den vergangenen Jahrzehnten zu einem international führenden Hersteller von Blutdrucksenkern, Entzündungshemmern und Virostatika entwickelt hat. Mila Neumüller arbeitete bereits als junge Frau auf der Managementebene, ihren jetzigen Mann lernte sie mit Anfang vierzig kennen. Sie haben einen gemeinsamen Sohn, Mirza. Soweit Harriet sich erinnern kann, waren die Neumüllers jedes Jahr im August zwei Wochen in Italien und im Januar zwei Wochen in Österreich, sie protzten nicht mit ihrem Reichtum und fielen niemals durch irgendwelche Skandale auf. Harriet glaubt nicht, dass sich in den vergangenen Jahren etwas daran geändert hat. Anders gesagt: Sie kann sich wenige Menschen vorstellen, die zuverlässiger und redlicher sind als die Neumüllers. Natürlich haben sie als ehrliche, aufmerksame Nachbarn einen Schlüssel zu Harriets Elternhaus. Aber nach fünfzehn Jahren ist es immer noch derselbe Schlüssel.

Die beiden Männer von der Sicherheitsfirma folgen Mila Neumüller in deren Haus. Der Jüngere lässt Harriet immer noch nicht los, tuschelt mit seinem Kollegen. Harriet hat keine Ahnung, was Mila Neumüller vorhat, und schweigt. Der Schnitt an ihrer linken Hand pocht, und die Stoffserviette blutet langsam durch.

Sobald sie in Mila Neumüllers Küche sitzen, deutet sie, immer noch schweigend, auf ihren Behelfsverband, und die Nachbarin holt einen Verbandskasten, löst die Serviette, desinfiziert die Wunde und legt einen neuen Verband an. »Ich glaube nicht, dass das genäht werden muss, aber ich schlage vor, dass wir nachher gleich in die Notaufnahme gehen«, Blick zu den beiden Sicherheitsmännern, »wenn wir diese Unannehmlichkeiten hier aus der Welt geschafft haben.«

»Sorry, aber wir müssen das überprüfen und ein Protokoll schreiben«, sagt der Ältere und scannt sorgfältig die Unterlagen, die ihm Mila Neumüller vorzeigt, mit seinem Telefon. Anschließend lässt er sich noch Harriets Ausweis zeigen und verabschiedet sich mit einem »Na gut, dann sehen wir mal weiter.« Sein Kollege nickt den beiden zum Abschied knapp zu und klopft Harriet auf die Schulter. »Nix für ungut, und gute Besserung.«

Harriet starrt irritiert auf ihre Schulter und entgegnet nichts.

»Kümmern Sie sich darum, dass jemand kommt, um das Fenster zu reparieren?«, ruft Frau Neumüller den beiden nach.

»Na was denken denn Sie«, brummt der Ältere. »Das ist mein Job.«

Erst als die beiden weg sind, sieht Harriet zu Frau Neumüller und sagt: »Entschuldigung. Es ist gerade alles ein wenig durcheinander.«

Mila Neumüller hat die Papiere, die sie den Sicherheitsleuten gezeigt hat, zurück in eine Aktenmappe gesteckt und will diese gerade weglegen, als Harriet sie davon abhält. »Was steht da eigentlich drin?«

Die Nachbarin zögert, setzt sich zu ihr an den Küchentisch und sagt schließlich: »Warum bist du hier?«

Harriet hebt die Schultern. »Lange Geschichte ... Aber ich dachte, das Haus sei verkauft worden. Und als ich es dann gesehen habe ... Es ist nie verkauft worden, oder?«

Kopfschütteln. »Deine Mutter hatte nie vor, es zu verkaufen.«

Mila Neumüller steht wieder auf, nimmt die Aktenmappe, legt sie dann unschlüssig auf die Küchentheke und setzt Wasser auf. »Auch einen Tee?« Sie wartet Harriets Antwort nicht ab. Offenbar kann sie besser reden, wenn sie dabei etwas zu tun hat. Oder ihr den Rücken zudreht. »Wie geht es deinem Vater? Unverändert?«

»Ich habe ihn gestern gesehen. Mal weiß er, wer ich bin, mal nicht. Und ich weiß nicht immer so genau, in welchem Jahr wir gerade sind.«

»Aber ist er dort gut untergebracht? Ich erkundige mich regelmäßig über diese Klinik. Sie macht einen guten Eindruck.«

»Wieso erkundigen Sie sich?«

»Nachbarschaftliche Fürsorge? Gepaart mit einem gewissen Berufsinteresse. Natürlich beliefern wir den Betreiber, es gehören europaweit mittlerweile über fünfzig Einrichtungen dieser Art dazu.« Sie klappert mit Geschirr. »Schwarz?«

»Gern.«

Mila Neumüller hantiert noch eine Weile herum, ohne etwas zu sagen. Dann setzt sie sich endlich wieder und stellt zwei Becher mit heißem schwarzem Tee auf den Tisch. »Lass ihn noch kurz ziehen.«

Harriet nickt, spielt mit dem Teebeutel herum, fragt sich kurz, warum eine so wohlhabende Frau so billigen Tee trinkt, und erinnert sich daran, dass es früher auch schon so war.

»Hat sie das Haus behalten, um eine Sicherheit zu haben, falls die Pflegekosten zu hoch werden?«

»Davon bin ich immer ausgegangen. Aber warum sie daraus ein Geheimnis gemacht hat, kann ich dir natürlich nicht sagen. Ich musste jedenfalls schwören, kein Wort zu dir zu sagen.«

»Und nun haben Sie es mir doch gesagt.«

Sie schweigen gemeinsam eine Weile, sehen sich dabei nicht an. Dann greift Mila Neumüller über den Tisch nach Harriets unverletzter Hand und drückt sie.

»Ich freue mich, dich zu sehen. Es ist so unglaublich lange her. Ein halbes Leben.«

Harriet nickt, mit den Gedanken noch bei ihrer Mutter. »Sie hat mir erzählt, dass sie es verkauft hat und alles darin auch. Ein Neuanfang, hat sie gesagt.«

»Ja, das war sicher eine große Belastung. Für euch alle.« Sie lässt Harriets Hand los. »War es die andere?«

»Ja.«

»Hast du noch …«

»Schmerzen? Nein. Nur das Taubheitsgefühl ist geblieben.«

»In Frankfurt war einfach die bessere Klinik für die weitere Behandlung.«

Harriet lächelt. »Darüber haben Sie sich damals wahrscheinlich auch informiert.«

»Natürlich! Deine Mutter hat mich ja gefragt, was ich darüber denke. Und dass sie dort dieses Jobangebot hatte, gerade zur rechten Zeit, hat euch auch sehr geholfen. Sie meinte zu mir, sie verdiene dort so gut, dass sie das Haus nicht verkaufen müsse, deshalb wolle sie es behalten, solange es geht.«

»Und ich hatte immer ein schlechtes Gewissen, weil wir wegen mir umgezogen sind.«

»Nein, nein, sie hatte doch dieses Angebot. Und in der freien Wirtschaft verdient man einfach sehr viel mehr als an der Uni. Lehre, ein bisschen Forschung, schön und gut, aber das war der richtige Schritt für sie.«

»Sie hätte mir das mit dem Haus sagen müssen.«

»Sie wollte keine Wunden aufreißen.«

Harriet sieht auf ihre verbundene Hand, lächelt kurz über die unbeabsichtigte Doppelbödigkeit dieser Bemerkung. »Immer, wenn ich von München gesprochen habe, sagte sie: ›Da gibt es nichts mehr für uns.‹«

»Sie hat es nur gut gemeint und wollte dich schützen.«

»Schützt man seine Tochter, wenn man sie mittellos zurücklässt?«, fragt Harriet.

Mila Neumüller weicht erstaunt zurück. »Du hast gar nichts?«

»Ich halte mich über Wasser.« Sie erzählt mit knappen Worten. Von der langen Zeit zwischen Krankenhäusern und Rehas und Therapiesitzungen; von der Verzweiflung, mit der sie versuchte, wieder so zu spielen wie vorher; von dem Entschluss, die Ausbildung zur Klavierbauerin zu machen, woraufhin ihre Mutter sie fallenließ; deren Unfalltod nur wenig später; und währenddessen der stille Rückzug ihres Vaters, das Verschwinden seines Verstands. Ganz kann sie die Bitterkeit nicht aus ihrer Stimme heraushalten. Sie erzählt, wie sie jetzt lebt.

»Wenn ich das gewusst hätte«, sagt Frau Neumüller leise. »Ich hätte längst versucht, dich zu kontaktieren.«

»Sie durften nicht.«

»Das wäre mir egal gewesen. Ich habe deine Mutter immer sehr respektiert, aber das heißt nicht, dass ich alle ihre Entscheidungen richtig finden muss. Schon gar nicht, nachdem sie schon so lange tot ist.« Mila Neumüller schweigt, denkt nach. Dann sagt sie: »Vielleicht wollte sie diese Entscheidung rückgängig machen, kam aber nicht mehr dazu.«

»Vielleicht.« Harriets Blick fällt auf den leeren Fressnapf und den vollen Wassernapf in der Ecke neben einer Glastür, die nach draußen auf die Terrasse führt.

»Und einen anderen Job als in diesem Kaufhaus bekommst du nicht?«, fragt Frau Neumüller.

»Keinen, der besser bezahlt ist.«

»Warum hast du nicht studiert?«

Harriet schüttelt den Kopf. »Weil sie mich nicht mehr genommen hätten. Ich spiele wieder gut, aber es wird nie wieder so gut wie früher. Und dann hatte ich kein Geld mehr, um zu studieren.« Und auch kein Abitur, denkt sie.

»Zu meiner Zeit gab es noch keine Studiengebühren«, sagt Mila Neumüller nachdenklich. »Nicht in der Höhe.«

Wenn alles noch unberührt ist, müssten sämtliche Unterlagen aus ihrer Schulzeit noch irgendwo sein ... »Wo ist eigentlich Ihr Mann?«

Frau Neumüller lächelt. »In seiner Praxis. Er wird sich

auch freuen, dich wiederzusehen. Ich muss ihn darauf vorbereiten, damit er keinen Infarkt bekommt!«

Herr Neumüller, gute zehn Jahre jünger als seine Frau und immer darauf bedacht, Haus und Garten in Schuss zu halten, als müsse er beweisen, dass er es verdiente, mit ihr verheiratet zu sein, führte er doch nur eine kleine Augenarztpraxis in Pullach. Seine Eltern hatten ihm keine Firma vermacht, aber genug Geld gegeben, damit er die kleine Stadt in der Provinz Punjab verlassen und in München Medizin studieren konnte, was ihm ein paar Jahre später das größte Glück seines Lebens beschert hat. Und offensichtlich hielt diese Glück bis zum heutigen Tag, zumindest wenn Mila Neumüllers Strahlen bei der Erwähnung ihres Mannes irgendetwas zu bedeuten hatte.

»Und der Hund?«

Erschrocken sieht sie auf die Uhr. »Den muss ich aus der Tierklinik abholen. Das hätte ich fast vergessen!« Und als sie Harriets Blick sieht: »Nur ein kleiner Eingriff. Man musste ihm einen Zahn ziehen. Willst du mitkommen?«

Harriet zögert. »Kann ich ins Haus?«

»Natürlich! Es gehört ja dir!«

»Das kann nicht sein, Frau Neumüller. Dann hätte ich Vermögenswerte und keinen Anspruch auf die Sonderleistungen, die ich bekomme.« Sie deutet auf die Aktenmappe. »Darf ich mir das ansehen?«

Mila Neumüller steht auf und reicht ihr die Mappe. Harriet überfliegt die Papiere. Natürlich gehört das Haus eigentlich ihrem Vater, und es ist verfügt worden, dass es im Falle finanzieller Engpässe bei seiner Pflege verkauft wird. Falls dies nicht nötig wird, darf es ausschließlich an Harriet vererbt werden. Außerdem findet sich eine Verfügung, die besagt, dass Harriet im Falle der Unzurechnungsfähigkeit ihres Vaters berechtigt ist, geschäftliche Entscheidungen für ihn zu treffen. Es ist noch ein Konto für die laufenden Kosten aufgeführt und eine Rücklage, falls unvorhergesehene Ausgaben entstehen. »Verstehe«, murmelt sie.

»Es ist noch an Strom und Wasser angeschlossen, ich muss nur alles zum Laufen bringen.« Mila Neumüller nimmt ihren Schlüsselbund und geht auf die Terrassentür zu. »Nimm deinen Tee mit. Es dauert einen Moment, bis das Wasser ordentlich läuft, und dann solltest du es auch erst abkochen. Nimm am besten auch meinen Wasserkocher mit, wer weiß, wie eurer von innen aussieht …« Sie lacht, und es klingt fröhlich. Sie wirkt, als hätte jemand eine dicke Schicht aus Staub und Spinnweben weggewischt und Sonne in einen Teil ihres Lebens gelassen, der längere Zeit im Dunkeln lag. Harriet kann sich gar nicht richtig erinnern, dass das Verhältnis zu ihrer Nachbarin so herzlich war. Aber jetzt umarmt diese sie ohne Vorwarnung und sagt leise: »Ich freu mich so sehr, dass du wieder da bist. Wir haben uns schreckliche Sorgen um dich gemacht.«

14

Als Erstes geht sie zurück ins Musikzimmer, zu ihrem Steinway, setzt sich auf die Klavierbank und schließt die Augen. Ihre Hände ruhen auf den weißen Tasten, ganz leicht, ohne sie herunterzudrücken. Ihre Fußspitze berührt das rechte Pedal, ebenfalls ohne es herunterzudrücken. Sie will ihn spüren, die Luft einatmen, die ihn umgibt. Dann wird sie ihn stimmen, und erst danach auf ihm spielen. Sie hat den Schnitt in ihrer Handfläche für diesen Moment vergessen. Später wird ihr bewusst werden, wie absurd sich alles spiegelt: Als sie zuletzt an diesem Flügel saß, war ihre linke Hand ebenfalls verbunden.

Jetzt denkt sie nur daran, wie sehr sie all das vermisst hat. Die Wohnung in Frankfurt war ganz anders gewesen als dieses Haus. Es fing schon damit an, dass es eine Wohnung war, ohne Garten, in einem Haus mit acht weiteren Mietparteien. Ihre Eltern hatten das Penthouse gemietet, mit Dachterrasse, Blick auf den Main und das Deutschherrnufer. Ihr kam es laut und eng vor. Wann immer sie das Haus verließ, war sie gestresst. Allein dass sie die ganzen Stockwerke hinuntermusste, vorbei an den Wohnungen so vieler fremder Menschen, sie wollte ihnen nicht begegnen, aber es war natürlich unvermeidlich, ständig hielt der Fahrstuhl, andere stiegen dazu, oder sie begegnete ihnen im Treppenhaus. In der ganzen Straße gab es nur solche Häuser, der schmale grüne Uferstreifen bot ihr nicht genügend Ausgleich. In der Wohnung selbst war es halbwegs erträglich, sie hatte ein großes Zimmer mit Blick auf den Main, aber jeden Tag, jede Stunde das Gefühl, dass das Haus anders atmete, einen anderen Herzschlag hatte, und diese Rhythmen taten ihr nicht gut.

Küche und Bäder waren hochmodern, das Mobiliar hell und geschmackvoll, ihre Eltern hatten sich größte Mühe gegeben, damit sie es schön hatten – und möglichst anders als in München. Die Penthousewohnung hatte eine Fläche von über zweihundert Quadratmetern, ausreichend Platz für ein Musikzimmer, und auch das hatten ihre Eltern bereits für sie eingerichtet. Auch das war anders. Mittendrin stand ein schwarzer Flügel, aber es war ein Bösendorfer. Ein Grand Piano 170VC. Großartiges Instrument, sicher. Nur hatte sie ihn sich nicht ausgesucht.

Sie wusste genau, wie undankbar das klang. Er kostete eine hübsche sechsstellige Summe, es gehörte sich nicht, auf ein solches Geschenk unwirsch zu reagieren. Deshalb sagte sie nichts, konnte aber nicht verhindern, dass ihr Tränen über das Gesicht liefen.

»Ja, er ist ein bisschen kleiner ...«, begann ihr Vater.

»Vierzig Zentimeter«, flüsterte Harriet.

»Aber der Raum hier braucht auch nicht so einen vollen Klang, wir haben uns beraten lassen.«

»Ihr hättet mich fragen können.«

»Und es hieß, Bösendorfer sei qualitativ mindestens so gut wie Steinway, vielleicht besser, und der hier ist wirklich brandneu!«

Harriet schüttelte fassungslos den Kopf. Sie näherte sich vorsichtig dem Instrument, klappte den vorderen Deckel zurück, drückte den großen Deckel nach oben und stellte die Stütze auf, öffnete die Tastenklappe, setzte sich auf die Bank und starrte auf die Tasten.

»Das ist nicht euer Ernst«, sagte sie schließlich und wischte sich das Gesicht trocken.

»Was denn?«

»Das ist die Silent Edition.«

»Ja.« Ihr Vater kam näher, legte eine Hand auf ihre Schulter, während ihre Mutter mit verschränkten Armen den Raum durchschritt. »Dann kannst du rund um die Uhr spielen. Wann immer dir danach ist. Ich weiß, das fühlt sich erst mal komisch an mit Kopfhörern ...«

»Mit Kopfhörern. Die habt ihr mir sicher auch schon ausgesucht.«

»Auf Empfehlung! Wenn dir etwas nicht passt, können wir sofort ...«

»Warum überhaupt einen Bösendorfer? Ein Yamaha hätte es auch getan. Ihr hättet viel Geld gespart.«

»Aber ...«

»Lasst ihn wieder abholen. Wenn mein Spiel sowieso nur noch lästig ist, tut es auch ein Yamaha. Wozu das teure Ding?« Sie stand auf, ohne eine Taste berührt zu haben, und ging in ihr Zimmer.

An diesen Vorfall erinnert sie sich noch sehr genau. Auch daran, dass sie sich nach einer Weile mit dem Bösendorfer angefreundet hatte und froh darüber war, wenn niemand sie hören konnte. Ihre qualvollen Übungen waren für niemandes Ohren bestimmt, und auch sie selbst hätte gern darauf verzichtet. Aber es war genau das richtige Instrument, um in kleinen Schritten mit der einen Hand zurückzufinden und mit der anderen in der Übung zu bleiben. Der Flügel hatte keine Vergangenheit, er war wie ein hochkomplexes Sportgerät zur Rehabilitation, und dass sie für andere nicht zu hören war, wenn sie es nicht wollte, gab ihr die Sicherheit, die sie brauchte, um Fehler zuzulassen.

Warum erinnert sie sich in dieser Klarheit an den Moment des Ankommens in Frankfurt, aber nicht mehr an den Abschied von München? Wie unzuverlässig Erinnerungen doch waren. Vielleicht hatte der Stress in jenen Jahren ihr Gehirn verformt? Sie beschließt, so schnell wie möglich mit ihrer Neurologin darüber zu reden. Oder sich am besten hier in München eine zu suchen. Eine zweite Meinung kann nicht schaden.

Als sie mit dem Stimmen fertig und leidlich zufrieden ist, sind zwei Stunden vergangen. Die Sonne steht hoch am Himmel, und als sie weitere Fensterläden öffnet und Luft hereinlässt, spürt sie, wie heiß es draußen ist. Im Nachbarsgarten bellt der Hund, er scheint den Zahnarzttermin gut weggesteckt zu haben. Sie hört Frau Neumüller mit ihm reden. Harriet geht in das obere Stockwerk, um auch dort Licht und Luft hereinzulassen und die Räume zu inspizieren. Ganz zum Schluss erst traut sie sich in ihr altes Zimmer.

Sie weiß nicht, ob es die Neumüllers oder ihre Eltern waren, die die empfindlichen Sitzmöbel mit Stoffplanen abgedeckt haben. In manchen Räumen liegt weniger Staub als in anderen, es scheint sich jemand regelmäßig um die Reinigung eines Teils des Hauses zu kümmern. Auch das Silberbesteck in der Küche ist längst nicht so stark angelaufen, wie man es nach fünfzehn Jahren erwarten würde. Die Betten im Schlafzimmer ihrer Eltern und in den Gästezimmern sind komplett leergeräumt, wo die Matratzen aufbewahrt werden, hat Harriet noch nicht herausgefunden. Das Bettzeug selbst lagert in Schutzhüllen gepackt in den Kleiderschränken. Die Schränke ihrer Eltern sind fast leer, sie erinnert sich, dass sie in Frankfurt durchaus Kleidung getragen haben, die sie schon vorher besaßen. Hier und da ist etwas geblieben, das nun ebenfalls in Schutzhüllen lagert oder an der Kleiderstange hängt, sie hat sogar ein paar Hutschachteln gefunden, in denen Kappen und Handschuhe ihres Vaters dämmern. Eine kaputte Uhr und abgelegter, wertloser Schmuck ihrer Mutter finden sich in einer Kommodenschublade, ebenso einige ausgetretene Schuhpaare beider Eltern. An den Wänden hängen Bilderrahmen, wie überall im Haus, manche sind leer, manche enthalten noch Fotos, die ihr Vater gemacht hat oder machen ließ, oder die Arbeit eines einst geschätzten, zuletzt dann wohl verschmähten Künstlers.

Während es in allen anderen Räumen so wirkt, als hätte jemand mit Bedacht ausgewählt, was zurückbleibt und was mitgenommen wird, ist ihr Zimmer fast komplett ausgeräumt. Keine Bilderrahmen, nicht einmal leere. Kein Schnipsel Papier, kein Stofffetzen, nichts. Die Schränke und Kommoden sind gähnend leer, das Bett wurde abgeschlagen und liegt in Einzelteilen übereinandergestapelt an einer Wand. Sogar der Leuchter wurde abgehängt, eine nackte Glühbirne steckt in der Fassung am Kabel.

Sie geht die Treppe hinunter, zurück ins Musikzimmer, wo sie jeden Quadratzentimeter nach Dingen absucht, die ihr gehören. Sie geht die Notenbücher durch, schlägt manche auf und blättert in ihnen. Lächelt, als sie die mit Bleistift eingetragenen Fingersätze ihres Lehrers sieht, die Markierungen und Anweisungen in stolzer, markanter Schrift. Alexej Mironow, einer der wichtigsten Menschen in ihrem Leben. Die Gestalt eines Balletttänzers, das ausdrucksstarke Gesicht eines Models, mit tiefschwarzen Haaren und stechend blauen Augen. Doch ihn interessierte nicht, wie er aussah oder wie andere ihn wahrnahmen, er interessierte sich nur für die Musik und schien ausschließlich von Kaffee zu leben. Wenn sie irgendwo einen Wettbewerb hatte und er sie begleitete, nahm er sogar eine eigene Thermoskanne Kaffee mit, für den Fall, dass es dort keinen geben sollte. Er war ihr Lehrer, seit sie sieben Jahre alt war. Ihre vorherige Lehrerin, eine nette Frau mit einem Doppelnamen, hatte sie an ihn vermittelt, weil sie merkte, dass ein so großes Talent eine besondere Förderung brauchte und sie selbst dem nicht gewachsen war, und Mironow brachte sie nur zwei Jahre später mit einem Klavierkonzert auf die Bühne, das von einem nicht unbedeutenden Orchester begleitet wurde und für Furore sorgte. Zu diesem Zeitpunkt hatte sie ohnehin schon einige Wettbewerbe für Kinder ihrer Altersklasse gewonnen, und von da an lebte sie für den dreimal in der Woche stattfindenden Unterricht bei Mironow. Er bestand darauf, dass sie sich die Noten in Papierform kaufte, von digitalen Noten hielt er nichts. Er wollte mit seinem Bleistift reinschreiben. Sie hatte immer einen Radiergummi, einen neuen Bleistift und einen Spitzer dabei, wenn sie zum Unterricht ging. Falls er wieder einen Stift durchbrach. Oder ihm der Radiergummi abhandengekommen war. Wenn er sich über etwas aufregte, neigte er dazu, mit seinen kräftigen, dünnen Fingern Radiergummis zu zerfetzen. Vor keiner anderen Lehrperson hatte sie solchen Respekt, vor niemand anderem solche Angst zu versagen, keinen Menschen verehrte sie mehr.

Sie merkt, dass sie immer noch still vor sich hin lächelt, und nimmt sich den nächsten Notenstapel vor. Nach und nach fallen ihr die Konzerte ein, die sie gespielt hat, wie alt sie war und wo sie stattfanden. In einer anderen Schublade findet sie ordentlich sortiert ihre Wettbewerbs-Urkunden, daneben einen Ordner mit Programmheften. Die Dokumentation endet wenige Monate nach ihrem siebzehnten Geburtstag. Was sie nicht findet, sind die Saint-Saëns-Noten für das 2. Klavierkonzert.

Sie schaut im Kasten der Klavierbank nach, aber auch dort sind sie nicht. Mit einem Seufzer lässt sie sich auf die Bank fallen und beginnt den stürmischen, fast gewaltsamen dritten Akt auswendig zu spielen. Warum sind diese Noten nicht zu finden? Sie hat es doch eingeübt. Erst als das Blut auf die weißen Tasten tropft, spürt sie den Schmerz der aufgerissenen Wunde. Sie hört schlagartig auf, wischt mit dem Saum ihres Oberteils über die Tasten, verschmiert das Blut aber nur. Sie steht auf und geht nach draußen, wo ihr Frau Neumüller schon entgegenkommt.

»Bist du verrückt? Deine Hand!« Sie hat sogar den Verbandskasten dabei und schiebt Harriet zurück ins Haus. Sie drückt sie in einen der Sessel im Musikzimmer, geht neben ihr in die Hocke und wiederholt, was sie vorhin schon in ihrer Küche getan hat: die Wunde desinfizieren, den Verband fest anlegen. »Ich hab gehört, wie du spielst, und erst habe ich mir nichts dabei gedacht, es war wie früher. Ich fand es wundervoll. Und dann ist mir das hier eingefallen.« Sie deutet mit ihrem Blick auf die Hand. »Harriet, was hast du dir dabei gedacht?« Jetzt sieht sie das Blut auf den weißen Tasten und stöhnt ungeduldig. »Du bleibst hier sitzen, hörst du? Ich kümmere mich darum.«

Die Nachbarin behandelt sie wie ein kleines Kind. Harriet lässt es geschehen, bleibt im Sessel sitzen, schließt die Augen, lauscht auf Frau Neumüllers Schritte, die in die Küche eilt, zurückkommt und vorsichtig das Blut von den empfindlichen Tasten wischt. Sie hört auch die Stimme Sanjay Neumüllers aus der Ferne an ihr Ohr dringen, befindet sich aber bereits im Halbschlaf. Als sie die Augen öffnet und in Herrn Neumüllers lächelndes Gesicht schaut, weiß sie nicht, wie lange man sie hat schlafen lassen. Er sitzt in dem Sessel ihr gegenüber, hat einen Arztkoffer auf dem Schoß und zieht sich gerade sterile Handschuhe über.

»Eine große Freude, Sie wiederzusehen!« Anders als seine Frau erkennt er an, dass sie erwachsen geworden ist. »Bevor wir gemeinsam essen, sehe ich mir Ihre Hand an.«

Harriet ist froh über diesen unbürokratischen Weg. Wer weiß, wer sie in der allgemeinen Notaufnahme nach mehreren Stunden Wartezeit zusammenflicken würde. Auch wenn Sanjay Neumüller Augenarzt ist, traut sie ihm zu, die Sache ordentlich über die Bühne zu bringen. Er sieht sich den Schnitt noch einmal genau an und bestätigt, was seine Frau vorher schon vermutet hat: Nur eine oberflächliche Verletzung, die stark blutet. Ihr wird in dem Moment klar, dass sie eine zweite Narbe auf der Innenfläche ihrer linken Hand haben wird. Diesmal nicht vom Finger ausgehend in Richtung Handgelenk, sondern quer durch die Mitte, entlang der Lebenslinie.

Die Neumüllers haben ihr geholfen, einen Schlafplatz auf dem Sofa im Musikzimmer herzurichten. In ihr Jugendzimmer wollte sie nicht, bei den Neumüllers ins Gästezimmer auch nicht. Sie haben zusammen gegessen, mit dem Hund gespielt, ihr wurde das Du angeboten und eine Menge von Mirza erzählt, der wie sein Vater Medizin studiert hat und inzwischen an einem finnischen Krankenhaus arbeitet. Obwohl ihm seine Eltern immer jeden Wunsch erfüllten und alles für ihn taten, war Mirza immer ein höflicher, zurückhaltender Junge gewesen, von dem es hieß, er würde eines Tages die Firma seiner Mutter übernehmen. Davon ist im Moment keine Rede, und Harriet fragt auch nicht nach. Sanjay hat ihr ein Schmerzmittel und eine Tetanusimpfung gegeben. Wahrscheinlich ist sie deswegen so schrecklich müde. Sie bedankt und verabschiedet sich von den beiden und legt sich auf das Sofa, den besten Schlafplatz, den sie seit vielen Jahren hatte. Es dauert nicht lange, bis sie einschläft.

Der alte Traum ist wieder da. Von der eisglatten Straße, ihrer Mutter und dem Autounfall, von dem LKW, der direkt in den Wagen fährt, in dem sie vor zwei Minuten noch saßen und aus dem sie, was nur im Traum möglich ist, unverletzt herausgekommen sind. Auch diesmal geht alles in Flammen auf, während ihre Mutter und sie vom Unfallort weggehen, und auch diesmal macht ihre Mutter ihr Vorwürfe.

Ein Detail aber ist anders, und diese Version des Traums ist neu: Harriet ist gefahren, sie hat den Unfall verursacht.

Als sie aufwacht, braucht sie zunächst ein paar Sekunden, um sich zu orientieren. Es ist stockdunkel und totenstill. Sie denkt erst, sie sei in Frankfurt in ihrem Zimmer im neunzehnten Stock, aber dort, wo sie das Panoramafenster wähnt, müsste sie den Sternenhimmel sehen, vielleicht den Mond. Sie spürt, dass sie nicht auf ihrer Matratze liegt, auch die Raumatmosphäre ist anders. Dann fällt es ihr ein. Kein Wunder, dass sie von ihrer Mutter träumt. Und dann auch noch mit der vollen Schuld konfrontiert ist.

Sie tastet nach ihrem Telefon, um nachzusehen, wie spät es ist: kurz nach Mitternacht. Sie fühlt sich zu wach, um weiterschlafen zu können. Auf nackten Füßen geht sie im Schein der Lampe ihres Telefons durch das dunkle Haus bis in ihr altes Zimmer.

Es ist ein Luxus, das Telefon jederzeit aufladen zu können. So viel Platz für sich allein zu haben, auch. Hat sie es vermisst? Hat es ihr gefehlt? Seit sie damals mit ihrer Ausbildung begonnen hat, lebt sie prekär. Harriet hat sich daran gewöhnt. Es ist eine Form der Freiheit, nur wenig zu besitzen. Keine Verantwortung, keine Verlustangst. Aber diese Freiheit hat einen Preis. Schlecht versichert zu sein. Schlecht versorgt zu werden. Schlechte Lebensmittel essen zu müssen. Aber wenn sie in der Zeit zurückgehen könnte, wenn sie sich noch einmal entscheiden könnte – würde sie sich dem Diktat ihrer Mutter unterwerfen?

»Du kannst noch nicht ausziehen. Du bleibst bei uns wohnen und lässt das mit der Ausbildung. Es muss doch reichen, dass du hier auf deinem Flügel spielen kannst! Du bist noch nicht so weit, um auf eigenen Beinen zu stehen. Du musst dich noch auskurieren.« Das waren ihre Worte, nachdem Harriet von ihrem Gespräch mit Steinway & Sons in Hamburg erzählt hatte, von ihrem Plan, sich dort am nächsten Tag vorzustellen, sie hatte sich schon einen Zug rausgesucht.

»Du wirfst mich raus?«, fragte sie entgeistert.

»Ja. Und es ist nur zu deinem Besten. Glaub mir!«

»Mich rauszuwerfen ist zu meinem Besten?«

»Dann wirst du schnell merken, dass du dich falsch entschieden hast. Bleib hier. Lass dir noch Zeit. Überleg es dir doch noch mal. Du bist noch nicht so weit!« Sie hatte den harten Ton gegen ein Flehen eingetauscht.

Harriet ließ sich nicht umstimmen. Sie fuhr nach Hamburg, erzählte, warum sie diese Ausbildung wollte, spielte vor und zeigte, dass sie einen Flügel stimmen konnte, und man stellte sie ein, ohne nach ihrem Schulabschluss zu fragen oder sich irgendwelche Unterlagen zeigen zu lassen. Man half ihr sogar bei der Wohnungssuche – damals schon war es nur ein Zimmer in einer der prekären Unterkünfte, aber sie glaubte, es sei nur vorübergehend. Sie bekam einen Kulturgutschein für Auszubildende, mit dem sie in Konzerte, Theater, Kinos und Museen gehen konnte, die Leute von der Werkskantine packten ihr für abends Essen ein, ihre Mitarbeit wurde geschätzt. Und sie als Mensch auch. Es war ein ungewöhnliches Gefühl der Zugehörigkeit. Nur in der Berufsschule fand sie keinen Anschluss. Niemand schien etwas mit ihr anfangen zu können, und so kam es, dass die Zeit dort der Zeit am Gymnasium in einem Punkt ähneln sollte: Man ignorierte sich.

Die Berufsschule forderte ihre Unterlagen direkt von ihrem Gymnasium an, weil ihre Mutter sich weigerte, ihr zu helfen, und Harriet ihre Zeugnisse nicht finden konnte. Niemand hatte damals auch nur ein Wort über ihr Abitur verloren, warum auch? Es war immer nur von »Schulzeugnis« die Rede gewesen. Für die Ausbildung war die Hochschulreife nicht relevant, der mittlere Schulabschluss nach der 10. Klasse hatte gereicht.

Morgen wird sie zu ihrer alten Schule gehen und alles klären. Sie wird sagen, dass sie beglaubigte Kopien ihrer Zeugnisse braucht. Dann wird sie es erfahren, und diese merkwürdigen Probleme werden sich in Luft auflösen.

Harriet spürt, dass innerlich etwas Ruhe einkehrt. Sie hat die Taschenlampenfunktion längst ausgeschaltet, sitzt wie früher auf der breiten Fensterbank ihres alten Zimmers und schaut hinunter in den Garten. Die Stille und die Dunkelheit geben ihr Kraft, vielleicht liegt es auch an der Umgebung, an der Magie dieses Ortes, an dem sie einst glücklich war. Sie stellt überrascht fest, dass sie sich aufgehoben fühlt. Das war es, was sie über die Jahre vermisst hat: nicht die Größe der Wohnfläche, nicht den Status, sondern das Gefühl, angekommen zu sein.

Zuhause zu sein.

15

Draußen im Garten bewegt sich etwas. Harriet ist auf der Fensterbank sitzend eingenickt, den Kopf an die Fensterscheibe gelehnt. Bis ein Geräusch sie geweckt hat. Sie reibt sich den verspannten Nacken. Die Mondsichel steht hoch am Himmel und spendet genug Licht, um draußen einen Schatten auszumachen. Erst denkt Harriet, es sei ein Tier. Aber es wäre ein sehr großes Tier. Eines, das aufrecht geht.

Die Gestalt huscht zum Geräteschuppen, rüttelt an der Tür, macht sich am Schloss zu schaffen. Nach wenigen Sekunden öffnet sie die Tür und betritt den Schuppen. Der Strahl einer Taschenlampe sucht alles schnell und systematisch ab. Ein paar Minuten vergehen, dann tritt sie zurück in den Garten, schließt die Tür hinter sich und eilt am Haus vorbei in Richtung Straße.

Harriet rennt zum Fenster im gegenüberliegenden Gästezimmer, sieht die Gestalt gerade noch durch das Tor auf die Straße huschen und Richtung S-Bahnhof verschwinden. Sie hört den Hund der Neumüllers bellen und hofft für ihre Nachbarn, dass das Tier nicht als Wachhund angeschafft wurde. Sein Vorgänger hätte längst die gesamte Straße zusammengekläfft.

Auf dem Weg nach unten schaltet sie jeden Lichtschalter ein, an dem sie vorbeikommt. Manche Glühbirnen funktionieren noch, andere sind kaputt, aber das Haus wird hell und vertreibt die Schatten, die Harriet im Nacken spürte. Die Haustür ist geschlossen, und als sie sie öffnet und sich das Türschloss von außen ansieht, bemerkt sie keine Einbruchsspuren. Es ist kein besonderes Sicherheitsschloss. Sie hätte die Tür von innen sichern, die Riegel vorschieben müssen. Ihr fallen die Türen ein, die von der Küche, vom Musikzimmer, vom Wohnzimmer aus nach draußen führen. Überall sind die Rollläden und Fensterläden offen. Freie Bahn für einen Einbruch. Sie hätte genauso gut Einladungen verschicken können.

Harriet geht alle Räume im Erdgeschoss ab. Keine beschädigten Fensterscheiben, außer der im Wintergarten, die der Sicherheitsmann mit einer Spanplatte gesichert hat. Die Spanplatte ist noch an Ort und Stelle. Keine offenen Türen nach draußen. Kein Hinweis darauf, dass jemand im Haus war. Zumindest auf den ersten Blick. Sie zieht ein paar Schubladen auf, alles scheint noch so zu sein wie zuvor. Die eine oder andere Schublade ist nicht ganz geschlossen, aber das könnte auch sie selbst gewesen sein. Nichts wirkt durchwühlt. Nichts scheint zu fehlen.

Aber die Kellertür steht offen. Die kühle, muffige Luft, die ihr entgegenschlägt, erweckt das kindliche Grauen vor Kellerräumen in ihr, trifft sie wie ein Schlag. Die Vorstellungen von dunklen Verliesen, gruseligen Gestalten, die dort unten in der Dunkelheit lauern. Ratten, Mäuse, Spinnen. Heute hat sie diese Ängste nicht mehr, aber sie weiß noch ganz genau, wie sie als Kind ihre Eltern angebettelt hat, nicht allein in den Keller gehen zu müssen, und gleichzeitig so neugierig war zu erfahren, was dort unten alles eingelagert war, dass sie bei jedem Kellergang dabei sein wollte. Dieser Zwiespalt hatte sie ständig umgetrieben, die Tür zum Keller hatte dadurch etwas Magisches bekommen.

Dabei befand sich im Keller nichts, was den Grusel rechtfertigte. Es gab eine Art Rumpelkammer, in der auch die Gartenmöbel untergebracht waren, einen Raum für die Heiztechnik, einen für die Wäsche, einen Fahrradkeller, in dem auch die Skier lagerten, einen mit Vorräten. Darin befand sich eine riesige Gefriertruhe für Fleisch und Fisch, geliefert von Jägern und Anglern aus der Umgebung, und Gemüse, von Bauernhöfen aus der Nähe. Auf den Holzregalen stand Eingemachtes, Kartoffeln lagerten in speziellen Kisten. Es gab einen weiteren Raum mit Kram, der teilweise noch von Harriets Großeltern stammte, von hübschen, aber sinnlosen Schmuckkästchen über antike Leuchten bis hin zu kleineren Möbelstücken, zu erinnerungsbeladen zum Weggeben, zu zerschrammt, um sie in die Wohnung zu stellen. Daneben Bilder ihres Vaters, von denen er sich nicht hatte trennen können, die ihm aber nicht genug bedeutet hatten, um sie auszustellen oder aufzuhängen. Alte Staffeleien lagerten neben alten Geigenkästen (ein Großvater hatte gespielt) samt unbrauchbarem Zubehör, alles dort hatte die Aura einer Zwischenwelt, als wüssten die Dinge nicht, wie es mit ihnen weiterging, als befänden sie sich in einem Schwebezustand.

Harriet geht davon aus, dass sich noch einiges davon im Keller befindet. Aber hat es da unten jemals etwas von Wert gegeben, wofür sich Einbrecher interessieren könnten? Und warum brach ausgerechnet jetzt jemand ein, nach so vielen Jahren? Sie beschließt, die Neumüllers zu fragen, ob so etwas öfter vorkommt.

Als sie gerade in den Keller gehen will, klopft es an der Haustür. Harriet schreckt zusammen. Aber es ist nur der Jüngere vom Sicherheitsdienst, und diesmal begrüßt er sie ausgewählt höflich: »Guten Abend … oder guten Morgen, Frau Laurent, Sie können mich übrigens Paul nennen. Ist bei Ihnen alles in Ordnung?«

»Mir ist nichts passiert. Ist der Alarm losgegangen?«

»Leider nein. Ihre Nachbarn haben uns informiert.«

Sie nickt. »Sie müssen mir mal zeigen, wie die Alarmanlage funktioniert. Ich habe da ehrlich gesagt überhaupt nicht drüber nachgedacht.« Ihr fällt ein, dass sie auch ihn nach früheren Einbruchsversuchen fragen kann. Paul, bestimmt einige Jahre jünger als sie und mit dem Körperbau eines Profiboxers, verneint. Mit diesem Objekt hätten sie nie Probleme gehabt, außer vor vielen Jahren, als ein Wohnungsloser sich hierher verirrt hatte. Der war aber schon am Zaun gescheitert und hatte sich widerstandslos wegbringen lassen. Zu der Zeit hat Paul noch gar nicht für den Sicherheitsdienst gearbeitet, und damals gab es die Projekte gegen Wohnungslosigkeit auch noch nicht. Paul versucht, sich möglichst kundig und informiert auszudrücken, und redet zu viel. Harriet lässt ihn. Er fragt schließlich, ob sie etwas gesehen hat, ob etwas fehlt, ob ihr etwas aufgefallen ist. Sie beantwortet seine Fragen so gut sie kann. Draußen hört sie die Stimmen ihrer Nachbarn, ein gelegentliches Kläffen, und Pauls älteren Kollegen.

»Luigi geht noch mal das Gelände ab«, erklärt Paul. »Und wir würden uns dann das Material von den Sicherheitskameras ansehen. Vielleicht wollen Sie dabei sein? Falls Sie jemanden erkennen.«

»Klar«, sagt Harriet. »Die Sicherheitskameras zur Straße hin?« Sie erinnert sich, diese gesehen zu haben.

»Ja, und die anderen auch. Es sind überall welche auf Ihrem Gelände.« Paul gibt sich Mühe, beruhigend und kompetent zu wirken. »Zu Ihrer Sicherheit.«

»Das heißt, wenn ich durch den Garten laufe, werde ich aufgenommen?«

»Ach so, ja, also ... Sie können das natürlich auch ausschalten, aber das empfehlen wir nicht. Vielleicht machen wir am besten morgen in Ruhe ... Oder heute ... Später dann ... dass wir Ihnen alles zeigen.«

Sie nickt. »Ich bin nicht nachtragend. Sie haben gestern nur Ihren Job gemacht, okay?«

Paul atmet erleichtert auf. »Danke.«

Wenig später sitzt sie mit ihm, seinem Kollegen Luigi und den Neumüllers vor einem Tablet, und sie sehen sich die Kameraaufzeichnungen der Stunde vor dem Einbruch an.

»Hier kommt die Tatperson aus Richtung Nordosten, sehen Sie?«, kommentiert Luigi.

»In diese Richtung ist sie auch wieder verschwunden«, sagt Harriet.

»Genau. Sie geht zielstrebig auf Ihr Haus zu. Offensichtlich hat sie Werkzeug dabei, mit dem sie Schlösser öffnen kann, ohne viel kaputtzumachen. Professionellste Ausrüstung. Ich frage mich, weiß sie, dass die Alarmanlage ausgeschaltet ist?« Er sieht Harriet prüfend an.

»Ich habe sicherlich niemandem irgendetwas erzählt, warum sollte ich?«

»Na gut. Jedenfalls, wie Sie hier sehen, geht die Person direkt zum Haus, wieder knackt sie problemlos das Schloss. Sie muss sich vorher informiert haben, um welche Art Schlösser es sich handelt, um das richtige Werkzeug zu besorgen. Sie probiert ja nicht lange herum. Im Haus selbst hält sie sich fast zwanzig Minuten lang auf. Und Sie haben gar nichts gehört?«

Harriet schüttelt den Kopf. »Ich war oben, in meinem alten Zimmer.«

»Du wolltest doch im Musikzimmer schlafen?«, unterbricht Mila.

»Ja, und kurz nach Mitternacht bin ich wach geworden und wollte einfach nach oben. Da hab ich mich auf die Fensterbank gesetzt und muss dann eingeschlafen sein.«

Sanjay nickt. »Das hast du als Kind auch oft gemacht. Dich mit der Decke auf die Fensterbank gehockt.« Er lächelt.

»Der Eintritt der Tatperson ins Haus war um zwei Uhr elf. Verlassen hat sie das Haus um zwei Uhr neunundzwanzig. Sie meinten, sie sei vermutlich im Keller gewesen?«

»Oben hätte ich sie doch bestimmt gehört.«

Luigi geht auf der Zeitleiste der Aufzeichnungen etwas zurück. »Kurz nach Mitternacht waren Sie wach, sagen Sie? Haben Sie Licht angemacht?«

»Die Lampe an meinem Telefon.« Sie kommt sich blöd vor, diese Details vor Fremden ausbreiten zu müssen. Dinge, die einfach geschehen und nur in dem Moment Sinn ergeben. Wie unsinnig sie nun wirken.

Luigi scheint die richtige Stelle gefunden zu haben. Er spielt ihr die Aufzeichnung einer Kamera vor, die das Haus von der Straßenseite zeigt. »Sehen Sie mal. Hier kann man erkennen, dass Sie sich durch das Haus bewegen. Erst sind

Sie hier unten, dann geht der Lichtschein in den ersten Stock. Das Haus wurde wahrscheinlich die ganze Zeit beobachtet. Als dann über längere Zeit kein Licht mehr zu sehen war, hat die Tatperson den Einbruch gewagt.«

»Aber es wäre doch aufgefallen, wenn jemand vorm Haus gestanden hätte«, sagt Mila Neumüller.

Luigi sucht wieder die Aufzeichnungen von halb drei heraus. »Hier«, er zeigt den anderen, wie die dunkle Gestalt am Zaun kurz innehält. Ihr Körper verdeckt, was sie tut. Dann geht sie weiter zum Tor und verlässt das Grundstück. »Ich denke mir, dass irgendwann im Laufe des Tages eine Überwachungskamera angebracht wurde. Hier wird sie abgenommen, damit wir sie nicht finden. Paul, wir müssen uns den gesamten Tag anschauen. Irgendwie muss das Ding ja da hingekommen sein.«

Paul nickt und macht sich an seinem eigenen Tablet an die Arbeit.

»Von der Tatperson selbst erkennt man leider nicht viel. Ich schätze, sie ist mindestens eins achtzig groß, muskulös und sportlich. Aber sie ist so gut getarnt, man erkennt nicht, ob Mann oder Frau, man sieht keine Haare, kein Gesicht. Da war jemand wirklich gut vorbereitet.« Luigi klingt fast anerkennend.

»Dann sollten wir wohl mal in den Keller gehen und nachsehen«, schlägt Harriet vor.

»Haben Sie eine Idee, ob sich dort etwas von Interesse befindet?«, wendet er sich an Mila Neumüller. Die schüttelt den Kopf.

»Ich habe da gelegentlich nach dem Rechten gesehen.

Aber ich habe keine Inventur gemacht. Keine Ahnung, ob mir auffallen würde, falls etwas fehlt.« Sie schaut hilfesuchend zu ihrem Mann, der beruhigend ihre Hand drückt. Harriet bemerkt, dass es draußen langsam heller wird. Der Himmel hat im Osten von Schwarz zu einem dunklen Blau gewechselt. Ihr ist nicht aufgefallen, wie schnell die Zeit vergangen ist.

»Moment«, sagt Paul. »Ich hab da was.« Er dreht sein Tablet so, dass alle auf das Display sehen können. »Hier kommt jemand.« Zwei Kameras erfassen Straße und Bürgersteig vor dem Haus. Zu sehen ist, wie jemand gemächlich am Zaun entlanggeht, dann kurz stehenbleibt und sich mit einer Hand festhält, mit der anderen am Schuh herumfummelt, ihn auszieht und schüttelt, als wäre ein Steinchen hineingeraten. Dann geht derjenige weiter. »Sie haben alle auf den Schuh geachtet, aber ich zeig es Ihnen noch mal, achten Sie auf die Hand am Zaun.«

Und tatsächlich: Die Hand ruht nicht einfach nur dort. Mit geschickten Fingern wird da ein kleiner Gegenstand befestigt. »Das ist wie beim Zaubertrick: Ablenkung«, sagt Paul. Aber die Person selbst lässt sich wieder nicht richtig erkennen. Sie trägt einen unterm Kinn locker zusammengebundenen Fischerhut gegen die Sonne, eine Sonnenbrille, einen hellen Leinenanzug, leichte Sneaker. »Leider nichts Verwertbares für eine Gesichtserkennung, aber wir können trotzdem einen Vergleich machen …« Er startet eine Software und füttert sie mit kurzen Videoausschnitten der beiden gefilmten Personen. Es dauert nicht lange, und das Ergebnis steht fest. »Die KI sagt, sehr hohe Übereinstimmung bei Gestalt und Körperbau. Quasi identisch.«

Luigi erhebt sich. »Dann nehmen wir uns mal den Keller vor. Paul, du bleibst hier.«

Bevor sie in den Keller gehen, wird Harriet gezeigt, wie sie die Alarmanlage zu bedienen hat. Sie nickt fleißig, macht sich mental Notizen. Im Keller funktionieren alle Lichter. Offenbar hat Harriet vor Erleichterung darüber leise aufgeseufzt, denn ihre Nachbarin lächelt ihr zu. »Danke, dass Sie sich hier um alles gekümmert haben«, sagt Harriet und merkt zu spät, dass sie sich noch nicht richtig an das Du gewöhnt hat.

Unten ist es ungefähr so, wie sie es erwartet hat. Die Lebensmittelvorräte sind fort. Die Tiefkühltruhe steht noch da, aber sie ist offen, und der Netzstecker ist gezogen. Die Gartenmöbel stehen abgedeckt in dem Raum mit all den Dingen, die schon lange nicht mehr wissen, wohin sie gehören. Aber irgendwie ist ihr klar, dass hier jemand nach etwas gesucht hat.

»Hier ist alles durcheinander«, sagt Mila. »Ich meine, es ist ohnehin ein ziemliches Durcheinander, aber es sah vorher anders aus.« Sie schlängelt sich durch die Möbel und Kartons, die scheinbar wahllos herumstehen, und bleibt vor einem altmodischen Aktenschrank stehen. »Hier, der war immer geschlossen.« Sie deutet auf die Schiebetüren. »Da war jemand dran. Ich weiß nicht, was drin war, aber normalerweise sind die Türen zu. Und da drüben«, ein Hängeschrank aus Walnussholz, »stimmt auch etwas nicht. Die Türen sind nicht richtig zu. Das gehört so nicht. Also, hier war definitiv jemand.«

»Gut, das wussten wir«, sagt Luigi und weicht Frau Neumüllers strafendem Blick aus. »Aber wir wissen nicht, was fehlt. Wie lässt sich das feststellen?«

Ratloses Schweigen. Sämtliche Blicke wandern zu Harriet. »Ich könnte mir später alles in Ruhe ansehen, vielleicht fällt mir dann etwas auf …?« Sie hat keine Ahnung, wie ihr auffallen soll, dass etwas verschwunden ist, von dem sie nicht wissen kann, ob es vorher hier war. »Aber ich glaube nicht, dass ich im Moment dafür die Nerven habe.«

»Das musst du auch nicht jetzt tun«, sagt Sanjay freundlich.

Luigi ist anzusehen, dass er anderer Meinung ist, aber er sagt nichts. Er sieht auf sein Telefon, das gerade gebrummt hat, dann murmelt er eine Entschuldigung und geht zurück nach oben.

»Ist hier alles noch so wie damals?«, fragt Harriet.

»Ja. Bis auf die Vorräte natürlich. Ihr habt die meisten hiergelassen. Deine Mutter hat sie uns geschenkt. Es sollte ja nichts verderben.«

Harriet schüttelt verwundert den Kopf. »Wie überstürzt war unser Wegzug eigentlich«, murmelt sie.

»Na komm, wir gehen wieder rauf«, sagt Mila und legt ihr eine Hand in den Rücken. »Willst du doch lieber bei uns schlafen?«

»Ich weiß ja jetzt, wie die Alarmanlage funktioniert, und ich werde mit Sicherheit alles abschließen«, sagt Harriet. »Aber vielen Dank. Ich komme später rüber.«

Sanjay sagt, dass sie sich Zeit lassen und in Ruhe ausschlafen soll, er müsse erst am Nachmittag in die Praxis, so kurz vor der Rente leiste er es sich, nur noch wenige Termine anzunehmen, damit sich seine Patienten an seine Nachfolgerin gewöhnen können.

Im Flur hört Harriet, wie der ältere Sicherheitsmann telefoniert. Er sagt nicht viel, macht vor allem bestätigende Laute. Sie verabschiedet sich von ihren Nachbarn und geht ins Wohnzimmer, wo Paul mit besorgtem Gesicht herumsteht und nicht weiß, was er tun soll, und Luigi gerade das Gespräch beendet.

»Folgendes«, sagt er. »Wir waren heute Nacht nicht die Einzigen.«

Sie braucht eine Sekunde, um zu verstehen, was er meint. »Es gab weitere Einbrüche?«

Er nickt. »Hier in Solln. Es waren ganz unterschiedliche Zielobjekte. Ein öffentliches Gebäude und Praxisräume. Die Polizei vergleicht das Überwachungsmaterial. Vom Zeitablauf her könnte es dieselbe Tatperson gewesen sein, aber die Zusammenhänge sind noch unklar.« Luigi blickt zu Boden, und Paul scharrt nervös mit dem Fuß.

»Gibt es da noch etwas, das ich wissen sollte?«, fragt Harriet.

»Wie gesagt, es ist noch völlig unklar, ob und wie das alles zusammenhängt, aber ...« Luigi räuspert sich. »Es gab einen Vorfall.«

Harriet schüttelt ungeduldig den Kopf. »Was?«

»Jemand wurde lebensgefährlich verletzt.«

Sie nimmt sich einen Stuhl, hat das Gefühl, ihr wird schwindelig.

»Eine Frau. Sie hat wohl den Einbrecher überrascht. Aber

mehr weiß ich im Moment auch nicht, und das weiß ich auch nur, weil ich einen guten Draht zur Polizei habe.«

»Ich muss gerade daran denken, was passiert wäre, wenn ich früher wach geworden wäre …«

»Ja, es hätte Sie auch treffen können. Seien Sie froh!«

»Nein, ich meinte eigentlich, vielleicht hätte ich etwas verhindern können. Aber ich hatte Angst und habe deshalb nur gewartet, bis diese Person weg war.«

»Sie haben alles richtig gemacht. Als Zivilistin einzugreifen, ist viel zu gefährlich.«

»Schon, aber …«

»Nein, hören Sie auf damit. Das bringt doch nichts.«

Sie schluckt. »Wissen Sie denn, wer …«

Luigi nickt. »Eine Frau. Eine Ärztin. Warten Sie mal …« Er sieht auf seinem Telefon nach. »Hier, und zwar eine Frau Dr. Maryam …«

»Ahmadi«, vervollständigt Harriet. »Praxis für Kinder- und Jugendpsychiatrie, in der Grünbauerstraße. Fünf Minuten zu Fuß von hier.«

Er schaut sie prüfend an. »Sie kennen sie?«

Harriet reibt sich die Schläfen und schließt die Augen. »Ich kannte sie. Sehr gut sogar.«

16

Die Idee kam von ihrer Mutter. Öffentliche Konzerte seien ein Ausnahmezustand für die Psyche, meinte sie. Man sei dann wie ein Tier, das nachts ins Scheinwerferlicht eines heranrasenden Wagens gerät. Kämpfen oder fliehen? Oder einfach erstarren? Diese Optionen kenne das Gehirn. Hinsetzen und Klavierspielen sei nicht im Evolutionsprogramm vorgesehen. Das viele Üben führe außerdem dazu, dass sich Harriet anders entwickle als Gleichaltrige, und nun, da sie sich in der Pubertät befinde, solle sie die Möglichkeit haben, mit einer Vertrauensperson über alles zu reden, was sie beschäftige. Es gebe doch so viel, was man Eltern nicht gern anvertraut.

Es war als Angebot gedacht. Ihre Eltern, vor allem aber ihre Mutter, waren ernstlich besorgt um sie. War Harriet dem Stress gewachsen? Würde aus ihr ein wundersamer Mensch werden? Drohten psychische Entwicklungsstörungen? Sie war zwar selbst Psychologin, aber Jugendpsychologie war nicht ihr Fachgebiet. Ihr Job war es, sagte Prof. Lea Laurent gern, die Scherben dessen, was im Kinder- und Jugendalter zerschlagen wurde, zusammenzukehren und zu schauen, was sich noch reparieren ließ. So weit sollte es bei ihrem eigenen Kind gar nicht erst kommen. Außerdem erschien es ihr extrem wichtig und aus ethischer Sicht alternativlos, die Mutter von der Therapeutin zu trennen.

Harriet bekam damals mehr von den Überlegungen ihrer Mutter mit, als diese beabsichtigte. Als Erstes sprach Lea Laurent mit Kolleginnen und Kollegen, die auf Musikprofis im Klassikbereich spezialisiert waren. Spät erst hatte sich jemand darauf konzentriert, erst seit den 1990ern waren Auftrittsangst, der extreme Druck und der hohe Stressfaktor bei Musizierenden in der Klassik öffentlich thematisiert worden. Ob nun solo oder im Orchester gespielt wurde – das Thema Angst war stets ein Tabu gewesen, Angst war für diejenigen, die einfach nicht das Zeug hatten; Angst war etwas, das gefälligst zu weichen hatte, sobald man die Bühne betrat. Die Anzahl derer, die von Medikamenten oder Alkohol – oder beidem – abhängig wurden, war hoch. Die Selbstmordrate signifikant. Ihr Lehrer, Alexej Mironow, hatte seine Karriere als Solist aufgeben müssen, weil ihn Panikattacken vor großen Auftritten dazu gezwungen hatten. Ein anderer Lehrer, der Mironow gelegentlich vertrat, erhängte sich neben seinem Flügel, wo er von einer Reinigungskraft gefunden wurde. Ein junger Violinist, der gerade mit dem Studium angefangen hatte, verstarb an einer Fehlmedikation seiner Betablocker. Es gab so viele dieser Tragödien.

Man gab Harriets Mutter den Rat, sich an eine Therapeutin zu wenden, die auf Wunderkinder spezialisiert war. Lea Laurent nahm diesen Hinweis begeistert auf und vereinbarte einen Termin bei Dr. Ahmadi. Vermutlich fanden zunächst mehrere Gespräche zwischen den beiden Frauen statt, bevor Harriet sie kennenlernen und allein mit ihr reden durfte.

Damals war sie zwölf und nicht der Meinung, Probleme zu haben. Aufzutreten machte ihr Spaß, je mehr Menschen im Publikum saßen, desto besser. Gleichaltrige fand sie mäßig bis gar nicht interessant und wusste einfach nicht, was sie mit ihnen reden sollte. Wenn sie in den Pausen zwischen den Unterrichtsstunden in ihren Noten blätterte und sich Fingersätze auf einer unsichtbaren Tastatur einprägte, lachten und tuschelten die anderen. Es mache ihr nichts aus, sagte sie damals, es wäre aber schön, wenn sie damit aufhören könnten. Manchmal verunsicherte es sie tatsächlich.

Die Probleme kamen mit der Zeit, ihre Mutter hatte es geahnt. Mit der Pubertät meldete sich bei Harriet eine bis dahin ungekannte Unsicherheit, was ihre Erscheinung anging, ihre körperliche Präsenz. Nicht die auf der Bühne, da fühlte sie sich nach wie vor sicher und wohl, aber im Alltag. Der Graben zwischen ihr und den anderen in ihrem Jahrgang wurde immer größer. Sie interessierte sich nicht für dieselben Dinge. Es war ihr egal, welche Mode gerade angesagt war, welche Serie man gesehen haben musste, welche Influencer worüber sprachen. Und weil sie das Gefühl hatte, eine andere Sprache zu sprechen als der Rest ihrer Altersgruppe, las sie lieber ein Buch oder News oder hörte journalistische Podcasts über das, was gerade auf der Welt vor sich ging, über Geschichte und Wissenschaft, kurz gesagt, sie war Sonderling, Spinnerin, Streberin. Das Paradebeispiel einer Außenseiterin, wie sie in der Wunderkindliteratur stand.

Dr. Ahmadi begleitete sie auf ihrem Weg. Sie versuchte nicht, einen anderen Menschen aus ihr zu machen, sondern stärkte sie in dem, was sie tun wollte und womit sie sich wohlfühlte. Harriet sprach offen mit ihr über ihre Ängste und Sorgen. Sie erzählte ihr, dass sie ihre Tage bekommen hatte, bevor sie es ihren Eltern gegenüber erwähnte. Es fiel ihr leicht, mit

Dr. Ahmadi zu reden. Mit ihrem Klavierlehrer sprach sie nur über das Klavierspielen, aber eigentlich sprachen sie nicht besonders viel. Sie ging hin und spielte ihm vor, er korrigierte sie und zeigte ihr, was sie besser machen konnte, und wenn der Unterricht vorbei war, ging sie. Die meisten Lehrpersonen in der Schule mochte sie nicht besonders. Und sich Gleichaltrigen anzuvertrauen, kam für sie überhaupt nicht in Frage. Sie wusste ja auch sonst nicht, worüber sie sich mit ihnen unterhalten sollte.

Dr. Ahmadi riet ihr, sich den anderen gegenüber nicht zu verschließen, aber sie solle sich auch nicht dazu zwingen, mit ihnen eine Verbindung aufzubauen. Wenn sie nicht das Bedürfnis verspürte, Freundschaften einzugehen, und ihr nichts fehlte, sei das völlig in Ordnung. Sie solle sich einfach Zeit lassen. Ob es denn andere in ihrem Alter gebe, die gern Musik machten? Harriet nannte Jala, die ebenfalls Klavier spielte, aber zwei Jahrgänge über ihr war. Und dann gab es noch Toru, den Sänger, aus dem Jahrgang über ihr. Nur diesen beiden gestand sie zu, musikalisch ähnlich talentiert zu sein wie sie selbst. War sie arrogant? Nicht mit Absicht. Aber mit den Jahren wurde ihr klar, dass sie auf andere so wirkte. Sie sagte Dr. Ahmadi, dass sie an sich arbeiten wolle, was dies betraf.

Eines Tages begegnete sie am Rande eines Wettbewerbs Jala. Sie waren keine Konkurrentinnen, weil sie in unterschiedlichen Altersklassen antraten. Deshalb nahm Harriet ihren Mut zusammen und sprach sie an. Sie fragte sie einfach nach den Stücken, die sie ausgewählt hatte. Das erste Gespräch verlief stockend, aber Dr. Ahmadi lobte sie dafür, diesen Schritt gemacht zu haben, und als sich Jala bald darauf bei ihr meldete und die beiden von da an immer öfter Zeit miteinander verbrachten, schöpfte Harriet Mut, es mit Jalas Unterstützung auch bei Toru zu versuchen. Der junge Sänger war deutlich schüchterner als die beiden Pianistinnen, aber irgendwie fand sich das ungleiche Trio zusammen. Mit Jala übte sie vierhändige Stücke ein, Toru begleitete sie manchmal bei Liederabenden.

Die Erste, die ging, war Jala. Sie bekam einen Platz an der Royal Academy of Music in London. Ein Jahr später verließ auch Toru die Stadt, weil er an der Hanns Eisler in Berlin genommen wurde. Für Harriet stand fest, dass sie sich an diesen beiden Hochschulen bewerben musste. Ihre Eltern und ihr Lehrer drängten darauf, auch andere Möglichkeiten in Betracht zu ziehen. »Du musst hinfahren und es dir vor Ort ansehen«, bat ihr Vater. »Dir muss auch das Umfeld gefallen. Die Stadt, die Übungsräume, einfach alles.« Sie fand, es würde reichen, wenn jemand, den sie schätzte und mochte und bereits kannte, vor Ort war. Aber Jala meldete sich immer seltener (»Ich muss üben, sorry«), und auch Toru schien sie langsam zu vergessen (»Ich bin noch verabredet, melde mich am Wochenende ...«).

Also fuhren sie nach eingehenden Recherchen, ein paar Anrufen ihres Lehrers und einer Top-8-Liste von Harriet nach Graz, Wien und Salzburg. Dann nach Dresden und Frankfurt am Main, schließlich noch nach Hamburg, Rostock und Berlin. Warum ihr am Ende die Hochschule für Musik und Theater in der Hansestadt an der Ostsee am besten gefiel, konnte sie nur unbestimmt mit »Bauchgefühl« beantworten, irgendwie hatte sie da eine Verbindung gespürt. Mironow rümpfte darüber die Nase und meinte, sie solle sich auf jeden Fall noch bei einigen anderen bewerben, und dann fingen sie an, sich im Unterricht intensiv auf die Aufnahmeprüfungen vorzubereiten.

»Parallel zum Abitur«, stöhnten ihre Eltern. »Wird dir das nicht zu viel? Du könntest ein Semester später anfangen.« Aber was Jala und Toru geschafft hatten, das würde sie auch schaffen, also stand es außer Frage. Abgesehen davon wollte sie den beiden etwas vorweisen können. Und insgeheim hoffte sie, dass der Kontakt wieder aufleben würde, wenn sie erst einmal selbst Studentin war.

Mit ihrer Therapeutin sprach sie über einen Punkt, der sie selbst sehr überrascht hatte: Sie freute sich darauf, von zu Hause auszuziehen und auf eigenen Beinen zu stehen. Nicht dass sie Streit mit ihren Eltern hätte oder sich eingeengt fühlte. Sie hatte nur den Eindruck, dass es an der Zeit für etwas Neues in ihrem Leben war. Einen neuen Lebensabschnitt. Schon der Gedanke, nicht mehr in die Schule gehen zu müssen, erfüllte sie mit einer bisher nicht gekannten Leichtigkeit. Nur noch Menschen um sich herum zu haben, die wie Jala und Toru waren, erschien ihr wie das größte vorstellbare Glück. Zum ersten Mal merkte sie, wie sehr sie sich danach sehnte, irgendwo dazuzugehören.

Nun übernahm Dr. Ahmadi die Aufgabe, sie von dieser rosaroten Illusion auf einen etwas festeren Boden zu holen. Allerdings erwies sich dies als unerwartet schwierig, denn Harriet hatte sich längst in die Idee verrannt und bestand sogar darauf, die Aufnahmeprüfung vorzuziehen. Das würde ihr mehr Zeit für die Abiturvorbereitungen geben, argumentierte sie, und sie schaffte es sogar, das Komitee der Hochschule in Rostock davon zu überzeugen. Ihre Eltern willigten schließlich ein. Dr. Ahmadi hob weiterhin mahnende Zeigefinger. Herr Mironow, der bei einem Ausnahmetalent wie Harriet einen Schulabschluss für Zeitverschwendung hielt, unterstützte Harriet nach Kräften. Die Therapeutin knickte schließlich ein und konzentrierte sich in den Sitzungen mit ihrer Patientin darauf, dieser ein realistisches Bild vom Leben in einer neuen Umgebung zu geben.

Im Herbst, ihr letztes Schuljahr hatte gerade angefangen, fuhr Harriet in Begleitung von Mironow zur Aufnahmeprüfung. Ihre Eltern wollte sie nicht dabeihaben. Sie war schließlich schon siebzehn und erwachsen genug. Sie saßen im Zug nebeneinander und hingen ihren Gedanken nach. Ab und zu sagte Mironow Dinge wie: »Du weißt, dass du dann jeden Tag mindestens acht Stunden üben musst.« Oder: »Mach dir keine Sorgen wegen der Musiktheorie, das lässt sich regeln, im Notfall machst du die nach.« Sie nickte dann nur. Er war aufgeregter als sie. Am nächsten Tag fuhren sie zurück und wussten beide, dass sie es geschafft hatte. Die Gewissheit kam wenige Wochen später per Mail. Harriet wusste nun ganz genau, wie ihr Leben in den nächsten Jahren aussehen würde. Alles andere war unwichtig.

Sie schickte Toru eine Nachricht. Er antwortete nicht. Sie schickte Jala dieselbe Nachricht. Sie meldete sich zwei Tage später. Statt zu gratulieren, schrieb sie zusammenhangloses Zeug, von dem Harriet nicht einmal die Hälfte verstand, und schloss mit den Worten: »Geh nicht hin. Scheiß drauf. Lauf so schnell du kannst.«

Harriet war überzeugt, Jala hätte sie mit jemandem verwechselt, und schrieb zurück: »Du scheinst echt im Stress zu sein, die Nachricht hast du mir aus Versehen geschickt, sorry, dass ich sie gelesen hab!«

Jala antwortete: »Nein.«

Harriet: »Nein?«

Jala: »Für dich. Hau ab. Werde glücklich. Tu's nicht.«

Harriet: »???«

Ein paar Tage lang war wieder Funkstille. Sie schrieb noch einmal an Toru, für den Fall, dass ihre Nachricht untergegangen war, aber wieder reagierte er nicht.

Dann rief Jala mitten in der Nacht an. Sie weinte so heftig, dass alles ganz verzerrt klang. Harriet verstand nichts von dem, was sie zwischen ihren heftigen Schluchzern versuchte zu sagen. Vielleicht war sie betrunken. Wobei sie früher nie Alkohol getrunken hatte. Harriet blieb zwanzig Minuten lang am Telefon. Es wurde nicht besser. Dann rief Jala in den frühen Morgenstunden wieder an. Diesmal war ihr Weinen nur noch ganz leise, und sie bettelte Harriet an, nicht aufzulegen. »Ich bin da«, sagte Harriet. Auf ihre vorsichtigen Fragen, was denn los sei, ob sie etwas tun könne, ob Jala ihr nicht einfach etwas erzählen wolle, bekam sie keine Antwort. Nur ein leises Schluchzen. Irgendwann schlief Harriet ein. Als sie wieder aufwachte, war Jala nicht mehr in der Leitung. Sie reagierte nicht auf ihren Rückruf oder auf Textnachrichten.

Harriet stand auf und machte sich für die Schule bereit. Sie war todmüde und ärgerte sich über Jala. In der großen Pause wollte sie ihrer früheren besten Freundin die Meinung sagen und rief noch mal bei ihr an. Wieder keine Antwort. Die Nachricht, die sie ihr schickte, war nicht besonders freundlich. Sie fühlte sich ausgenutzt.

Ob Jala diese noch gelesen hatte, würde sie nie erfahren. Jalas Vater rief zwei Tage später bei Harriets Eltern an und teilte ihnen mit, seine Tochter sei freiwillig aus dem Leben gegangen. Von Nachfragen bitte er Abstand zu nehmen. Ebenso von Beileidsbekundungen. Es würde keine Trauerfeier geben, nur eine Beisetzung im engsten Familienkreis. Nein, der Ort der Beisetzung sei geheim.

Harriet brach zusammen. Dr. Ahmadi wurde gebeten, vorerst täglich Hausbesuche zu machen, um sie zu stabilisieren. Entsetzt von dem Zustand, in dem sich Harriet befand, verschrieb sie ihr Beruhigungsmittel. Dann arbeitete sie daran, ihr klarzumachen, dass sie keine Schuld träfe. Dr. Ahmadi wusste, dass es lange dauern konnte, bis Harriet dies für sich begriff. Für Harriet war es die größte Krise in ihrem siebzehnjährigen Leben. Sie glaubte, es gäbe keinen größeren Schmerz als diesen. Sie wusste es nicht besser.

17

Sie darf nicht zu Dr. Ahmadi ins Zimmer. Harriet hat behauptet, ihre Nichte zu sein, und sie wird von Sanjay begleitet, der mit seinem Arztausweis herumgewedelt und ein paar Gefallen von Bekannten eingefordert hat. Aber sie sind nur bis zur Intensivstation gekommen. Der Zustand der Patientin sei so kritisch, man könne wirklich niemanden zu ihr lassen. Es werde immer noch um ihr Leben gekämpft. Harriet hat Bilder im Kopf von Schläuchen und Drähten und blinkenden Maschinen, von Menschen in OP-Kleidung, die um Dr. Ahmadi herumstehen und eifrig diskutieren und Kanülen überprüfen oder Schläuche inspizieren.

Sanjay redet eine Weile mit jemandem vom Personal, dann schlägt er Harriet vor, mit ihm in die Cafeteria zu gehen. Er wählt einen Tisch etwas abseits und wartet, bis sie sitzt.

»Sie hat eine gravierende Schädelfraktur und liegt im Koma«, sagt er. »Niemand weiß, ob sie je wieder aufwacht.«

»Wurde sie niedergeschlagen? Von dem Einbrecher?«

Er hebt die Schultern. »So etwas kann auch bei einem unglücklichen Sturz passieren, aber …«

»Unwahrscheinlich?«

»Ganz und gar nicht. Es kommt auf den Winkel an, auf den Untergrund, die Fallgeschwindigkeit, die Höhe … Wir müssen abwarten. Spekulieren hilft nicht.« Sanjay steht auf, nickt jemandem zu und geht zur Theke, um ihnen etwas zu trinken zu holen. Für sich holt er einen Kaffee, für Harriet einen Kakao.

»Sag nichts. Trink ihn einfach. Das Beste, was du nach so einer Nacht trinken kannst.«

»Du weißt schon, dass ...«

»Dass du kein Kind mehr bist? Na und? Trink ihn.«

Natürlich hat er recht. Die Kombination aus Milch, Schokolade und Zucker beruhigt sie und gibt ihr Energie. »Danke«, sagt sie, nachdem sie den halben Becher in einem Zug geleert hat.

»Wir werden angerufen, wenn sich ihr Zustand verändert. Das heißt, wir könnten jetzt nach Hause fahren«, sagt er.

Nach Hause. Wir normal es sich anhört, nach fünfzehn Jahren. »Aber ich kann doch noch warten, du musst nicht bei mir bleiben. Ich warte hier einfach, bis ... keine Ahnung. Ich warte einfach.« Ihre linke Hand tut wieder weh, und Harriet verzieht leicht das Gesicht. Sie kann die Finger kaum bewegen, ohne dass sie das Gefühl hat, ihre Haut würde aufplatzen.

»Deine Hand wird nicht besser?«

»Das reinste Déjà-vu.«

»Wenn du nicht nach Hause willst, und ich nicht will, dass du hier sinnlos rumsitzt, könnten wir uns jemanden suchen, der sich deine Hand anschaut.«

Sie zögert.

»Ich muss nicht mitkommen, wenn dir das unangenehm ist.«

»Doch. Doch!« Sie steht auf und lächelt. »Ich lauf dir einfach hinterher.« Mit der gesunden Hand greift sie nach dem Kakaobecher und leert ihn. »Sehr gute Idee.« Sie will nicht mit ihm darüber reden, wie seltsam es sich anfühlt, wieder hier zu sein. Nicht nur wegen Dr. Ahmadi. Sie erinnert sich, wie sie mit ihrer Mutter in die Notaufnahme kam, weil sich die Operationswunde an ihrer Hand wieder entzündet hatte, wie ihre Mutter jemanden anschrie: »Meine Tochter ist Pianistin, Sie müssen etwas unternehmen!«, weil sie fand, sie würden schon zu lange warten. Harriet weiß noch, dass sie sich damals unendlich müde fühlte, fiebrig und schlapp, dass ihr Ringfinger geschwollen war und pochte, als hätte er ein eigenes Herz, eines, das vor Angst davonlaufen wollte.

Sie folgt Sanjay durch lange Gänge wie durch ein Labyrinth, dann stehen sie vor einem Aufzug und fahren zwei Stockwerke unter die Erde. »Damals dürfte die Handchirurgie noch woanders gewesen sein«, sagt er. »Erinnerst du dich noch?«

Sie schüttelt den Kopf. »Nicht mehr so genau.«

»Wir müssen noch kurz warten, aber ich habe dich schon angekündigt.«

Harriet will schon fragen, ob er im selben Golfclub ist wie die Chefärztin oder mit dem Oberarzt studiert hat, spart sich die Bemerkung aber. Sie will nicht undankbar klingen.

»Die Handchirurgie ist Teil der Abteilung für Plastische Chirurgie«, sagt er mit gesenkter Stimme, bevor sie zu einem größeren Wartebereich gelangen.

»Ernsthaft?«

»Rekonstruktion nach Brust-OPs beispielsweise, Brandwunden, Narben nach schweren Unfällen, es ist ein riesiger Bereich. Die Eitelkeit spielt hier eher eine untergeordnete Rolle.«

»Aber Handchirurgie ...?«

»Gehört dazu.« Er zuckt die Schultern und lächelt.

Die meisten Wartenden sind offenbar zur Nachuntersuchung da. Sie tragen Verbände an den Händen, haben großflächige Pflaster im Gesicht, ein Mädchen trägt einen dicken Verband um den Kopf, der über beide Ohren reicht. Sie lächelt, während sie auf ihrem Telefon herumspielt. Am anderen Ende des Raums sitzt zusammengekauert ein junger Mann im Rollstuhl, das lange blonde Haar fällt ihm ins Gesicht, als wolle er es dahinter verbergen. Er hält den Blick von den anderen Leuten abgewandt. Harriet schaudert, so viel Bitterkeit strahlt er aus.

Sie werden aufgerufen. Die irritierten Blicke der anderen sind ihr peinlich, sie ist es schon lange nicht mehr gewohnt, eine Sonderbehandlung zu bekommen. Ein Arzt, der aussieht, als wäre er zehn Jahre jünger als sie, schneidet ihr den Verband ab und untersucht den Schnitt in ihrer Handfläche. Dann überprüft er Reize und Reflexe.

»Und jetzt haben Sie Schmerzen? Wie genau fühlen die sich an? Ein Pochen um die Schnittstelle herum?«

»Ja, und es strahlt bis in die Finger hinein. Ich habe das Gefühl, dass sie ganz steif sind.«

»Mhm«, macht er. »Sieht nicht entzündet aus, im Gegenteil. Vorbildlich versorgt. Waren Sie das?«, fragt er Sanjay.

»Meine Frau, sie macht regelmäßig Erste-Hilfe-Kurse.«

»Da lernt man aber nicht so zu nähen.«

»Und als Harriet wieder geblutet hat, hab ich …« Sanjay nickt bescheiden.

»Hätte ich nicht besser machen können.« Der junge Arzt lacht freundlich. »Wann war das hier?«, fragt er an sie gewandt.

»Am Ringfinger? Ewig her. Über fünfzehn Jahre.«

»Und was genau?«

»Ganglion. Es hat beim Klavierspielen gestört.«

Er hebt die Augenbrauen. »Alles gut gegangen?«

»Nicht wirklich. Es musste mehrmals operiert werden. Die drei Finger«, sie berührt Mittel-, Ring- und kleinen Finger der linken Hand, »waren taub und geschwollen, über Monate, dann ist es zurückgegangen, aber der Ringfinger ist noch an der Seite taub.«

Der Arzt bewegt die Glieder ihres Ringfingers. »Voll beweglich, aber halb taub«, fasst er zusammen. »Für eine Ganglion-OP ist das aber ...« Er beendet den Satz nicht, dreht sich stattdessen um und gibt etwas in seinen Computer ein. »Einverstanden, wenn wir ein MRT von der Hand machen? Nur zur Sicherheit. Dann wissen wir, dass es wirklich nichts Schlimmes ist.«

Sie hat gehofft, hier schnell wieder raus zu sein, um in der Nähe der Intensivstation warten zu können. Aber sie sagt ja. Sie spürt die alte Angst um ihre Hand zurückkommen.

»Schon mal ein MRT machen lassen?«

Sie schüttelt den Kopf.

»Wo ist das damals operiert worden?«, fragt der Arzt.

»Hier«, sagt sie und klingt etwas unsicher.

»Wir sind die Besten«, sagt er, und sie denkt: Vor fünfzehn Jahren war dieser Junge gerade mit der Grundschule fertig. Von wegen »wir«.

Er sieht in seinem Computer nach. »Ich kann hier nichts finden. Ist wohl zu lange her.«

»Aber das wird doch alles aufgehoben«, mischt sich Sanjay ein.

»Klar, nur, wir hatten gestern Nacht einen Hackerangriff auf das Kliniknetz. Unsere IT hat die Sicherheit extrem hochgefahren, das heißt, ich komme im Moment nicht an alle Daten ran. Patientenarchive sind irgendwo extra gesichert, hieß es vorhin, damit nichts durcheinanderkommt.« Er klatscht in die Hände. »Aber wenigstens haben wir einen Termin fürs MRT! Dr. Neumüller, wären Sie so nett, ich hab noch einige Rendezvous, wie Sie gesehen haben. Sie kennen sich ja aus.«

Sanjay nimmt Unterlagen von seinem Kollegen entgegen und begleitet Harriet nach draußen auf einen weiteren langen, kahlen Flur. »Sohn der Klinikleiterin«, murrt er leise. »Fähig, aber anstrengend.«

»Immerhin fähig«, sagt Harriet.

»Nein wirklich, er hat was drauf. Blutjung, aber hat auf der halben Welt studiert und sich spezialisiert. Mal sehen, wie lange er das Tempo durchhält. Wenn er so weitermacht, ist er ausgebrannt, bevor er vierzig wird.«

»Dann hat er ja noch einige Jahre vor sich.« Harriet lacht. »Wohin jetzt?«

Sanjay seufzt. »Noch mal einen halben Marathon durchs Labyrinth.« Unterwegs erzählt er ihr, dass er hier mehrere Praktika, seine Promotion und die Facharztausbildung gemacht und einige Jahre gearbeitet hatte, bevor er sich selbstständig machte. Seitdem kennt er den Campus Großhadern in- und auswendig. »Bis in meine Albträume hinein«, sagt er. »Manchmal träume ich, dass ich hier herumirre und einen bestimmten Raum suche, wo eine Prüfungskommission auf mich wartet, aber ich finde ihn natürlich nicht. Und eigentlich ist es nicht schlimm, dass ich ihn nicht finde. Ich sage mir die ganze Zeit: Du hast schon alles erreicht, du hast deinen Doktor und deinen Facharzt, du musst hier niemandem mehr etwas beweisen. Aber ich renne immer weiter herum und bin ganz verzweifelt, und ich weiß, dass ich schon seit einem Jahr hier herumlaufe und diesen Raum nicht finde. Dann werde ich wach und fühle mich wie ein Verlierer.« Er schüttelt ungeduldig den Kopf. »Ich habe wirklich keine Ahnung, was mir mein Gehirn damit sagen will.«

»Träume sind schon etwas sehr Seltsames«, sagt Harriet und denkt an ihren wiederkehrenden Albtraum.

»So räumt unser Gehirn auf, heißt es. Komische Art aufzuräumen.«

Sie fahren wieder mit Aufzügen und durchqueren weitere Gebäudeteile, bis sie die Radiologie erreichen. Sanjay fragt, ob sie allein zurechtkommt. Er müsse in die Praxis und vorher noch kurz nach Hause, sagt er, und sie bemerkt, wie müde er aussieht. »Danke für alles«, sagt sie und lässt sich von ihm umarmen.

Diesmal muss sie sehr viel länger warten. Sie liest Nachrichten, bis ihr Telefon brummt, obwohl sie es auf leise gestellt hat. Immer mehr Telefone brummen, die Leute um sie herum holen sie hervor, wenn sie sie nicht schon in den Händen halten. Es ist der Katastrophenalarm: Hitzewarnung für die Region. Ab fünfunddreißig Grad wird der Alarm ausgelöst, heute sollen es vierzig werden, mindestens. Es gab Zeiten, da ging er bereits bei dreißig Grad los. Es gab sicherlich auch Zeiten, in denen die Menschen mit etwas anderem als Gleichgültigkeit auf diese Mitteilung reagiert haben. Sie klickt sich durch die Katastrophenwarnapp, um nachzusehen, welche Meldungen es für die Region um München herum noch gibt. In der Hallertau brennen gut dreihundert Quadratkilometer des Hopfenanbaugebiets. Im News-Bereich wird über verhungerte Tiere in Mastbetrieben berichtet, weil große Teile der Mais-, Raps- und Weizenernte durch die Dürre der vergangenen Jahre ausgefallen sind. Harriet schließt schnell die App. Schlechte Nachrichten über den Zustand der Welt erträgt sie schon lange nicht mehr.

Über den Einbruch bei Dr. Ahmadi findet sie überall nur das, was sie selbst schon weiß: Die Ärztin wurde in den frühen Morgenstunden schwer verletzt in ihrer Praxis aufgefunden; unklar, warum sie um diese Zeit überhaupt dort war; Zustand kritisch. Es wird erwähnt, dass es zwei weitere Einbrüche in derselben Nacht gab. Harriet sucht nach Informationen darüber, findet aber auch dazu nur, was der Sicherheitsdienst ihr gesagt hat: ein Einbruch bei ihr, einer in ein öffentliches Gebäude.

Sie versucht, weitere Nachrichten zu lesen, merkt aber, dass sie sich kaum konzentrieren kann. Die Müdigkeit macht sich bemerkbar. Als sie aufgerufen wird, schreckt sie von ihrem Stuhl hoch, weil sie eingenickt ist. Noch etwas desorientiert folgt sie dem Assistenten in den Vorbereitungsraum.

»Klaustrophobie?«

Sie hebt die Schultern.

»Sind Sie einverstanden, wenn wir Sie in die Röhre schieben? Sie müssten hier unterschreiben.«

»Wie lange dauert es eigentlich?«

»Zwanzig Minuten, höchstens eine halbe Stunde«, sagt

der Assistent. »Kein Problem, wenn Sie einschlafen, solange Sie sich dabei nicht bewegen.«

Sie wird in den Raum mit dem großen Gerät geführt, erhält Ohrstöpsel, muss sich auf den Bauch legen, den linken Arm gerade am Kopf vorbei nach oben ausstrecken, den rechten am Körper anwinkeln. Der Assistent drückt ihr einen Panikknopf in die rechte Hand, für alle Fälle. Dann wird sie ein Stück weit in die Röhre geschoben, so dass die Hand etwa in der Mitte des Geräts liegt.

»Schließen Sie die Augen, wir stellen jetzt den Laser ein.«

Es ist furchtbar laut, trotz der Ohrstöpsel. Es klopft und dröhnt. Harriet achtet auf ihre Atmung, damit Panik gar nicht erst aufkommt. Schlafen, hat der Assistent gesagt. Wenn nur der Lärm nicht wäre. Aber wie sie so mit geschlossenen Augen daliegt, merkt sie, dass das stumpfe Dröhnen ihr Bewusstsein ein Stück wegträgt und sie in einen leichten Traumzustand gleitet. Ihre Mutter ist wieder da. Aber sie sieht nicht aus wie ihre Mutter, sondern wie die Frau, die sie vor dem Feuer gerettet hat. Und dann ist es Dr. Ahmadi, obwohl es ihre Mutter ist. Jedenfalls versucht Harriet, ihr etwas zu sagen, aber sie hört ihr nicht zu, weil es so laut ist. Und Harriet fängt an zu weinen, ohne zu wissen, warum.

Sie blinzelt sich wach. Es ist ihr unmöglich abzuschätzen, wie lange sie schon in dieser Röhre liegt. »Superman-Position« schießt es ihr durch den Kopf, und sie ist sich mit einem Mal sicher, dass es wirklich so genannt wird. Woher weiß sie das? Hat sie damals doch ein MRT wegen ihrer Hand machen müssen? Bestimmt, aber warum kann sie sich wieder nicht erinnern? Sie fängt an zu überlegen, wann sie zum ersten

Mal im Krankenhaus war, um die Operation mit jemandem zu besprechen. Ihre Mutter war mit Sicherheit dabei. War es hier in diesem Krankenhaus gewesen? Oder doch woanders? Je stärker sie versucht, die Erinnerung heraufzubeschwören, desto schwieriger erscheint es ihr, die aufkommenden Fetzen greifen zu können. Bis da Bilder sind von einem strahlenden jungen Team aus Ärztinnen und Ärzten, alle tragen saubere, frisch gestärkte weiße Kittel, es wirkt wie ein Gruppenfoto. Es kann nicht ihre echte Erinnerung sein. Nein, es ist weg, sie weiß nicht mehr, wie alles angefangen hat. Wann sie das Ganglion entdeckt hat, wie die erste Operation verlaufen ist ... Da sind Lücken. Aber sie lassen sich leicht erklären, denkt sie. Die Aufregung damals ... Aufregung macht doch etwas mit der Erinnerung? Außerdem ging es ihr in der Zeit sehr schlecht wegen Jalas Selbstmord. Es muss kurz danach gewesen sein, als sie noch in dem Nebel aus Selbstvorwürfen und Zweifeln und Trauer und Schmerz steckte.

Endlich wird sie aus der Röhre geholt. Man erklärt ihr den Weg zurück in die Handchirurgie, sie verläuft sich zwei oder drei Mal, muss wieder eine Weile warten, bis sie aufgerufen wird.

»Frau Laurent«, sagt der Arzt betont jovial. »Da haben Sie aber vergessen, mir etwas zu erzählen.«

Sie schaut ihn verständnislos an. Der riesige Bildschirm vor ihm zeigt die Aufnahmen ihrer linken Hand. Er deutet auf ihren Ringfinger und den Bereich darunter. »Sehen Sie das?«

Sie schüttelt den Kopf. »Was ist denn jetzt mit dem Schnitt?«

Er winkt ab. »Mit dem Schnitt ist alles in bester Ordnung.«

»Warum kann ich dann meine Hand nicht richtig bewegen, warum fühlt sie sich so komisch an?«

»Ich denke, das hat eher mit der alten Verletzung zu tun.«

»Hat sich da etwas Neues gebildet?«

Er betrachtet sie eingehend, als könne er allein per Blickdiagnose feststellen, ob sie ihn verarscht oder das alles wirklich ernst meint. »Sind Sie sicher mit dem Ganglion?«

»Ja, wieso …«

»Okay, aber Sie wissen schon, dass die Hand auch gebrochen war?« Als sie nicht antwortet, redet er einfach weiter. »Sehen Sie, diese drei Mittelhandknochen und das Grundglied des Ringfingers, die Phalanx proximalis, waren gebrochen. Das war sicher keine leichte Operation. Hier diese Sehne war mal gerissen. Die wurde zusammengenäht. Ich denke, dass da noch einiges mehr kaputt war, was wir jetzt nicht mehr erkennen können. Der Nerv, der außen an ihrem Finger entlanggeht, sehen Sie hier? Wie dieser Nerv geschädigt wurde, ob da dem Kollegen oder der Kollegin was ausgerutscht ist oder ob das durch die Ursprungsverletzung passiert ist – dazu müsste ich die Akte einsehen können, aber Sie wissen ja, dass wir gerade dieses IT-Problem haben …«

»Das muss eine andere Aufnahme sein«, unterbricht sie ihn. »Jemand hat die Aufnahmen verwechselt. Meine Hand war nicht gebrochen.« Sie schüttelt den Kopf, spürt zugleich, wie der Boden unter ihr anfängt zu schwanken. Eine Sekunde lang glaubt sie, das Bewusstsein zu verlieren. »Ich würde doch wissen, wenn ich mir die Hand gebrochen hätte.«

»Und dann auch noch so kompliziert«, bestätigt der Arzt. »Was soll ich sagen, das da ist Ihre Hand. Glauben Sie mir, ich weiß, ob eine MRT-Aufnahme in Fleisch und Blut vor mir sitzt oder nicht.«

Harriet bezwingt den Impuls, ihn zu ohrfeigen. »Das kann nicht sein.«

»Doch, sogar die Nervenschädigung lässt sich hier ganz genau erkennen. Da ist übrigens nichts mehr zu machen, falls sie noch Hoffnung hatten. Hier, sehen Sie, deshalb spüren Sie auf der einen Seite nichts. Das da, warten Sie, hier können Sie die Stelle sehen, an der sich das angebliche Ganglion befunden hat, das ist die Narbe von der OP, einfach ausgedrückt. Oder eigentlich von den OPs, das war ganz klar mehr als eine.«

»Ja«, sagt sie. »Ich weiß nicht mehr, wie viele, aber …«

Er betrachtet noch eine Weile seinen Bildschirm, dann wendet er sich ihr zu und wirkt mit einem Mal wie ein ganz anderer Mensch. Viel wärmer und verbindlicher. Fast so, als sei ihm nicht egal, wer vor ihm sitzt. »Sie waren damals wie alt?«

»Siebzehn.«

»Hm. Dann hat man Sie behandelt wie ein Kind und Ihnen nicht die ganze Wahrheit gesagt. Vielleicht wollte man Sie nicht beunruhigen, weil man dachte, die Hand sei für immer hinüber. Waren Sie denn so richtig gut am Klavier?«

»Ich hatte gerade meine Aufnahmeprüfung für die Musikhochschule bestanden.«

Er wirkt ehrlich bestürzt. »Das ist dann wohl nichts geworden.« Er formuliert es nicht als Frage. »Aber man hat Sie im großen Stil angelogen. Ihre Hand war ein Trümmerfeld, und dass sie wieder so gut beieinander ist, würden weniger wissenschaftlich gebildete Menschen als Wunder bezeichnen.«

18

Vielleicht legt sich einfach ein Schalter im Gehirn um, wenn alles zu viel wird. Wie bei einem Sicherungskasten. Wenn man Glück hat, wird man nicht sofort verrückt. Wenn man Pech hat, brennen irgendwelche Drähte ein für allemal durch.

Harriets Gehirn schaltet in Überlebensmodus. Sie verlässt das Besprechungszimmer, ob sie sich von dem Arzt richtig verabschiedet hat, kann sie eine Minute später schon nicht mehr sagen. Sie findet auf wundersame Weise den Weg zur Besucherstraße. Dort herrscht Getümmel, als wären Leute extra hergekommen, um einen Einkaufsbummel durch die kleinen Geschäfte zu machen. In der Cafeteria holt sie sich wie ferngesteuert eine Flasche Wasser, findet einen freien Tisch. Es ist auch hier ziemlich voll. Die Menschen fliehen vor der Mittagshitze in die klimatisierten, frei zugänglichen Bereiche der Klinik. Sie sieht durch dicke Scheiben nach draußen. Dort ist so gut wie niemand unterwegs, Luftspiegelungen über dem Asphalt, verdorrtes Gras auf den Randstreifen, die Trägheit dieser unbelebten Szenerie ist greifbar.

Es gibt ein Schwarzes Loch in ihrem Leben. Bisher wurde alles, was sich seinem Ereignishorizont genähert hat, davon verschluckt. Aber irgendwann hat sich ein Wurmloch gebildet und schleudert nach und nach die verschluckte Materie heraus. Warum? Was war der Auslöser? Warum hatte alles mit der Rettungsaktion der alten Frau angefangen?

Harriet versucht, sich an die letzten Sitzungen mit Dr. Ahmadi zu erinnern. Sie weiß, dass sie nach Jalas Tod ständig bei ihr war. Danach gab es jemanden in Frankfurt, aber dazwischen mussten Monate gelegen haben. Der Frankfurter Therapeut war ein behäbiger älterer Mann gewesen, sehr nett, sehr ruhig, manchmal, wenn sie einen Termin am Abend hatte, schien er kurz einzunicken. Dann wartete sie, bis er wieder zu sich kam, und sprach weiter, als hätte sie es nicht bemerkt. Sie vermisste Dr. Ahmadi und wollte mit ihr wenigstens ab und zu telefonieren, aber ihre Mutter sagte, sie sei jetzt erwachsen und dürfe gar nicht mehr von Dr. Ahmadi behandelt werden. Sie hatte ihrer Mutter geglaubt. Es gab keinen Grund, an ihr zu zweifeln.

Jetzt stellt sie alles infrage. Die Sache mit dem Haus, zum Beispiel. Die Sache mit der Schule. Die Sache mit der Hand. Wann und wo hatte sie sich die Hand gebrochen? Wie war das passiert? Und warum hatte niemand mit ihr darüber geredet? Sie ruft die Webseite der Klinik auf und loggt sich mit den Daten ein, die sie vom Radiologie-Assistenten bekommen hat. Sie kann die MRT-Aufnahmen abrufen und alle Notizen und Befunde, die heute dort abgespeichert wurden. Auf den Aufnahmen steht ihr Name. Die Uhrzeit stimmt. Sie glaubt nicht, dass eine Verwechslung komplett ausgeschlossen ist, aber sie erkennt die charakteristische Narbe an ihrer Hand wieder. Es sind die richtigen Aufnahmen.

Will oder kann sich ihr Gehirn an etwas nicht erinnern, weil es zu schrecklich wäre? Was, wenn sie herausfindet, dass sie wirklich versucht hat, sich umzubringen? Was, wenn sie wirklich jemanden getötet hat, oder mindestens schwer verletzt? Oder sind dies auch falsche Erinnerungen, Träume, die bei Tageslicht nicht ganz verschwinden? Vielleicht sollte sie einfach aufhören, darüber nachzudenken, und das Vergessen neu lernen.

Harriet steht auf, nimmt die unangetastete Wasserflasche mit und probiert es noch einmal auf der Intensivstation. »Keine Veränderung«, heißt es dort von einer Person in Schutzkleidung, und: »Sie sollten sich keine allzu großen Hoffnungen machen.«

»Darf ich sie wenigstens sehen?«

»Ich kann Sie nicht zu ihr reinlassen.«

»Aber sehen ...?«

»Sie wird beatmet und hat einen Verband am Kopf. Wollen Sie sie wirklich so sehen? Das kann auf einige Menschen sehr belastend wirken. Ich kann Sie auch wirklich nicht in das Zimmer lassen. Sie ist in ein künstliches Koma versetzt, damit sich ihr Körper erholen kann, und wir müssen warten, bis die Schwellung des Gehirns zurückgegangen ist.«

Harriet zögert. Dann nickt sie.

»Wir rufen Sie an, sobald es eine Veränderung gibt. Dr. Neumüller steht mit uns in Kontakt, richtig?«

Harriet sieht der Person direkt in die Augen. Es ist der einzige Teil des Gesichts, der nicht bedeckt ist. »Sie haben gesagt, dass Sie auf den Rückgang der Schwellung warten. Das klingt für mich schon nach etwas Hoffnung.«

Kopfschütteln. »Sie hatte Gehirnblutungen. Selbst wenn sie aufwacht, wissen wir nicht, in welchem Zustand sie sein wird. Es sieht wirklich nicht gut aus, tut mir leid.«

Harriet atmet tief durch. »Danke, dass Sie so offen sind.«

»Gibt es weitere Angehörige?«

Sie hat keine Ahnung und schämt sich, dass sie das Mitgefühl eines anderen Menschen dermaßen ausnutzt. »Weit entfernt«, sagt sie und verabschiedet sich. Unschlüssig läuft sie über die langen Gänge und kramt in ihrem Gedächtnis, wie sie von hier aus am besten zurück nach Solln kommt. Es fällt ihr nicht sofort ein, sie glaubt, sich zu erinnern, dass ihre Mutter sie immer mit dem Auto gebracht und abgeholt hat.

In der Besucherstraße fällt ihr wieder der Typ im Rollstuhl auf. Neben ihm steht ein älterer Mann, vielleicht sein Vater. Er schaut sich die Bücher auf einem Drehständer an. Seine Lippen bewegen sich, er redet offenbar mit seinem Sohn, aber der hört nicht zu.

Er sieht Harriet direkt an.

Sie kann seinem Blick nicht ausweichen, da ist etwas, das sie erstarren lässt. Er hält sich das halblange Haar aus dem Gesicht, wie um sich ihr ganz unverstellt zu zeigen. Seine linke Gesichtshälfte wirkt verzogen, als sie näher kommt, erkennt sie eine Vielzahl von Narben, am Kinn, am Jochbein, auf der Stirn. Das linke Auge könnte ein Glasauge sein, aber sie ist sich nicht sicher. Sein linker Unterarm ist von einer wulstigen, rötlichen Narbe gezeichnet, die sich bis zum Ellenbogen zieht. Er folgt ihren Bewegungen mit seinem gesunden Auge, und als sie schon an ihm vorbeigegangen ist und sich noch einmal umdreht, sitzt er immer noch genauso da und starrt ihr nach. Sein Vater scheint nichts bemerkt zu haben, er ist weiterhin mit dem Drehständer beschäftigt. Harriet merkt, wie ihr kalt wird.

Vor dem Ausgang bleibt sie einen Moment stehen und atmet durch. Dann ruft sie bei der Sicherheitsfirma an und besorgt sich Pauls Nummer.

»Ich hab heut frei«, jammert er ins Telefon, ohne sich anzuhören, wer dran ist.

»Paul, hier ist Harriet. Ich weiß, ich habe Sie gerade geweckt, das tut mir leid, aber ich brauche Ihre Hilfe.«

Sie kann hören, dass Paul jetzt hellwach ist. »Frau Lau…«

»Harriet.«

»Klar. Harriet. Also, was kann ich für Sie tun?«

»Finden Sie alles über die beiden anderen Einbrüche raus. Alles, was nicht für die Öffentlichkeit bestimmt ist. Sie haben doch Kontakte zur Polizei oder zu anderen Kollegen, die mehr wissen.«

»Sicher, doch, ich kann mich umhören!«

»Und dann brauche ich alles, was Sie in Erfahrung bringen können, über einen Golo Kovács. Das muss aber unter uns bleiben, hören Sie?«

»Da können Sie sich drauf verlassen, Frau … also, Harriet.«

»Wirklich. Es ist extrem wichtig, dass Sie mit niemandem darüber reden, auch nicht mit Luigi, mit niemandem. Gehen Sie ganz diskret vor, aber sammeln Sie ein, was Sie finden können. Wir treffen uns heute Abend. Ist das möglich von Ihrer Seite aus? Ich kann auch bei Ihrer Firma darum bitten, dass Sie abgestellt werden, um, sagen wir mal, das Haus zu bewachen oder mir Personenschutz zu geben. Was meinen Sie?«

»Ich klär das. Kein Problem!«

Ihr fällt das Konto ein, auf dem sich Rücklagen für das Haus befinden. »Und Paul, ich werde Sie dafür bezahlen. Sie sollen das nicht umsonst machen.«

»Danke. Also, das müssen Sie nicht. Aber danke.«

Sie muss sich von ihrer Nachbarin die Zugangsdaten für das Konto geben lassen, denkt sie, als sie das Gespräch beendet und durch die Glastür nach draußen schaut, wo der gepflasterte Weg, der zur U-Bahnstation führt, in der Gluthitze kocht.

Golo Kovács. Der Name ist ihr eben aus dem Wurmloch vor die Füße geschleudert worden. Der Mann im Rollstuhl. Der Mann aus dem Albtraum. Sie hat ihn vor dem Flamingo-Eingang des Tierparks zusammengetreten, und er hat überlebt.

19

»Ich kenn den«, sagt Paul. Er steht sehr gerade und leicht breitbeinig mit auf dem Rücken verschränkten Händen vor ihr im Musikzimmer.

Sie bittet ihn, sich hinzusetzen, und bietet ihm das Du an, was er zögerlich akzeptiert.

»Woher kennst du ihn?«

»Ich war früher auf derselben Schule. Drei Jahrgänge unter ihm. Ihr müsstet gleich alt sein. Aber er hatte diesen Ruf.« Paul ist also etwas älter, als sie gedacht hat.

»Welchen?«

»Arrogantes Söhnchen. Sein Vater war damals Generalstaatsanwalt, die Mutter leitet eine sehr gut gehende Zahnklinik und verdient sich dumm und dämlich – um mal zu den Fakten zu kommen. Alles andere sind ja nur Gerüchte.«

»Ich will auch die Gerüchte.«

Er wirkt kurz verunsichert, entspannt sich dann aber. »Okay. Also, die offizielle Geschichte: Golo hatte einen krassen Kletterunfall. Seitdem Querschnittslähmung und Rollstuhl. Gesicht zur Hälfte zertrümmert, ein Auge verloren, Milzruptur. Ich hab nachgeschaut, was das ist …«

»Ich weiß, was das ist.« Sie nickt ihm zu, damit er weiterredet.

»Ah, ich wusste es nicht. Jedenfalls noch ein paar gebrochene Rippen, gebrochener Unterarm, das waren so die Highlights, an die sich meine Quelle erinnern konnte.«

»Wer ist deine Quelle?«

Paul malt mit dem Zeigefinger unsichtbare Kreise auf die Sessellehne. »Darf ich das sagen?«

»Ich werde dich nicht in Schwierigkeiten bringen, versprochen. Und auch sonst niemanden.«

»Okay. Weil, das ist echt wichtig für mich.«

»Und ich hab's dir versprochen.«

Er nickt, meidet aber ihren Blick. »Er kriegt einen Riesenärger, wenn rauskommt, dass er so was rumerzählt.«

»Paul.«

Seufzend sagt er: »Mein Cousin war damals als Sani im Einsatz. Er hat ihn mit seinen Kolleginnen von der Straße gekratzt. Deshalb kenne ich die ganzen Einzelheiten. Er kann sich gut dran erinnern, weil er ihn auch gekannt hat. Ihn und vor allem seinen großen Bruder.«

»Waren sie befreundet?«

»Was, mein Cousin mit denen? Sicher nicht. Niemals. Auf keinen Fall.« Paul lacht. »Unterschiedliche Planeten.«

»Aber dieselbe Schule.«

»Nur ich, weil meine Eltern hier in der Nähe wohnen. Mein Cousin kannte den großen Bruder, weil der mal ein Praktikum im Krankenhaus gemacht hat. Spielte sich auf, als wäre er der Chef, hat mein Cousin immer gesagt. Hat das Medizinstudium aber nicht beendet, er hat sich ›umentschieden‹.« Paul malt Anführungszeichen in die Luft. »Er ist wohl von der Uni geflogen, weil er zu oft gefehlt und Drogen genommen hat und was weiß ich. Also, der große Bruder von Golo. Willst du wissen, was er heute macht? Ich habe das auch recherchiert.«

»Paul, du bist genial«, sagt Harriet.

»Gustav Kovács arbeitet inzwischen als Altenpfleger, wahrscheinlich in Rosenheim, nachdem er ein paar Jahre in einer teuren Privatklinik zugebracht hat. Burnout, hieß es offiziell. Entzug und Psychoprobleme, sagen die Gerüchte.«

»Siehst du, deshalb will ich auch die Gerüchte und nicht nur die Fakten.«

Paul wirkt zufrieden. »Willst du wissen, wo sie Golo von der Straße gekratzt haben? Beim Tierpark. Hinter der Brücke, Richtung Siebenbrunn. Klettern kann man da nicht so gut.«

»War es ein Autounfall?« Sie versucht, möglichst unbedarft zu klingen.

»Dachten sie zuerst, aber er ist wohl übelst zusammengeschlagen worden.«

»Wow. Hat er gesagt, von wem?«

Paul schüttelt den Kopf. »Kein einziges Wort. Nie. Und weil Papa ja Generalstaatsanwalt war, gibt es da natürlich ein paar Theorien.«

»Nämlich?«

Jetzt lehnt sich Paul zurück. Offenbar ist es eine Theorie, an der er selbst zusammen mit seinem Cousin gestrickt hat. »Golo hat sich mit so üblen Leuten angelegt, dass selbst ein Generalstaatsanwalt machtlos ist.« Er senkt die Stimme. »Mafia.«

Harriet nickt. »Klingt plausibel. Was hast du noch rausgefunden über Golo?«

Der Sicherheitsmann zögert, offenbar hätte er seine Theorie gern noch etwas weiter ausgebreitet. »Na gut«, sagt er schließlich. »Golo war dann monatelang von der Bildfläche verschwunden. Eine Operation nach der nächsten. Sein Vater hat alles dafür getan, dass die Geschichte mit dem Kletterunfall als einzig wahre Wahrheit verbreitet wurde und alle daran glaubten. Kurz drauf hat er den Dienst quittiert, um sich ganz der Pflege seines Sohnes zu widmen.«

»Und das weißt du alles von deinem Cousin?«

Er nickt eifrig. »Das hat ihn damals schwer mitgenommen, dieser Anblick da auf der Straße … Er sagt, der Typ war Brei. Da musste das beste medizinische Personal zusammengerufen werden, allein um sein Gesicht wieder halbwegs zu einem Gesicht zu formen. Der alte Kovács war später sogar bei meinem Cousin und hat sich persönlich bei ihm bedankt, er meinte, er hätte Golo gegen alle Widerstände das Leben gerettet, weil er vor Ort nicht aufgehört hat mit Wiederbelebungsmaßnahmen.«

»Welche Widerstände?«

»Na ja … Es gab fast bisschen Ärger, weil er sich wohl den Anweisungen der Notärztin widersetzt hat. Die hätte ihn sterben lassen, meint er. Also, nicht böse gemeint, sie dachte halt, der schafft es nicht. Aber er hat es ja geschafft. Es war auf jeden Fall großes Drama, Kompetenzgerangel und so, und irgendwie hat der alte Kovács davon Wind bekommen.«

Harriet nickt, sieht dabei aus dem Fenster. Oder tut zumindest so. In Wirklichkeit sieht sie nichts, um sie herum scheint alles zu verschwimmen, zu flackern, zu beben. Es kostet sie ein Höchstmaß an Selbstkontrolle, ihre Stimme klar und ruhig zu führen und nicht zu schnell zu atmen. Es hätte nicht viel gefehlt, und sie wäre jetzt eine Mörderin. Aus dem Wirbelsturm in ihrem Inneren formt die Vernunft die Frage: »Und Golo hat nie darüber gesprochen, was wirklich passiert ist?«

»Nie. Er spricht aber eh mit niemandem. Er hängt nur mit seinem Vater rum, hat keine Freunde, nur Krankenhaustermine und Reha und dann wieder Krankenhaus und zwischendurch Therapie. Seit über fünfzehn Jahren. Die Kovács waren mit ihm auch in allen möglichen Kliniken im Ausland. Es heißt, er sei extrem verbittert und hätte auch schon versucht, seinen Vater umzubringen oder sich selbst oder so. Das sind wieder nur Gerüchte.«

Sie hat sein Leben zerstört, nicht nur seins, und sie hat nicht die geringste Ahnung, warum. »Aber im Ernst, was könnte er denn getan haben, dass jemand einen solchen Hass auf ihn hat?«

Paul zuckt die Schultern. »Er war ein Arschloch. Er hat Leute gemobbt und rumgedealt und sogar Lehrpersonen fertiggemacht. Für ihn gab es halt nie Konsequenzen. Zwischendurch haben ihm die Eltern wohl mal den Geldhahn zugedreht, aber dann standen kurz drauf die Dealer vor der Tür und haben die Schulden bei den Alten eingetrieben. Muss ein Riesenspaß gewesen sein, da steht der oberste Koksdealer von Schwabing unangemeldet beim Generalstaatsanwalt vor der Villa und hält die Hand auf. Auch das, alles nur Gerüchte, übrigens«, schiebt er schnell hinterher.

»Du meinst also, dass er zu viele Schulden hatte, und jemand wollte ihm einen Denkzettel verpassen?«

»Oder Mafia«, flüstert er wieder. »Er war echt größenwahnsinnig. Kein Mensch weiß, mit wem der Deals hatte. Noch vorm Abi wollte er sein eigenes Business aufziehen, irgendwas Bekloptes, nen eigenen Club oder so was. Zusammen mit ein paar Kumpels von seinem Bruder. Die Mutter von einem hat ihm sogar eine halbe Million Startkapital gegeben. Hat er komplett versenkt. Aber ob die deshalb auf ihn losgegangen ist … oder ihm jemanden auf den Hals gehetzt hat …« Er verzieht skeptisch den Mund. »Wer weiß das schon?«

»Jemand hat ihm eine halbe Million gegeben? Bevor er überhaupt volljährig war?«

»Vielleicht war er da schon achtzehn. Aber solche Geschichten über ihn gibt es haufenweise. Ich denke, die Leute, die ihm gern eine reingehauen hätten, standen Schlange. Einerseits. Andererseits war da wohl echt mega Hass hinter der Aktion. Sagt mein Cousin. Der hat ja Erfahrung damit, wie das aussieht, wenn jemand Dampf ablassen muss. Er sagt, wenn ein betrogener Ehemann wie ein SUV ist und Typen aus dem Milieu, sagen wir mal, wie LKW, dann war das ein Panzer. Mindestens.« Er nickt nachdrücklich, zufrieden mit den zweifelhaften Analogien seines Cousins.

Harriet bedankt sich bei ihm, bittet ihn, einen Moment zu warten. Eilig verschwindet sie nach oben ins Badezimmer und schließt sich ein. Sie hält sich am Waschbeckenrand fest und lässt den Sturm in ihrem Kopf toben. Wie konnte sie zu so etwas fähig sein? Sie kann sich nicht erinnern, ihn auch nur gekannt zu haben, aber was bedeutet Erinnerung schon. Um nicht laut zu schreien, beißt sie sich fest in die Hand. Dann dreht sie den Wasserhahn auf, wartet, bis das Wasser gleichmäßig klar und kalt herausläuft, kühlt sich die Handgelenke. Im ersten Stock ist es viel wärmer als im Erdgeschoss. Dadurch, dass sie gestern alle Fensterläden geöffnet hat, knallen die Sonnenstrahlen ungehindert ins Innere des Hauses und heizen es erbarmungslos auf.

Vielleicht war sie es aber auch gar nicht. Vielleicht hat man ihr damals davon erzählt, und es hat sich in ihre Träume geschlichen, weil sie in der Nähe des Tatorts übernachtet hat. So muss es sein. Natürlich. Das ist die Antwort. Sie hat gar nichts damit zu tun.

Aber warum hat Golo Kovács sie dann so finster angestarrt?

Einbildung, redet sie sich ein. Paul hat gerade erzählt, wie verbittert Golo ist. Wahrscheinlich starrt er ständig Leute böse an. Sie beruhigt sich langsam, das Atmen fällt ihr leichter. Sie wirft sich kaltes Wasser ins Gesicht, findet kein Handtuch, benutzt ihr T-Shirt zum Abtrocknen. Es mag an der Umgebung liegen, an den altvertrauten Fliesen und der Einrichtung des Badezimmers, aber sie erwartet eine andere Harriet im Spiegelbild und ist erschrocken, sich so zu sehen. Nicht die fünfzehn Jahre, die vergangen sind, machen ihr zu schaffen, so eitel ist sie nicht. Es ist ihre Haltung, ihre Ausstrahlung. Was das Leben mit ihr gemacht hat. Wie viel geduckter sie da steht, wie sie versucht, sich unsichtbar zu machen. Wie sie jeden Ausdruck aus ihrem Gesicht getilgt hat, um nicht anzuecken. Wo ist die Lebendigkeit hin, wo die Hoffnung, die sie früher einmal besaß?

Es klopft an der Badezimmertür.

»Harriet, alles in Ordnung?«

»Ja, es hat etwas gedauert mit dem Wasser, und ich muss mich erst wieder zurechtfinden. Ich komme gleich runter!« Ihre Stimme klingt viel zu unsicher.

»Okay«, sagt Paul durch die Tür. »Ist wirklich alles in Ordnung?«

»Moment noch.« Sie dreht noch einmal den Wasserhahn auf und klappert mit ein paar Schranktüren, während sie die Augen geschlossen hat und sich ganz auf ihre Körperhaltung konzentriert. Auf die Schultern. Auf den Rücken. Als sie sich bereit fühlt, öffnet sie die Tür und geht auf den Flur. Er wartet am Treppenabsatz.

»Ich dachte, ich schau besser mal.«

»Danke.«

Er macht keine Anstalten, nach unten zu gehen. Stattdessen fragt er: »Warum ist dir das so wichtig mit diesem Golo? Ich meine, was hast du mit dem zu tun?«

Sie setzt sich auf die oberste Treppenstufe. »Hier saß ich früher immer gern. Einfach so. Ich dachte dann, dass ich von hier aus den kompletten Überblick habe. Egal, was passiert, oben oder unten.« Sie lächelt Paul an. Er setzt sich zu ihr. »Ich habe Golo heute im Krankenhaus gesehen. Und es hat mich einfach interessiert, was mit ihm geschehen ist.«

»Ah, verstehe. Du kennst ihn auch von früher, klar. Er war ja mit deinem Nachbarn in einer Klasse. Logisch.«

Harriet versucht, sich nicht anmerken zu lassen, dass dies eine neue Information für sie ist. »Tja, das sah schon ganz schön heftig aus. Ich glaube, sein Vater war bei ihm.«

»Der ist immer dabei.«

»Wow.«

»Warum warst du im Krankenhaus? Wegen der Hand?« Er zeigt auf den Verband.

Sie nickt. »Sieht aber alles gut aus.«

»Die Neumüllers sind echt nette Leute. Die haben mir auch geholfen, als ich mich mal am Bein verletzt hab. Das hat geblutet! Die haben die Wunde sauber gemacht und alles genäht.«

»Bist du auch nur basisversichert?«

Er hebt die Schultern. »Klar, was soll ich hier schon verdienen?«

»Ich geb dir was für diesen Extraauftrag.«

»Nein, echt nicht!«

»Ich hab es dir versprochen.«

»Wirklich nicht, das war doch keine Arbeit.«

»Keine Widerrede.« Sie hebt die Hand. »Übrigens wollte ich auch nach Dr. Ahmadi sehen«, sagt sie. »Aber sie liegt im Koma, und man lässt mich nicht zu ihr. Niemand darf zu ihr. Es ist wohl sehr schlimm.«

Paul nickt. »Ja, mein Kontakt bei der Polizei hat gesagt, sie ist wohl heftig auf den Kopf gefallen. Sieht aus, als wäre sie gestoßen worden. Wenn früher Hilfe gekommen wäre …«

»Du bist aber gut informiert. Wer ist dein Kontakt bei der Polizei? Auch ein Cousin?«, lacht Harriet.

Paul wirkt ein wenig beleidigt. »Wir arbeiten natürlich eng mit denen zusammen. Da baut man sich eben Kontakte auf. Wir müssen ja wissen, was los ist. Und umgekehrt müssen die bei der Polizei auch wissen, was los ist.« Er macht ein wichtiges Gesicht.

Sie betrachtet ihn aufmerksam. Er ist stolz auf seinen Job, egal, wie schlecht er bezahlt ist. Er schämt sich nicht dafür, zum Prekariat zu gehören. Paul hat seinen Platz im Leben gefunden. Sie beneidet ihn darum.

»Was?«, fragt er irritiert.

»Ich musste nur kurz an etwas denken. Aber sag mal, es

waren doch drei Einbrüche. Hier, in Dr. Ahmadis Praxis und wo noch?«

»In einer Schule.«

Noch zu ihrer Zeit wurden in Solln zwei Schulzentren neu gegründet, um die Wege zu verkürzen, Klassen zu verkleinern und besseren Unterricht anbieten zu können. Eines mit einer naturwissenschaftlich-technologischen und eines mit einer fremdsprachlich-künstlerischen Ausrichtung.

»In welcher von den beiden? Bei den Techis oder bei den Kunstis?«

»Bei den Kunstis.«

Es ist die bei Eltern deutlich weniger beliebte Schule, was nicht an der Qualität des Unterrichtsplans oder der Eignung des Lehrpersonals liegt, sondern an den vermuteten späteren Berufschancen. Es ist außerdem Harriets Schule gewesen.

Die hart erkämpfte Ruhe verschwindet. Sie kann nicht anders, als das Offensichtliche zu sehen: Ihre Schule, ihre Therapeutin, ihr Zuhause. Natürlich geht es dabei um sie. Und die Person, die es auf sie abgesehen hat, schreckt nicht vor einem Mord zurück.

Harriet muss sich wieder zwingen, wenigstens nach außen hin ruhig zu wirken. »Was wurde gestohlen?«

»Das weiß ich nicht. Ich weiß nur, dass da eingebrochen wurde. Soll ich mich umhören?«

Sie nickt. »Danke, Paul.« Dann steht sie auf. »Ich geh mal rüber zu den Neumüllers, ein paar Sachen klären. Und Hitzewarnung hin oder her, ich sollte wohl etwas einkaufen.«

»Wie lange bleibst du hier?«

Gute Frage. Eigentlich könnte sie für immer bleiben. Hier

einfach neu anfangen. Was hält sie in Frankfurt? Aber will sie zurück an den Ort ihrer Kindheit, an dem Verbrechen geschehen, die mit ihr zu tun zu haben scheinen? An dem sie möglicherweise selbst Verbrechen verübt hat, nur dass sie sich nicht erinnern kann?

»Das muss ich erst noch rausfinden«, sagt sie ehrlich.

20

Im Keller ist es so kühl, dass sie für einen Moment überlegt, die kommende Nacht hier zu bleiben. Aber der Gedanke, dass hier gerade erst eine fremde Person, die zu allem fähig scheint, eingedrungen ist, lässt sie zurückschrecken. Das, und natürlich die kindliche Angst vor dunklen Verliesen. Die Alarmanlage ist scharf gestellt, die Außenkameras sind aktiviert, die Sicherheitsleute gewarnt. Sie fühlt sich trotzdem nicht so sicher, wie es ihr der Verstand nahelegt.

Eigentlich hat sie die Fenster im oberen Stockwerk nachts offen lassen wollen, damit es im Haus wieder abkühlt, aber sie traut sich nicht. Sie hat alle Fensterläden geschlossen und in einigen Zimmern das Licht eingeschaltet. Es soll bewohnt aussehen. Und die Dunkelheit vertreiben. Bis vor zwei Tagen mochte sie die Dunkelheit noch.

Hier unten sind ebenfalls alle Lichter an, und zusätzlich hat sie noch eine alte Taschenlampe dabei. Sie wirft ein stärkeres Licht als ihr Telefon. Als sie vorhin einkaufen war, hat sie genügend Taschenlampenbatterien gekauft, um jeden Prepper neidisch zu machen. Sie hat auch Essen gekauft, Konserven vor allem, nichts Verderbliches. Ans Selbstkochen müsste sie sich erst wieder gewöhnen, so weit ist sie noch nicht. Auch war es ungewohnt, nicht auf den Preis achten zu müssen. Nicht die untersten Regale oder die aussortierten Produkte am Personaleingang durchforsten zu müssen. Sie tat es trotzdem. Dann kleidete sie sich neu ein. Zuvor hatte sie im Keller nachgesehen, ob nicht doch noch irgendwo etwas von früher von ihr zu finden war. Aber sie konnte nicht den kleinsten Fetzen finden.

Am liebsten hätte sie gar nichts Neues gekauft, allerdings hat sie kaum was zum Wechseln dabei. Zumal sie die blutbeschmierten und zerrissenen Sachen wegwerfen musste. Also dachte sie zuerst daran, in den nächsten Secondhandladen oder eine Kleiderkammer zu gehen. Aber dann fiel ihr ihr Spiegelbild im Bad ein, wie klein und verloren sie ausgesehen hatte, und sie beschloss, sich etwas Gutes zu tun. Es sollte nicht teuer oder extravagant sein. Nur etwas zum Anziehen, das ihr passt, das ihr wirklich gefällt und das niemand vor ihr getragen hat. Und Schuhe. Neue Sandalen. Neue Sneaker. Und welche für den Winter, wenn sie schon mal dabei ist. Irgendwo würde es sicherlich auch im Hochsommer Winterstiefel geben. Jedes Paar Schuhe, das sie besitzt, ist ausgelatscht und hat so gut wie kein Profil mehr. Ganz abgesehen davon, dass sie kein einziges Paar in ihrer Größe hat. Die Liste in ihrem Kopf wurde immer länger.

Sie ging besonnen vor, nahm nur das Nötigste. Praktische Sachen, sportlich, strapazierfähig, teilweise auch reduziert. Das einzig wirklich teure Stück war ein Oberteil, das sie Xiaomeng mitbringen will. Trotzdem hatte sie ein schlechtes Gewissen, als sie mit zwei riesigen Einkaufstüten nach Hause kam. Sobald sie alles in die Waschmaschine geworfen hatte, merkte sie, dass kein Waschmittel im Haus war. Sie musste sich welches bei den Neumüllers borgen.

Als sie sich im Bad die Hände wusch und nicht nur flüchtig,

sondern kritisch in den Spiegel schaute, merkte sie, was sie den ganzen Tag schon irritiert hatte: dass sie sich nicht mehr wiedererkannte, weil sie ihr altes Ich und die Person, die sie jetzt war, nicht in Einklang bekam. Einer Eingebung folgend ging sie aus dem Haus, kämpfte sich durch die abendliche Hitze zur Wolfratshauser Straße und betrat einen Friseursalon.

Die Waschmaschine brummt ein paar Räume weiter, während Harriet sich Stück für Stück durch die vollgestopften Kartons arbeitet, die in erster Linie Zeug ihres Vaters enthalten. Sie stellt sich vor, wie ihre Mutter darauf besteht, alles zu entsorgen, was überflüssig ist, und wie er hinter deren Rücken möglichst viel in die Kellerschränke und Kartons stopft, weil er es nicht übers Herz bringt, etwas wegzuwerfen, an dem er hängt. Und er hängt an vielem. Er sieht Schönheit in allem, oder zumindest etwas Besonderes. Wenn er es sich dann auf die ein oder andere Weise zu eigen gemacht hat, kann er sich nur schwer davon trennen.

Konnte.

Mittlerweile hat er wohl fast alles vergessen, was hier lagert.

Sie findet alte Skizzen und Zeichnungen, Notizen, Fotos, Collagen. Er hat Bilder aufgehoben, die sie in der Schule gemalt hat. Oder im Kindergarten? Harriet muss lachen, es ist offensichtlich, dass sie sein Talent nicht geerbt hat, und trotzdem hat er diese scheußlichen Krakeleien nicht wegwerfen können.

Fotos, die ihm wichtig waren, entwickelte er selbst und

klebte sie in Alben, zeichnete etwas daneben oder schrieb einen kleinen Text dazu. Als Kind hat sie diese Alben geliebt und sogar im Teenageralter immer wieder angesehen. Sie kennt sie fast alle auswendig. Jedes einzelne Foto, von Urlauben, Spaziergängen, Geburtstagsfeiern, Nachmittagen im Garten, ist auch ein Teil ihrer Geschichte, und sie ist unendlich beruhigt, dass sie sich an alles erinnern kann, was sie hier sieht. Das komische hellblaue Kleidchen, das sie zur Einschulung getragen hat, zum Beispiel. Dazu ihr ernster, viel zu erwachsener Blick, der zu sagen scheint: Ich zieh das jetzt durch, dann sehen wir weiter. Ihr Haar reichte bis fast zu den Schultern. Sie weiß noch, dass sie es schrecklich fand und lieber eine Frisur wollte wie ihre Kindergartenfreundin Lan, einen Pixie-Cut. Bis vor einer Stunde ist ihr Haar lang gewesen, fast bis zu den Hüften, weil sie es sich nicht leisten konnte, es regelmäßig schneiden zu lassen. Sie hat es selbst nachgeschnitten und meist zum Zopf gebunden getragen, damit nicht auffiel, wenn sie mal schief geschnitten hatte. Jetzt hat sie den Pixie-Cut, den sie damals wollte. Den sie als Jugendliche hatte. Es fühlt sich ungewohnt an, aber auch richtig und befreiend.

Natürlich wartet sie darauf, irgendwann auf Bilder zu stoßen, an die sie sich nicht erinnern kann. Weder an die Bilder noch an die Situationen. Und als sie das letzte Fotoalbum in die Hand nimmt, spürt sie, dass es gleich so weit sein wird. In diesem Album hat ihr Vater Fotos von ihren Auftritten gesammelt, wie es aussieht, von jedem einzelnen. Er hat es sich niemals entgehen lassen, bei ihren Auftritten dabei zu sein. »Wenn du mich nicht dabeihaben willst, kein Problem, dann sage ich dir einfach nicht, dass ich komme, und setze mich in die letzte Reihe. Das merkst du gar nicht«, sagte er einmal, als sie meinte, es sei doch peinlich, wenn ihr Vater ständig dabei wäre. Da muss sie zehn gewesen sein, oder elf.

Auf dem ersten Bild ist sie fünf Jahre alt. Die einzige Erinnerung, die sie an diesen Tag, dieses Konzert hat, stammt von diesem Foto: Sie trägt ein schwarzes Kleidchen und schwarze Riemenschuhe mit weißen Söckchen und wirkt unglaublich konzentriert, während sie gerade die Klavierbank hochschraubt, um die Tasten zu erreichen. Auf dem Notenpult sind Blätter verteilt. Harriet hat keine Ahnung mehr, was sie damals gespielt hat, aber der ordentlich geschriebene Fingersatz ihrer damaligen Lehrerin, ganz anders als später die zornigen Bleistiftstriche von Mironow, von dessen ausladender Handschrift sie immer fasziniert war, lässt sich verschwommen erahnen. Ihr Vater hat neben das Foto notiert: »Der Beginn einer großen Karriere – und ich war dabei!!!« Harriet beißt sich auf die Unterlippe und versucht, Tränen zurückzuhalten. Schnell blättert sie weiter, sieht dabei zu, wie sie immer älter wird, wie sich ihr Konzertoutfit über die Jahre ändert, ihre Frisur, sieht die unterschiedlichen Programme, die ihr Vater eingeklebt oder sauber notiert hat. Oft sind auch Fotos von den Konzertsälen dabei, mal mit, mal ohne Publikum. Es gibt Fotos vor den Konzerten beim Gespräch mit der Dirigentin oder der ersten Geige, beim Warmspielen, beim rituellen Colatrinken, und hinterher beim Verbeugen, beim Entgegennehmen von Blumensträußen, beim Autogramme geben oder beim in die Selfiekameras fremder Menschen grinsen, beim Anstoßen mit Orangensaft, später dann Champagner.

Die Bilder, die er von ihrem Konzert in der Isarphilharmonie gemacht hat, sind ganz anders als die Abzüge, die oben im Musikzimmer hängen. Anders als der Fotograf hat ihr Vater sie nicht während des Spiels mit seiner Analogkamera aufgenommen, sondern davor. Auf einem Bild hält sie die Tschaikowski-Noten mit verschränkten Armen an die Brust gedrückt, sie trägt fingerlose Handschuhe und schaut auf den Konzertflügel, als würde sie mit ihm im Dialog stehen. Auf einem anderen sitzt sie in der ersten Reihe des leeren Zuschauerraums, wahrscheinlich nach dem Warmspielen oder nach einer Orchesterprobe, in einer obligatorisch fingerlos behandschuhten Hand baumelt eine Colaflasche, ihre Nägel sind grün lackiert. Sie trägt ein weites schwarzes Männerhemd, eine weite schwarze Hose und schwarze Schnürstiefel. Am Hals eine Kette mit einem großen, runden silbernen Anhänger. Es lässt sich auf dem Foto nicht genau erkennen, aber sie weiß, dass darauf der aztekische Sonnenkalender ist, sie trug ihn immer als Glücksbringer.

Sie blättert noch einmal zurück – ein paar Seiten, die zwei Jahre umspannen – zu einem Soloabend im Konzertsaal des Bayerischen Rundfunks. Damals hat sie Ravel gespielt. Ihr Vater hat es genau aufgeschrieben: *Jeux d'eau*, *Une barque sur l'océan* und *Ondine*. Auf einem Bild steht sie mit ihrem Stimmwerkzeug da und späht kritisch in das Innenleben des Flügels. Eine ältere Frau und ein jüngerer Mann stehen ein Stück entfernt, die Arme verschränkt, und beobachten sie mit hochgezogenen Augenbrauen. Eine Seite weiter ein kleiner Konzertsaal, zusammen mit Jala. Zwei Flügel, die beiden sitzen sich an ihrem jeweiligen Instrument gegenüber, sehen sich unter den aufgeklappten Deckeln hindurch an, die Hände schweben über den Tastaturen, als würde es jede Sekunde losgehen. Harriet wünscht sich, die Speicherkarte zu finden. Davon würde sie sich am liebsten sofort einen Abzug machen, in Postergröße. Sie kann nicht mehr verhindern, dass ihr Tränen übers Gesicht laufen.

Es klingelt. Harriet zuckt zusammen. Es ist der Sicherheitsdienst, sie hat ganz vergessen, dass jemand ins Haus kommen sollte, um die Alarmanlage zu überprüfen, die Steuerung mit ihrem Telefon zu verbinden und Bildschirme einzurichten, damit sie im Haus sehen kann, was die Außenkameras aufnehmen. Sie wischt sich die Tränen aus dem Gesicht und geht hoch, um mit dem Summer das Tor zu öffnen. Sie freut sich, Luigi und Paul über das Grundstück gehen zu sehen.

Die beiden starren sie an, Luigi wird etwas langsamer, bevor er die Haustür erreicht. »Oh«, macht er.

»Ach so. Ja. Ich dachte, es ist Zeit für eine kleine Veränderung.« Sie grinst. »Sieht es so scheiße aus?«

»Ich habe Sie gar nicht erkannt!«, beschwert sich Luigi, ganz eindeutig der Typ, der auf lange Haare steht. Er quetscht sich an ihr vorbei ins Haus und positioniert sich vor der Alarmanlage.

»Hör nicht auf ihn«, sagt Paul. »Sieht super aus. Nur eben ganz anders.« Paul wartet, bis sie ihn hereinbittet.

»Hattest du nicht heute frei?«, fragt sie ihn.

»Wir haben den Dienst mit dem anderen Team getauscht«, antwortet Luigi, ganz Dienstältester, anstelle des jungen Kollegen. »Wir kennen das Objekt besser. Das ist Ihnen doch recht?«

»Auf jeden Fall.« Sie lächelt. »Ich habe sogar eingekauft. Falls Sie einen Kaffee wollen oder etwas anderes?«

Luigi ist deutlich verunsichert. Er weiß sie nicht einzuordnen. Bei ihrer ersten Begegnung war sie für ihn so etwas wie eine Einbrecherin. Jetzt ist sie seine Auftraggeberin, und es sind seitdem nicht einmal zwei Tage vergangen. »Äh, vielleicht später, danke«, murmelt er deshalb unentschieden, und Paul schwankt zwischen der Loyalität zu seinem älteren Kollegen und dem Wunsch nach einer Tasse Kaffee.

»Okay, ich stelle alles hin, Sie bedienen sich dann. Die Maschine ist selbsterklärend. Wenn Sie mich brauchen, ich bin im Keller.« Sie sagt es zu Luigis Rücken. Er ist intensiv mit der Technik beschäftigt. Dann zwinkert sie Paul zu und verschwindet nach unten.

Die Waschmaschine ist gerade durchgelaufen. Sie holt die nassen Sachen raus und steckt sie in den Trockner. Durch die offene Kellertür hört sie die Stimmen der beiden Männer. Es beruhigt sie, dass sie mit ihr im Haus sind.

Bevor sie mit dem Fotoalbum weitermacht, scannt sie noch einmal die restlichen Kartons, in der Hoffnung, eine Idee dafür zu bekommen, was hier lagern könnte, das einen Einbruch rechtfertigt. Für andere Leute ist der Inhalt der Kisten wertlos, er hat minimalen Sachwert, lediglich emotionale Bedeutung für ihren Vater, und einiges auch für sie.

Sie hockt sich auf einen geschlossenen Karton und nimmt das Album wieder in die Hand, blättert vor zu der Stelle, an der sie aufgehört hat. Ein Liederabend, bei dem sie Toru begleitet. Er hat den Mund geöffnet, singt offenbar gerade mit voller Inbrunst. Sie sitzt etwas vorgebeugt und scheint sich voll konzentriert auf die Unterlippe zu beißen. Vor ihr auf dem Flügel aufgeschlagene Noten, sie weiß, dass es das *Italienische Liederbuch* von Hugo Wolf ist. Was Toru wohl heute macht, fragt sie sich, nimmt ihr Telefon und gibt seinen Namen in eine Suchmaschine ein. Sie wünscht sich, dass er es geschafft hat. Dass er Konzerte gibt und die Welt bereist oder an einer renommierten Hochschule unterrichtet. An einem Opernhaus unter Vertrag ist. Aber sie findet nur Querverweise zu ihrer gemeinsamen Schule. Und dann auf einer Seite mit Kleinanzeigen in Berlin eine Annonce: *Privater Gesangsunterricht und Stimmbildung von ausgebildetem Lied- und Opernsänger.* Sie weiß, was das bedeutet. Dass er so lebt wie sie in Frankfurt. Obwohl die Annonce einige Jahre alt ist, kopiert sie die Telefonnummer und speichert sie ab. Vielleicht wird sie sich nie bei ihm melden, es könnte ihm unangenehm sein.

Es folgen Fotos von ihren Reisen zu den verschiedenen Musikhochschulen, daneben Notizen wie: »Die Tochter mag die Übungszellen nicht. Sie sehen wirklich wie Zellen aus! Fünf Jahre Haft ohne Bewährung?!« Oder: »Schöne Stadt – wenn man tot überm Zaun hängt.« Und auch: »Cafeteria ist eine Katastrophe. Unfreundlicher Kaffee und ungenießbare Bedienung!« Sie muss lächeln. Es klingt, als sei ihm nichts gut genug gewesen. Oder war ihr nichts gut genug gewesen? Noch während sie versucht, sich diese Frage zu beantworten, blättert sie zu den letzten Fotos vor. Fast hätte sie sie nicht gesehen, denn aus irgendeinem Grund sind ein paar leere Seiten davor.

Aufgenommen im neuen Gasteig. Backstage, der leere Zuschauerraum, der Flügel ruhend auf der Bühne, das sich langsam füllende Foyer. Publikum in den ersten Reihen. Sie mit ihren fingerlosen Handschuhen und den Noten. Sie am Flügel, um sich einzuspielen. Das eingeklebte Programm: Camille Saint-Saëns, *Klavierkonzert Nr. 2 g-Moll, op. 22.* Als Solostück: Maurice Ravel, *Alborada del gracioso.* Als Datum der Silvesterabend.

Ein Bild von ihr während des Konzerts, ihr Vater muss schräg hinter ihr gesessen haben. Die Dirigentin ist zu sehen, ein Teil des Orchesters. Am graphischen Verlauf der verschwommenen Notenblätter erkennt sie den 3. Satz des Klavierkonzerts.

Keine handschriftlichen Kommentare ihres Vaters. Keine Fotos, die nach dem Konzert aufgenommen wurden. Nur: ein skizziertes gebrochenes Herz, ganz klein am unteren Rand der Seite. Danach nur noch leere Seiten.

Von diesem Konzert weiß sie nichts. Sie war damals siebzehn. Es war ihr Abschlussjahr an der Schule. Jala war kurz vorher gestorben. Sie selbst hatte die Aufnahmeprüfung an der Hochschule bestanden. In ihrem Gedächtnis findet sich nichts über diesen Abend. Sie weiß nicht mehr, dass sie dieses Konzert jemals vor Publikum und mit Orchester gespielt hat. Sie weiß nichts von Orchesterproben im Gasteig. Vor allem hat sie nicht die geringste Erinnerung daran, mit diesem schwierigen Ravel-Stück jemals so weit gewesen zu sein, dass sie es öffentlich vorgespielt hätte. Kann es sein, dass die Bilder Fotomontagen sind, das Programm eine Nachbildung? Dass dieses Konzert nur in der Fantasie ihres Vaters existiert hat? Ein Wunsch, der wegen ihrer Operationen nicht mehr wahr werden konnte, weshalb er ihn sich mit einer KI-Fotosoftware erfüllt hat? Möglich. Nicht einmal unwahrscheinlich. Er wusste, wie viel ihr diese beiden Werke bedeuteten. Deshalb wohl das gebrochene Herz: weil es nie dazu gekommen war.

Trotzdem gibt sie ihren Namen zusammen mit Gasteig in die Suchmaschine ein. Die Ergebnisse verweisen auf ihr Konzert in der Isarphilharmonie, weil diese zum Gasteig gehört. Ankündigungen, Kritiken, Fotos, alles Mögliche, nichts, was ihr neu wäre. Früher hat sie ihren Namen öfter gesucht, um sich anzusehen, was über sie geschrieben wurde. Seit Frankfurt hat sie es nicht mehr getan. Als sie weiterklickt, findet sie tatsächlich auf dem Portal eines überregionalen Nachrichtenmediums einen Veranstaltungshinweis auf das Silvesterkonzert, mit genau diesem Programm. Aber keine Kritiken, keine Berichte, nichts. Irgendetwas stimmt nicht. Ein solches Konzert, gespielt von einer Siebzehnjährigen, hätte ein Medienecho nach sich gezogen. Sie hat schon für wesentlich kleinere Konzerte zahlreiche Kritiken bekommen. Hat es doch nicht stattgefunden, musste sie es absagen? Dann wären die Fotos doch nur Montagen ihres Vaters, aus genau diesem Grund.

Aber sie kann sich nicht einmal daran erinnern, dass dieses Konzert hätte stattfinden sollen. Der Tod von Jala muss damals alles überstrahlt haben. *Starke Emotionen können andere Erinnerungen abschwächen oder ganz auslöschen*, natürlich, das muss es sein.

Sie hört Schritte auf der Kellertreppe. Paul ruft nach ihr, findet sie. »Ich dachte, vielleicht willst du auch einen Kaffee? Oder lieber Tee?« Er deutet mit dem Daumen über seine Schulter. »Dann geh ich hoch und hol dir was.«

Harriet schüttelt den Kopf. »Danke, ich wollte sowieso raufkommen.« Sie sieht auf das Fotoalbum, unschlüssig, ob sie es mitnehmen soll. Dann bemerkt sie Pauls neugierigen Blick.

»Bist du das?«, fragt er mit großen Augen.

»Meistens«, sagt sie vage. Eigentlich will sie es ihm nicht zeigen. Die Kommentare ihres Vaters machen das Album zu etwas sehr Intimem, zu der stärksten Verbindung, die sie noch zu ihm haben kann. Andererseits ist sie neugierig auf Pauls Reaktion, auf den Blick, den er auf ihre Vergangenheit hat. Sie klappt das Album zu und reicht es ihm. »Lass uns raufgehen«, sagt sie.

Er schlägt sofort die Seiten wieder auf und blättert. Vertieft in die fremden Aufnahmen stolpert er hinter ihr her. Gelegentlich hört sie ihn so etwas sagen wie: »Ja Wahnsinn.« Oder: »Das ist doch mega.« Sie sind noch nicht ganz die Treppe hinaufgegangen, als er sagt: »Das ist er doch.«

Sie dreht sich um. Er hat eine der letzten Seiten aufgeschlagen und zeigt auf ein Foto, dass das Gasteig-Publikum in den ersten Reihen vor der Bühne zeigt. »Na hier.«

»Wer soll das sein?«, fragt sie verständnislos.

»Golo Kovács. Das ist er. Ganz sicher.«

Sie nimmt ihm das Album ab und sieht sich das Publikum im Bild genauer an. Mirza Neumüller sitzt dort in der ersten Reihe, rechts und links von ihm Jungs in seinem Alter. Wie bei einem Schulausflug. Manchmal war es vorgekommen, dass ganze Schulklassen zu ihren Konzerten kamen, nicht weil sie etwa Fans waren, sondern weil Karten an Schulklassen verlost worden waren. Die Konzerthallen und Veranstalter hatten großes Interesse daran, Publikumsnachwuchs mit besonderen Angeboten anzulocken und für sich zu gewinnen. War Mirza mit seiner Klasse dort gewesen?

»Wer von denen ist noch mal Golo?«, fragt sie etwas verunsichert. »Der hier?« Sie zeigt auf einen Jungen mit halblangen blonden Haaren, gebräuntem Gesicht und strahlend hellen Augen.

»Genau.«

Sie klappt das Album zu. Dann murmelt sie: »Ich glaube, ich muss mal an die Luft.«

21

Sie läuft den Weg ab. Von ihrem Haus bis zur Schule, der Schulhof ist frei zugänglich, aber das Gebäude natürlich verschlossen. Sie bleibt vor dem Haupteingang stehen, rüttelt kurz an der Tür, versucht, durch das Glas etwas im Inneren, wo ein schwaches Licht brennt, zu erkennen, sieht aber nur ein leeres Foyer. Auf den ersten Blick hat sich hier nichts verändert. Sie überlegt, bei Tageslicht wiederzukommen. Dann geht sie weiter zu Dr. Ahmadis Praxis. Durch die Dunkelheit zu laufen tut ihr gut. Die Luft lässt sich leicht atmen, und es ist angenehm warm, dazu eine herrliche Stille. In Frankfurt begegnet man in der City zu jeder Uhrzeit Leuten. Solln ist gerade wie ausgestorben, wäre da nicht der gelegentliche Bus, der leise über die Herterichstraße schnurrt, und ganz weit in der Ferne, wenn sie genau hinhört, kann sie alle fünf Minuten die S-Bahn erahnen. Es riecht ein wenig nach verbranntem Holz, vielleicht Reste von einem späten Lagerfeuer.

Das Gebäude, in dem sich die Praxis befindet, ist ein hässlicher, funktionaler, grün gestrichener Klotz aus den 1960er Jahren. Darin befinden sich ein paar Wohnungen, aber auch die Räume einer weiteren Praxis. Harriet schaut auf die Klingelschilder. Dr. Ahmadi hat hier offenbar nicht nur ihre Praxis, so wie früher, sie wohnt auch in diesem Gebäude. Damals wohnte sie noch in Grünwald, auf der anderen Seite der Isar. Harriet überquert die Straße, schräg gegenüber ist die St.-Johann-Baptist-Kirche. Sie setzt sich auf die Parkbank auf dem Vorplatz, zieht die Beine hoch und versucht, dem Ganzen einen Sinn zu geben. Aber sie gelangt immer nur zu dem einen Ergebnis, nämlich dass sie das verbindende Element zwischen den Einbrüchen ist. Dass sie somit indirekt schuld daran ist, was Dr. Ahmadi zugestoßen ist. Nur den Grund kennt sie immer noch nicht.

Es muss damit zusammenhängen, dass sie sich langsam erinnert. Das entscheidende Ereignis hat sich ihr noch nicht offenbart, aber allem Anschein nach will jemand verhindern, dass genau das passiert. Und sie hat diese Person hierhergeführt. Ist sie paranoid? Nimmt sie sich zu wichtig? War vielleicht doch alles nur ein seltsamer Zufall?

Sie schreckt zusammen, als die Kirchturmuhr hinter ihr anfängt zu schlagen. Sie will noch mitzählen, wie spät es mittlerweile ist, spürt aber einen brutalen Druck um den Hals. Ihr wird die Kehle zugeschnürt. Sie versucht, sich zu befreien, ringt nach Luft, kann nicht um Hilfe schreien. Sie will, was immer sich um ihren Hals gelegt hat, greifen, bekommt aber keinen Finger dazwischen, und um sie herum werden die Geräusche immer leiser, vor ihren Augen wird es endgültig schwarz.

Sie kann nicht lange ohnmächtig gewesen sein. Sie liegt auf dem Boden vor der Bank und hustet. Am Hals spürt sie noch den Druck, aber nicht mehr so heftig, sie kann atmen, ihr Hals ist nicht mehr zugeschnürt, aber das Engegefühl ist noch da. Sie kämpft sich auf die Knie, stützt sich auf die Hände, hustet und spuckt. Irgendwo schreit ein Mann rum, dann Schritte, die auf sie zukommen. Sie hat keine Kraft, sich umzusehen oder zu fliehen oder irgendetwas anderes zu tun, als dort zu hocken und nach Luft zu ringen und zu husten.

»Ich ruf die Polizei«, sagt eine Männerstimme. »Geht's wieder?«

Sie versucht, ja zu sagen, aber ihre Stimmbänder sind noch nicht wieder an ihrem Platz.

»Okay. Die Rettung am besten auch.«

»Nein, geht schon«, krächzt sie. Es sind in den letzten Tagen schon viel zu viele Kosten für ihre Krankenversicherung angefallen, und sie wird eine Menge nachzahlen müssen. Dann wird ihr dunkel bewusst, dass sie es sich leisten kann. Sie will trotzdem keinen Rettungswagen. Der Mann ist ein paar Meter beiseite gegangen und spricht kurz angebunden mit jemandem von der Notrufzentrale. Er gibt präzise und unaufgeregt die Fakten durch, kommt dann zurück.

»Was ist passiert?«, fragt sie. Er hilft ihr beim Aufrappeln und leitet sie zurück zur Bank, damit sie sich setzen kann.

»Jemand hat versucht, dich umzubringen.«

Sie versucht, den Mann genauer anzusehen, aber es ist zu dunkel. Das einzige Licht kommt vom Eingang der Kirche und ist nicht besonders hell. Der Mond ist noch nicht aufgegangen. »Kennen wir uns?«, fragt sie. Ihr Herz rast immer noch, aber ihre Atmung beruhigt sich langsam. Das Druckgefühl am Hals lässt nach.

Er setzt sich neben sie und sieht sie an. »Deine Mutter hat versprochen, dass du hier nie wieder auftauchst. Das war der Deal. Also, was soll die Scheiße? Warum bist du hier?«

»Herr Kovács.«

»Wenn ich dich auch nur eine Sekunde früher erkannt hätte, keine Ahnung, ob ich dir geholfen hätte.«

»Wer war das eben?«

Er hebt die Schultern. »Wer weiß, was du noch alles verbrochen hast, damals. Du solltest von hier verschwinden. Mein Sohn hat dich im Krankenhaus gesehen und ist seitdem völlig durcheinander.« Langsam schüttelt er den Kopf. »Ich schlafe seit damals fast keine Nacht mehr richtig. Weil ich immer eine verfluchte Angst habe, dass er nicht mehr lebt, sobald ich aufwache. Hast du eine Ahnung, wie das für uns ist?«

Ihr fällt nichts ein, was sie sagen könnte.

»Zweimal hat er versucht, sich das Leben zu nehmen. Weil er nichts mehr von dem tun kann, was ihm früher Spaß gemacht hat. Wofür er gelebt hat. Das hast du ihm alles genommen. Wenn ich gewusst hätte, dass du das bist …«, sagt er wieder.

»Welchen Deal hatten Sie mit meiner Mutter?«

»Hat sie dir das nicht gesagt? Frag sie doch.«

»Sie ist tot. Schon lange.«

Er nickt langsam, reibt sich das Kinn. Äußert keinerlei Bedauern. »Dann hat sie wohl gehofft, dass du einfach nicht mehr herkommst. Verschwinde von hier, das ist besser für uns alle.« Der ehemalige Generalstaatsanwalt erhebt sich. Aus ihrer Perspektive wirkt er gerade riesig.

»Ich weiß, es klingt komisch, aber ich kann mich an fast nichts von damals erinnern«, sagt sie schnell, weil sie nicht will, dass er geht. Sie will Antworten.

Kovács dreht ihr den Rücken zu, schiebt die Hände in die Hosentaschen. »Ja, deine Mutter hat gemeint, dass es da eine

Art Amnesie bei dir gibt. Und dein Vater ist von der ganzen Sache verrückt geworden, hab ich gehört? Um den tut's mir leid. Das war ein guter Mann. Ein schräger Typ, aber nicht verkehrt.«

»Was hab ich ... Was ist damals wirklich passiert?«, fragt sie leise.

Er dreht sich wieder zu ihr um, macht einen Schritt auf sie zu. »Verschwinde von hier, lass meinen Sohn in Ruhe, es ist schon schlimm genug, wie es ist.« Er nimmt die Hände aus den Taschen und reibt sich wieder das Kinn. »Warum bin ich nicht einfach zwei Minuten später hier langgegangen?« Kovács wendet sich zum Gehen. »Wenn die Streife kommt, sag den Kollegen, ich mach morgen meine Aussage«, ruft er, als er schon fast auf Höhe der Kirche ist. »Und danach haust du hier ab.«

Harriet bleibt nicht sitzen. Sie lauscht einen Moment, hört nur, wie er weggeht. Die Quarte eines näher kommenden Polizeiwagens verschluckt das Echo seiner Schritte. Sie wird hier nicht allein auf die Streife warten. Sie hat Angst. Sie rennt los.

22

»Sie sind weg«, ruft Paul durch die geschlossene Badezimmertür.

Sie sitzt auf dem Wannenrand, die Ellenbogen auf die Knie gestützt, den Kopf in den Händen. Sie will noch nicht rausgehen. Hier fühlt sie sich halbwegs sicher, diese Tür kann sie abschließen. Aber wie geht es weiter? Wird die Person, die sie töten wollte, zurückkommen? Sie fragt sich, ob es Kovács selbst war und ihr anschließend was vorgespielt hat. Um sie dazu zu bringen, von hier wegzugehen. Es wäre nicht ganz unwahrscheinlich. Je länger sie darüber nachdenkt, desto überzeugter ist sie davon.

»Harriet?«, ruft Paul und klopft zaghaft. »Alles in Ordnung?«

»Ich komme gleich.«

Sie ist den beiden Sicherheitsleuten eine Erklärung schuldig. Aber erst mal braucht sie noch eine Minute für sich. Ihre Knie sind aufgescheuert wie bei einem Kind, das zu wild gespielt hat. Harriet wischt sich Reste von Schmutz ab, steht auf, lässt etwas Wasser auf Toilettenpapier laufen und wischt sich die Knie sauber. Die Haut ist aufgeschürft, aber es blutet nicht. Sie sieht sich im Spiegel ihren Hals an. Der bläulichrote Striemen ist deutlich zu sehen. Kovács hat recht, ob er nun selbst dahintersteckt oder nicht. Sie muss von hier verschwinden. Aber was dann? Sie hat den Eindruck, dass immer mehr Fragezeichen auftauchen. Kann sie all das einfach hinter sich lassen und hoffen, dass sie eines Tages wieder vergessen wird und unbeschwert weiterleben kann? Nicht dass sie die letzten Jahre wirklich unbeschwert gelebt hätte. Aber vielleicht muss sich erst einmal etwas von dem Staub legen, den sie aufgewirbelt hat, bevor sie weiter nach Antworten suchen kann.

Ihr Telefon gibt einen langanhaltenden brummenden Laut von sich. Wieder ein Katastrophenalarm. Diesmal ist es keine Wetterwarnung. Es brennt im Forstenrieder Park auf Höhe von Höllriegelskreuth. Das Feuer breitet sich im gesamten Waldgebiet aus, im Münchner Südwesten, Pullach und Baierbrunn sollen die Fenster geschlossen bleiben, die Bundesstraßen sind gesperrt. Harriet hat das Feuer vorhin gerochen. Sie öffnet das Fenster. Der Brandgeruch ist in der vergangenen Stunde deutlich intensiver geworden. Sie sieht Richtung Süden, aber zu erkennen ist von hier aus nichts. Sie macht das Fenster wieder zu.

Unten warten Luigi und Paul mit ernsten Gesichtern. Luigis Blick bleibt an ihrem Hals hängen. »Das sieht gar nicht gut aus. Sie sollten damit ins Krankenhaus.«

»Ich kann normal sprechen und schlucken. Es ist alles in Ordnung«, sagt sie und geht in die Küche. Die beiden folgen ihr und bleiben in der Tür stehen.

»Die Polizei hat gesagt, Sie müssen eine Aussage machen. Sie haben die Eckdaten von dem Zeugen, haben sie gesagt, aber Sie sollen vorbeikommen und etwas unterschreiben. Was war da los? Wer war das?«

»Ich habe keine Ahnung«, sagt sie und dreht ihnen den

Rücken zu, um Teewasser aufzusetzen. »Kovács kam zufällig vorbei und hat mich gerettet.«

»Kovács ist der Zeuge?« Luigi lacht auf. »Deswegen haben sich die von der Polizei so aufgeblasen. Der hat immer noch Einfluss. Sag ich immer.«

Sie dreht sich um. Luigi schüttelt angewidert den Kopf. Paul starrt sie ungläubig mit halb geöffnetem Mund an, sagt aber nichts.

»Kennen Sie Kovács?«, fragt Luigi.

»Sie offenbar auch.«

»Arrogantes, aufgeblasenes Arschloch. Kein Wunder, dass seine Söhne so kaputt sind, alle beide.«

Paul räuspert sich. »Luigi ist seinetwegen aus dem Polizeidienst geflogen«, erklärt er bemüht sachlich.

»Der hatte es auf mich abgesehen. Seit ich seinen Großen an den Ohren aufs Revier geschleift hab, weil der sich mit ein paar Dealern unten an der Isar rumgetrieben hat. Verleumdung, hat er gesagt. Was hätte ich davon, dem Jungen so was anzuhängen? Ich wollte nur, dass er die Kurve kriegt.« Luigi ist fast dunkelrot im Gesicht und starrt störrisch auf den Boden. Er hat die Arme fest verschränkt. »Und der ist Ihr Zeuge? Na dann viel Spaß. Wo der Alte auftaucht, kommt nichts Gutes raus.«

»Er hat mir das Leben gerettet«, sagt Harriet leise.

»Dann wäre er zum ersten Mal, seit ich ihn kenne, zu irgendwas gut gewesen.«

Sie lächelt.

Luigi, immer noch dunkelrot, dreht sich um und widmet sich den neu installierten Monitoren im Eingangsbereich.

»Erst der Einbruch, dann das«, sagt Paul und schüttelt den Kopf. »Hast du irgendeine Vermutung?«

Harriet starrt auf den Wasserkocher, als würde er dadurch schneller arbeiten. »Vielleicht sind gerade einfach ein paar Irre unterwegs. Bei der Hitze wäre das kein Wunder. Und jetzt brennt auch noch der Wald.« Sie sieht zu ihm. »Bleibt ihr die ganze Nacht hier?«

Paul nickt. »Wir haben mit der Zentrale gesprochen. Die wissen Bescheid. Wir bleiben bis Schichtende hier, dann kommt die Ablöse.«

»Ich will keine Leute hier haben, die ich nicht kenne. Könnt ihr nicht bleiben, bis ich«, sie unterbricht sich. Noch will sie niemandem sagen, was sie vorhat. »Bis ich wach bin?«

»Uns kennst du auch nicht«, sagt Paul und grinst ein wenig.

Sie geht nicht darauf ein. »Könnt ihr länger bleiben?«

Luigi ruft: »Ich sag Bescheid. Das sollte gehen. Und jetzt kommen Sie mal her, ich zeig Ihnen die Monitore. Ist ja nicht so, dass wir hier nur rumgesessen haben.« Er winkt sie zu sich. Sie gießt den Tee auf, dann lässt sie sich erklären, welche Einstellungen wofür sind und wie sie alles mit ihrem Telefon steuern kann. Sie merkt, wie müde sie ist. Kaum ist er mit seinen Ausführungen fertig, bedankt sie sich und wünscht eine gute Nacht. Sie geht ins Musikzimmer und legt sich dort wieder auf das Sofa. Diesmal hat sie alle Fensterläden geschlossen und die Terrassentür gesichert. Trotzdem schließt sie noch die Tür zum Flur ab und steckt den Schlüssel in ihre Shorts. Sie legt sich hin, ohne sich auszuziehen. Die Erschöpfung zieht sie in die Bewusstlosigkeit des Schlafs, noch bevor sie ihren Tee austrinken kann.

Mit einem Ruck wird sie wach. Sie ist schweißnass, und ihr Herz rast. Aber sie kann sich nicht daran erinnern, schlecht geträumt zu haben. Auf dem Telefon sieht sie nach, ob die Außenkameras etwas Auffälliges zeigen. Draußen wird es langsam hell. Niemand schleicht ums Haus. Niemand treibt sich auf der Straße herum. Keiner der Bewegungsmelder schlägt an. Sie atmet durch, steht vom Sofa auf und öffnet ein Fenster, um Licht und Luft hereinzulassen. Draußen riecht es nach Waldbrand. Entfernt sind Sirenen zu hören. Vielleicht ist sie von einem vorbeifahrenden Feuerwehrauto wach geworden. Der Geruch fängt an zu beißen. Sie macht das Fenster zu.

Die Fingerkuppen ihrer verletzten Hand streichen zart über den Steinway, als sie zurück zum Sofa geht, um sich wieder hinzulegen. Sie schließt die Augen und wartet auf den Schlaf. Stattdessen kommen Bilder. Die Fotos, die sie von ihrem Konzert im Gasteig gesehen hat. Sie sieht sie vor sich, ausschnittsweise. Unkontrolliert flackern sie durch ihr Gehirn. Und dann kommen neue Bilder, die sie noch nicht gesehen hat.

Blut läuft auf die weißen Tasten und auf ihre Finger. Sie springt auf und flieht von der Bühne. Blut läuft in ein weißes Waschbecken. Sie wäscht sich die Hände, beugt sich tief vor, hält ihr Gesicht in den kalten Wasserstrahl. Sie weint, und ihr ist schlecht. Sie muss sich übergeben.

Auf dem Flur vor der Toilette stehen Menschen. Ihre Eltern, Mirza, Mironow, alle sind entsetzt. In der Menge steht auch Golo Kovács, er lacht und hält einen Daumen nach oben gestreckt.

Die Erinnerung springt weg. Derselbe Tag, derselbe Ort,

nur etwas früher und woanders im Gebäude. Im Foyer, vor dem Konzert. Mirza mit seiner Schulklasse. Vielleicht hat er ihren Namen gerufen. Golo mit breitem Grinsen. Er sagt etwas, und alle lachen. Harriet sagt: »Lass ihn in Ruhe« und stellt sich neben Mirza, der den Tränen nahe zu sein scheint. Golo sagt wieder etwas, und wieder lachen alle. Sie erinnert sich nicht daran, was er sagt, aber an ihre Wut auf ihn.

»Er kann auch total nett sein«, sagt Mirza zu ihr. »Manchmal sind sie echt nett. Ich muss das einfach nur aushalten. Es liegt an mir.« Sie sind allein im Backstagebereich. Mirza schnäuzt sich. Er hat geweint.

Golo steht vor ihnen und reicht ihr eine Flasche Cola. »Sorry. Ich bin manchmal ein Idiot«, sagt er, oder etwas Ähnliches.

Sie erinnert sich nicht an das Konzert. Aber sie weiß wieder, dass sie abbrechen musste. Mittendrin. Und wie sehr sie sich dafür geschämt hat.

Sie weiß wieder, dass Golo ihr etwas in die Cola gekippt haben muss. Nasenbluten, Erbrechen, Kopfschmerzen, Zittern. Ihr fällt nicht ein, was es war und ob sie es jemals mit Sicherheit gewusst hat. Im Moment ist ihr nur klar, dass er es war. Um sie bloßzustellen, weil sie Mirza verteidigt hat. Kann das sein? Ist das Grund genug?

Und vor allem: Wie sehr kann sie sich auf diese Erinnerung verlassen?

»Und Sie finden echt nichts in unserem Online-Archiv drüber?« Der Mann von der Nachtschicht klingt wenig begeistert von ihrer Anfrage.

Harriet hat bei dem Nachrichtenportal angerufen, das die größte und wichtigste Kulturredaktion hat. Eine Nachricht zu schreiben und auf Antwort zu warten, hätte ihr zu lange gedauert.

»Das ist es ja. Es findet sich absolut gar nichts. Ich weiß, es ist über fünfzehn Jahre her, aber Ihr Archiv geht doch ewig zurück …«

»Wir haben die letzten hundert Jahre digitalisiert. Ich seh mal nach. Wie waren noch mal die Suchbegriffe …«

»Harriet Laurent. Gasteig.«

»Mhm.« Sie hört ihn tippen. »Seien Sie froh, dass ich gerade nicht für Lokales eingeteilt bin. Der scheiß Brand treibt hier alle in den Wahnsinn«, murmelt er vor sich hin.

»Ja, ich kann ihn riechen.«

»So eine riesige Fläche und so nah an München hatten wir noch nie. Ah, hier. Isarphilharmonie?«

»Nein, direkt im Gasteig.«

»Okay …« Er tippt wieder. »Aha.« Schweigen.

»Haben Sie was?«

»Moment.« Schweigen.

»Sind Sie noch da?«

»Und das kurz vor Feierabend. Also, geben Sie mir bitte Ihre Nummer, wir müssen auf Video umsteigen, und halten Sie Ihren Ausweis bereit, damit ich weiß, dass Sie wirklich sind, wer Sie zu sein behaupten.«

Zwei Minuten später hält sie ihre ID in die Kamera ihres Telefons. Der Mann auf dem Display kneift die Augen zusammen, um die kleine Schrift zu lesen, und macht offenbar Screenshots. Als er fertig ist, sagt er: »Frau Laurent. Guten

Morgen. Warum suchen Sie denn ausgerechnet diesen Artikel?«

»Fürs Archiv«, sagt sie vage.

»Ich sage Ihnen, warum wir das ganze Theater hier veranstalten müssen. Eine Prof. Dr. Lea Laurent – verwandt, verschwägert?«

»Meine Mutter.«

»Ah. Sie hat sämtliche Berichterstattung über Ihr Konzert per gerichtlicher Verfügung untersagt. Wir dürfen sie intern im Archiv haben, mussten sie aber aus dem Netz nehmen. Warum wollen Sie den Artikel in Ihrem Archiv haben, wenn ich fragen darf?«

»Weil das auch ein Teil meines Lebens ist«, sagt Harriet.

Er sieht sie lange an und nickt dann. »Ist jetzt auf Ihrem Telefon. Ich wünsche Ihnen alles Gute.« Er klingt sehr ernst.

»Und ich danke Ihnen sehr«, sagt sie.

Harriet öffnet die Datei. Die Überschrift: *Höllenritt mit blutigem Ende.* Ein Foto von ihr am Flügel, man sieht die Dirigentin und einige Orchestermusiker. Sie überfliegt den Artikel. *Brillante Interpretation von Saint-Saëns 2. Klavierkonzert … besonders kraftvoll der klanggewaltige dritte Satz … Höhepunkt ist das Solostück von Ravel … technisch zunächst einwandfrei, dann erste Unsicherheiten … Abbruch wegen Nasenblutens …*

Es ist also wahr. Sie hat dort gespielt. Sie hat dieses Höllenprogramm eingeübt und gespielt. Nur nicht bis zum Ende. Ihre Erinnerung stimmt. Das Nasenbluten am Flügel. Der Konzertabbruch. Dann stimmen auch die Erinnerungen an Golo.

Offenbar war der Artikel noch zwei Tage online, bevor ihre

Mutter ihn aus dem Netz nehmen ließ. Denn das Dokument enthält auch die Kommentare der Leserschaft. Anonyme Accounts spekulieren darin über Drogenkonsum, über einen Nervenzusammenbruch, über zu hohe Anforderungen, über Frauen, die zu hoch hinauswollen. Aber vor allem über Drogenkonsum.

Harriet schließt das Dokument und kann sich nicht rühren. All das fühlt sich falsch an, als stamme es aus einem fremden Leben. Gleichzeitig weiß sie, dass es zu ihr gehört. Es ist nur noch nicht richtig bei ihr angekommen.

Ihr Telefon brummt. Sie öffnet die neue Nachricht.

»Es ist noch nicht vorbei. Komm nicht zurück nach Frankfurt. Es ist zu gefährlich. Fang irgendwo neu an. Es tut mir alles so leid.«

Sie kennt die Nummer nicht, von der die Nachricht kommt. Sie ruft dort an. In der Leitung ist nur ein Knacken zu hören.

23

Es ist sieben Uhr am Morgen, und sie sitzen zu fünft im Wintergarten um einen Tisch herum in alten Korbsesseln. Der Brandgeruch vom Forstenrieder Park dringt sogar durch die geschlossenen Fenster. Mila hat einen Korb mit Brot, Butter, Käse und Obst mitgebracht. Die Männer greifen dankbar zu, aber Harriet wird übel bei dem Gedanken an Essen.

»Du bist doch so dünn«, hört sie Mila sagen und weiß nicht, ob sie sich das eingebildet hat oder ob ihre Nachbarin wirklich mit ihr redet, als sei sie immer noch ein Kind. Vielleicht hört Harriet jetzt auch noch Stimmen; es würde sie nicht wundern. Dass die alte Frau ihr durch das kurze Haar wuschelt und dabei lacht und sagt: »Jetzt siehst du wieder aus wie früher«, bildet sie sich jedenfalls nicht ein.

»Danke, dass ihr euch alle Zeit nehmt«, sagt Harriet und merkt selbst, wie feierlich sie klingt. »Ich dachte, ich sollte euch ein paar Dinge erklären.«

Und dann erzählt sie von dem Brand und von der Autofahrt, und dass sie keinerlei Erinnerung daran hatte, jemals zuvor ein Auto gefahren zu sein oder auch nur den Führerschein zu besitzen. Von der alten Frau, die sie offenbar wiedererkannt hat, dann aber alles vehement abstritt, nur um ihr am Ende ominöse Warnungen zuzuraunen. Sie erzählt von den seltsamen Träumen, die mehr wie Erinnerungen wirkten. Und von ihrer Entscheidung, nach München zu fahren, um dem Irrsinn mit dem Führerschein auf den Grund zu gehen. Davon, wie sie herausfand, kein Abitur gemacht zu haben, obwohl sie sich an die Zeugnisverleihung erinnert. Von dem Arzt im Krankenhaus, der sie über die wahren Umstände ihrer Hand-OP aufgeklärt hat. Schließlich erzählt sie auch davon, wie sie Golo zusammengeschlagen hat, so sachlich wie möglich, um nicht wieder vor sich selbst zu erschrecken, und von dem Konzert, von dem sie dachte, sie hätte es nie gespielt.

»Meine Mutter scheint eine Menge geregelt zu haben«, sagt sie zu den vier Personen, die sie schweigend mit großen Augen ansehen. »Sie hat bei der Schule dafür gesorgt, dass mich niemand kontaktiert, sie hat Berichte über das abgebrochene Konzert offline nehmen lassen, und sie hat irgendwas mit Kovács ausgehandelt, wahrscheinlich damit er mich nicht anzeigt.« Sie schiebt den Brotkorb etwas zur Seite, legt ihr Telefon mitten auf den Tisch und zeigt auf die Nachricht, die sie vor wenigen Stunden bekommen hat. »Die Einbrüche hängen offenbar alle mit mir und meiner Vergangenheit zusammen, und heute Nacht hat jemand versucht, mich umzubringen.« Dann sieht sie alle der Reihe nach an. »Ich weiß nicht, mit wem ich sonst reden soll. Ihr müsst mir helfen.«

»Ja«, Luigi nickt. »Der Polizei können Sie nicht trauen. Auf gar keinen Fall.«

»Wieso kannst du dich nicht erinnern?«, fragt Paul.

»Wenn ich das wüsste. Es ist, als wäre da etwas von der Festplatte gelöscht worden. Nicht nur ein Ereignis, sondern auch vieles in dessen Umfeld. Manches kommt gerade zurück. Aber ob mir je wieder alles einfallen wird …«

»Jeder Mensch vergisst oder hat falsche Erinnerungen«,

sagt Mila nachdenklich. »Du bist dir sicher, dass das nicht einfach ganz normale Vorgänge sind?«

»Mittlerweile ganz sicher. Es gibt so eine Art Schwarzes Loch. Es fängt ungefähr zu der Zeit von Jalas Tod an. Danach liegt vieles im Nebel oder ist ganz weg. Oder einfach falsch. Es setzt erst wieder in Frankfurt ein. An Details von unserem Umzug kann ich mich kaum erinnern.«

»Es war eine hochemotionale Zeit damals für dich«, sagt Mila.

»Was wisst ihr darüber?« Sie schaut die beiden an. »Euer Sohn war bei diesem Konzert. Er hat doch sicherlich darüber geredet. Was wisst ihr? Sind wir während des laufenden Schuljahrs hier schon weggezogen? Was haben meine Eltern gesagt? Bitte. Ich bin völlig ratlos.«

Sanjay hebt die Schultern. »Da war doch nichts, weshalb jemand fünfzehn Jahre später so durchdrehen würde.«

»Bitte, erzählt einfach, was ihr noch wisst.«

Die Neumüllers scheinen nachzudenken. Sie werfen sich Blicke zu, die Harriet nicht deuten kann. »Bitte«, sagt sie noch einmal.

»Na schön.« Mila seufzt. »Von dem Konzert hat Mirza uns gleich erzählt. Wir machten uns alle Sorgen und dachten, vielleicht bist du überlastet. Zu viel Druck. Du warst noch jung, und es wurden über Jahre Höchstleistungen von dir gefordert.«

»Wir dachten, du schonst dich anschließend etwas«, sagt Sanjay Neumüller. »Aber das wolltest du nicht. Du hast gesagt, jemand hätte dir das angetan.«

»Golo Kovács«, sagt Harriet. »Habe ich seinen Namen genannt?«

Sanjay nickt. »Sein Vater ist dann ständig bei deinen Eltern aufgetaucht, damit du nicht zur Presse gehst. Du hast einen Bluttest machen lassen und wolltest eine Untersuchung lostreten. Aber ...«

»Niemand hat mir geglaubt?«

»Es ließ sich nichts belegen«, sagt Mila.

»Kann Kovács das Ergebnis manipuliert haben? Oder war der Stoff einfach nicht mehr nachweisbar?«, mischt sich Luigi ein. »Ich kenn mich ein bisschen aus. Als Polizist hat man dauernd solche Fälle, gerade mit jungen Frauen.«

»Es kam nichts dabei heraus«, erklärt Mila. »Es war wirklich eine schwierige Situation.«

»Niemand hat mir geglaubt. Na toll«, sagt Harriet. »Fühlt sich selbst nach all den Jahren richtig gut an.«

»Du warst jedenfalls sehr wütend. Und ein paar Tage später, ich weiß nicht genau, wie es dazu gekommen ist, musstest du ins Krankenhaus gebracht und operiert werden. Das zog sich dann recht lange hin.«

»An der Hand?«

Die Neumüllers nicken beide.

»Das war direkt danach?«

»Ja. Du bist auch nicht mehr zurück in die Schule gegangen. Ständig nur Krankenhaus, Operationen, dann ein paar Tage zu Hause in deinem Zimmer, dann wieder Krankenhaus, die nächste OP ... Und in der Zeit haben deine Eltern beschlossen, hier die Zelte abzubrechen«, erzählt Sanjay.

Harriet hebt beide Hände. »Okay. Moment. Langsam. Bevor ich es vergesse, die unwichtigste Sache zuerst: Wann habe ich diesen beschissenen Führerschein gemacht?«

Mila denkt kurz nach. »Das war kurz vorher. Du hast nur die Pflichtstunden gebraucht, weil dein Vater immer mit dir raus nach Erding aufs Übungsgelände gefahren ist. Ich weiß noch, wie beeindruckt wir waren, dass du das Ganze in zwei Monaten durchgezogen hast. Du meintest damals: Bis Weihnachten hab ich den Führerschein. Und zack – so war es dann auch.« Sie lächelt. »Mirza hat mehrere Anläufe gebraucht, er wollte immer wissen, wieso du das so leicht hinbekommst und er nicht.«

»Wir müssen ihn mal wieder besuchen«, sagt Sanjay.

»Das müssen wir«, bekräftigt seine Frau leise und drückt seine Hand.

»Gut. Danke. Also fangen meine Gedächtnislücken ungefähr nach meiner Aufnahmeprüfung an. Und im Januar war die erste OP an der Hand?«

Die Nachbarn nicken.

»Wisst ihr noch, warum ich operiert wurde?«

»Deine Mutter sagte, du hättest Probleme an einer Sehne, irgendeine Verwachsung, und es könne sich länger hinziehen, weil die Operation offenbar komplexer sei.« Sanjay reibt sich die Schläfen. »Es ist nicht mein Fachgebiet, deshalb habe ich nicht besonders viel nachgefragt. Ich habe nur bestätigt, dass die LMU-Kliniken sehr gut seien.«

»Aber dann bekam deine Mutter ein paar Monate später diesen neuen Job«, sagt seine Frau. »Ganz überraschend. Sie meinte, sie wolle lieber in der freien Wirtschaft arbeiten, da verdiene man wesentlich besser, das Angebot sei unwiderstehlich, nur leider eben in Frankfurt.«

»Sie hat hier doch auch gut verdient«, sagt Harriet und

schiebt den Brotkorb näher zu Luigi und Paul, deren hungrige Blicke und leises Getuschel kaum mehr zu ignorieren sind.

»Dort offensichtlich noch besser. Vielleicht hatte sie Angst vor den Kosten durch die vielen Operationen«, spekuliert Sanjay. »Obwohl ihr sehr gut versichert wart. Das hat sie mir jedenfalls immer gesagt.« Er legt nachdenklich die Stirn in Falten. »Ich weiß es wirklich nicht. Sie hat damals gesagt, es sei ein großartiges Angebot, genau zum richtigen Zeitpunkt, sie wolle und müsse das annehmen. Außerdem gäbe es dort eine hervorragende Rehaklinik für dich, und irgendwelche renommierten Handchirurgen, die einen zweiten Blick auf deine Hand werfen würden. Und kurz darauf habt ihr alles gepackt und wart verschwunden.«

»Wann war das?«

»Im Sommer irgendwann. Es war sehr heiß. Das weiß ich noch.«

»Wisst ihr noch, was mein Vater dazu gesagt hat?«

»Er hat deine Mutter immer unterstützt«, sagt Mila. »Zu mir hat er mal gesagt, er könne problemlos woanders weitermachen, die Klientel in Frankfurt sei gut, vielleicht sogar noch besser als hier, er freue sich auf Veränderung, und Kunst sei ohnehin nicht ortsgebunden. Irgendwas in der Art.«

»Und ich?«

Wieder diese Blicke, die nur das Ehepaar selbst versteht.

»Was?«

Mila räuspert sich und rutscht im Korbsessel etwas herum, stützt sich auf und macht den Rücken gerade.

»Harriet, du warst in der Zeit nicht du selbst. Man konnte

nicht mit dir reden. Du warst …« Sie ringt um die richtigen Worte. »Ich will dir nicht zu nahe treten, aber ehrlich gesagt wundert es mich nicht, wenn du sagst, dass du dich an nichts erinnern kannst. Du warst vollkommen traumatisiert in der Zeit. Deine Eltern haben wirklich alles versucht, um dich zu schützen.« Sie beugt sich ein wenig vor und faltet die Hände auf dem Tisch. »Sieh mal, es war wirklich viel los. Du hattest gerade die Aufnahmeprüfung bestanden. Dann erfährst du vom Tod deiner Freundin. Anschließend dieses desaströse Konzert. Bei so viel emotionalem Stress kannst du nicht erwarten, dass dein Gedächtnis einwandfrei funktioniert.«

»Soll das heißen, ich habe alles verdrängt?«

»Vielleicht. Ja. Du solltest mit jemandem vom Fach darüber sprechen.« Sie nickt ernst.

Harriet hebt wieder die Hände. »Okay. Also es ging mir nicht gut. Aber können wir die Reihenfolge noch mal klären? Wann habe ich Golo«, sie sucht nach dem richtigen Wort, »angegriffen?«

Paul sagt: »Das war Anfang Februar.«

Die nächste Frage fällt ihr schwer, aber sie weiß, dass sie sie stellen muss. Es wäre ihr lieber, wenn die beiden Männer vom Sicherheitsdienst nicht dabei wären. Sie konzentriert sich auf ihre Nachbarin, sieht nur sie an. »Habe ich jemals versucht, mich umzubringen?«

Mila weicht ihrem Blick aus und schaut intensiv auf den Brotkorb. Sanjay legt seine Hand auf ihren Arm und antwortet für seine Frau. »Zwei Mal.«

»Wann?«, fragt Harriet leise. Dann sieht sie, dass Mila weint. Luigi versteht die Situation und steht geräuschlos auf.

Er gibt Paul ein Zeichen, mit ihm zu kommen, und die beiden ziehen sich diskret zurück.

»Sie hat dich beide Male gefunden«, sagt Sanjay und reicht seiner Frau ein Taschentuch. »Das erste Mal muss irgendwann im Januar gewesen sein. Das zweite Mal kurz vor eurem Umzug. Wahrscheinlich war das mit ein Grund, warum deine Mutter den Job in Frankfurt angenommen hat. Es war ja nicht das erste Mal, dass man versucht hatte, sie für die Wirtschaft zu gewinnen.«

Harriet denkt an die Erinnerung, die sie hatte. Blutverlust, Magen ausgepumpt. Mit dem Zeigefinger fährt sie über ihre Narbe am Oberschenkel. »Wie?«, will sie wissen.

Sanjay nickt. »Genau, das war das zweite Mal. Du hast versucht, eine Arterie zu erwischen, es ging zum Glück schief. Hoher Blutverlust, aber nicht lebensbedrohlich. Du hattest außerdem Beruhigungsmittel oder Schlafmittel genommen, ich weiß es nicht mehr so genau. Du bist mit dem Auto ein Stück runter Richtung Pullach gefahren und hast am Straßenrand gehalten. Da hat sie dich gefunden. Sie kam gerade von der Firma zurück, spätabends, es war schon dunkel, und sie hat euer Auto erkannt und gedacht, es muss irgendwas passiert sein.«

Mila hat die Augen geschlossen und die Lippen zusammengepresst.

»Und das erste Mal?«

»Ihr hattet damals ja noch einen Verbrenner. Du hast in der Garage die Abgase ins Auto geleitet. Morgens in aller Frühe. Mila hat dich gefunden, als sie gerade loswollte.«

»Ich kann mich nicht daran erinnern. Es tut mir so leid«, sagt Harriet. »Das muss furchtbar für dich gewesen sein.«

»Als hättest du es drauf angelegt, dass ich dich finde«, flüstert Mila.

»Ich kann mir das nicht vorstellen, warum hätte ich das tun sollen?«

Mila zuckt die Schultern und dreht den Kopf weg.

Sanjay sagt: »Sie meint es nicht so. Es war nur wirklich schrecklich für sie.«

»Das glaub ich. Es tut mir leid«, sagt Harriet wieder.

Ihre Nachbarin reagiert nicht. Sie presst wieder die Lippen zusammen und versucht, die Tränen zurückzuhalten.

»Du warst völlig außer Kontrolle!«, bricht es aus ihrer Nachbarin heraus. »Wir waren jedes Mal froh, wenn du wieder im Krankenhaus warst, da wurde wenigstens auf dich aufgepasst. Es war die Hölle! Für deine Eltern, für dich ... für alle!« Jetzt schluchzt sie laut. Als ihr Mann versucht, sie in den Arm zu nehmen, schüttelt sie ihn ab. »Du warst ein völlig anderer Mensch. Dir war alles zuzutrauen. Rückblickend wundert mich nicht, dass du das mit Golo warst.«

»Aber warum wollte ich ihn so hart bestrafen?«

»Ach, er ging damals doch allen auf die Nerven. Ständig hat er gemeine Streiche gespielt und raushängen lassen, wer seine Eltern sind. Und dir bedeutete dieses Konzert so viel. Die öffentlichen Reaktionen darauf waren teilweise sehr, sehr verletzend. Kein Wunder, dass du ...« Sie unterbricht sich.«

»War Golo mit Mirza befreundet?«

»Sie waren in derselben Klasse. Manchmal kam er vorbei, aber jemand wie er hat natürlich nicht zu Mirza gepasst.« Mila tupft sich die Tränen mit dem Taschentuch ihres Mannes ab und schnieft. »Das war wirklich eine fürchterliche Zeit.

Ich bin froh, dass es dir wieder gut geht. Deine Mutter meinte, es hätte zwei Jahre gedauert, bis du dich erholt hast.«

»Zwei Jahre ...«

»Du hattest doch in Frankfurt noch lange Therapien und warst im Krankenhaus. Auch wegen der Hand.«

»Ihr wisst also auch nicht, wie ich mir die Hand gebrochen haben soll?«

Die Neumüllers schütteln den Kopf.

Wie hatte ihre Mutter es geschafft, dass niemand in irgendeinem Krankenhaus, in irgendeiner Praxis mit Harriet darüber gesprochen hatte?

»Du musst auf jeden Fall erst mal hierbleiben«, sagt Sanjay. »Egal, was Kovács will oder nicht will, er hat dir gar nichts zu sagen. Hier bist du in Sicherheit.«

Harriet fasst sich an den Hals. »Den Eindruck habe ich nicht.«

»In diesem Haus bist du sicher.« Er sieht sie prüfend an. »Ich glaube, wir brauchen alle mal eine Pause.«

Seine Frau sieht ihn dankbar an und steht auf. Zum Abschied umarmt sie Harriet fest und gibt ihr einen Kuss auf die Wange. »Sei nicht böse wegen dem, was ich gerade gesagt habe. Du weißt, dass wir dich immer sehr mochten, und wir freuen uns, dass du wieder da bist. Schade, dass Mirza gerade nicht hier sein kann. Er lässt dich grüßen.«

»Danke«, sagt Harriet. »Ihr habt mir sehr geholfen.«

Sanjay erkundigt sich noch nach ihrer Hand, dann verabschieden sich die beiden, setzen ihre Staubmasken auf und gehen eilig durch den Garten nach Hause.

Harriet schließt schnell die Wintergartentür hinter ihnen.

In der Küche findet sie einen gähnenden Luigi vor. »Alles geklärt?«, fragt er. »Dachte, es ist besser, wenn wir uns kurz zurückziehen.«

»Danke dafür.«

»Wir würden uns jetzt ablösen lassen, in Ordnung? Soll jemand ins Haus kommen, oder reicht es, wenn sie draußen im Fahrzeug bleiben?«

Sie überlegt. »Ich denke, draußen reicht erst mal.«

Luigi nickt. »Dann klär ich das schnell.«

»Wo ist Paul?«

Er grinst. »Kurz im Sessel eingenickt. Sorry. Aber wir hätten ja längst Schichtende …«

Paul sitzt zusammengesunken vor den Monitoren im Flur. Als sie sich ihm nähert, schreckt er auf. »Ich hab nicht geschlafen«, behauptet er.

»Alles in Ordnung«, beruhigt sie ihn. »Danke für alles. Wir sehen uns heute Abend?«

Er nickt und reibt sich die Augen. »Kann ich dir noch bei irgendwas helfen?«

»Ja. Schlaf dich aus.«

»Die Ablöse ist schon vorm Haus!«, ruft Luigi und kommt aus der Küche zu ihnen. »Ich geh mal hin und red mit denen. Wenn was ist, einfach den Knopf hier drücken«, er zeigt ihn ihr, »oder am Telefon den Code eingeben.«

Sie verabschieden sich voneinander. Dann schließt Harriet hinter den beiden ab, macht sämtliche Fensterläden zu, prüft, ob die Alarmanlage scharfgestellt ist, und geht ins Musikzimmer, ihr kleines Reich. Hier hat sie alles griffbereit um sich herum gelagert. Müde legt sie sich auf das Sofa und fängt an, die Ereignisse vor fünfzehn Jahren chronologisch zu ordnen, sie mit den Erinnerungsfetzen zu verbinden. Sie will den Ursprung des Schwarzen Lochs weiter eingrenzen. Sie weiß, dass da noch etwas sein muss, etwas, das sie dazu gebracht hat, sich selbst und einem anderen Menschen das Leben nehmen zu wollen.

24

Der Autounfall ihrer Mutter. Diesmal steht Harriet neben dem Wagen, und ihre Mutter ist nicht mehr da. Es riecht nach Benzin. Harriet lässt die Beifahrertür auf ihre Hand schlagen.

Sie wacht auf. Es riecht immer noch nach Benzin. Sie richtet sich auf, sieht sich schlafverwirrt um, bekommt das Benzin nicht aus der Nase. Ihre linke Hand tut weh, weil sie sich im Schlaf draufgelegt hat.

Dann hört sie Stimmen, erst ein Mann, dann eine Frau, wieder der Mann, er ruft ihren Namen. Klingt aufgeregt. Sie weiß instinktiv, dass etwas nicht stimmt. Sie muss hier weg. Also greift sie nach ihrem Rucksack, öffnet den Rollladen und sieht eine Feuerwand. Hört einen Knall, der wie ein Schuss klingt. Und noch einen. Sie rennt zur Haustür, reißt sie auf, auch da brennt es. Ein Klirren lässt sie zum Wintergarten laufen. Im Garten brennt es ebenfalls, aber es sieht aus, als gäbe es eine Lücke. Und sie hört die Stimme, die ihren Namen ruft. Sie ruft zurück, glaubt Paul zu erkennen.

»Du musst da raus«, ruft er.

Sie spürt die Hitze, den erstickenden Rauch.

»Lauf! Ich bin hier!«

Sie setzt den Rucksack auf und rennt los, durch die Lücke, die mit jeder Sekunde kleiner wird, fällt auf den Rasen, wird hochgezogen und weggeschleift. Hände greifen nach ihr, umfassen ihren Körper, bringen sie ins Haus der Neumüllers.

Sie sieht ihre Nachbarn. Sie sieht Paul, der stark blutet und zusammenbricht. Jemand sagt ihr, sie solle duschen, nur zur Sicherheit, so kalt wie möglich. Zitternd vor Angst und Kälte steht sie unter dem Wasserstrahl, bis sie es nicht mehr aushält. Dann trocknet sie sich schnell ab, zieht sich wieder an, läuft nach unten.

Paul liegt auf der Wohnzimmercouch. Etwa auf Höhe seiner Hüfte ist ein riesiger Blutfleck, der sich bis auf den Teppich ausbreitet. Sanjay kniet neben ihm. Zwei Sanitäter kommen herein, sehen sich Paul an. Mila packt Harriet am Arm und zieht sie in die Küche.

»Was ist passiert?«, fragt Harriet.

»Es kommt keine Feuerwehr. Sie sind alle im Wald. Keine Feuerwehr! Die lassen es einfach brennen!« Milas Stimme überschlägt sich.

Harriet sieht nach draußen. Das Haus steht vollständig in Flammen. Wäre sie nicht wach geworden, sie hätte niemals überlebt.

»Was ist da passiert«, fragt sie wieder, diesmal leise und zu sich selbst.

Sie sieht Polizei und weitere Sanitäter. Sie tragen eine dunkel gekleidete Gestalt vom Grundstück. Harriet will raus, will wissen, was los ist. Sie schüttelt Mila ab und rennt auf die Straße.

Draußen setzt ihr jemand eine Schutzmaske auf. Drei Rettungsfahrzeuge, vier Streifenwagen. Sie sieht außerdem den Wagen vom Sicherheitsdienst. Auf dem Fahrersitz eine zusammengesunkene Gestalt. Polizisten stehen daneben. Es kommen weitere Fahrzeuge, darunter zwei Leichenwagen.

»Das ist mein Haus«, sagt sie zu einer Polizistin.

»Waren Sie da drin?«

»Ja.«

Die Frau betrachtet sie, bemerkt ihre nassen Haare. »Sind Sie okay? Wie sind Sie da rausgekommen?«

»Glück«, sagt sie. »Was ist passiert?«

»Das müssen wir noch ermitteln. Können Sie bei Nachbarn unterkommen?«

Harriet nickt. »Ich bin da drüben.« Sie zeigt auf das Haus der Neumüllers. Geht wieder zurück. Paul wird gerade herausgetragen. Er sieht sie an, sein Blick ist voller Angst.

»Kann ich mitfahren?«, fragt sie die Sanitäter.

»Nein. Tut mir leid.«

»Wo bringen Sie ihn hin?«

»Großhadern, er muss operiert werden.«

»Ich komme nach«, sagt sie zu Paul. »Ich bin da, wenn du aufwachst, versprochen.«

Die Feuerwehr kommt doch noch. Allerdings mit nur einem Löschfahrzeug. Sie können das Haus nicht mehr retten. Sie können nur dafür sorgen, dass sich der Brand nicht ausweitet.

Draußen vorm Haus stehen immer noch Einsatzfahrzeuge der Polizei, mittlerweile auch Kriminaltechnik und Rechtsmedizin. Zwei Polizistinnen sind im Haus der Neumüllers und stellen Fragen. Harriet kann sie kaum beantworten. Aber nach und nach bekommt sie eine Vorstellung davon, was passiert sein muss.

Die Ablöse für Luigi und Paul kam, darunter eine neue

Kollegin. Sie parkten wie verabredet vorm Haus. Kurz darauf muss die Neue ihren Kollegen noch im Wagen getötet und anschließend von außen die Alarmanlage des Hauses manipuliert haben. Dann verteilte sie Benzin aus mehreren Kanistern um das Haus herum.

Warum Paul auf die Idee kam, noch einmal nachzusehen, weiß die Polizei nicht. Er kam jedenfalls zurück, fand den Toten im Wagen und sah, wie die Frau Benzin ums Haus herum goss. Als er versuchte, sie aufzuhalten, kam es zu einer Schießerei. Die Frau hatte eine Waffe dabei. Paul war noch in Uniform mitsamt Dienstwaffe. Er bekam einen Streifschuss ab. Die Frau erlag ihren Schussverletzungen, konnte vorher allerdings noch das Feuer entzünden. So weit die Rekonstruktion der Polizei bisher.

»Wer war die Frau?«, fragt Harriet.

»Wir ermitteln noch. Kommt sie Ihnen bekannt vor?« Man zeigt ihr Fotos vom Gesicht der getöteten Frau.

Und Harriet erkennt sie. Sie hat diese Frau schon einmal gesehen. Damals hat es auch gebrannt. Sie sagt schließlich: »Möglicherweise hab ich sie schon mal gesehen. Aber ich muss erst nachdenken.«

Sie will nicht mehr mit den Beamten reden, sie will ins Krankenhaus. Nach Paul sehen. Es darf nicht noch jemand wegen ihr sterben.

Sanjay fährt sie hin. Er hat Angst, dass sie zusammenbricht.

»Kaum bin ich da, schon geht der Ärger wieder los«, sagt sie scherzend, während die beiden im Besucherraum sitzen.

»Du knöpfst nahtlos an das Chaos von damals an«, sagt er, nur halb scherzend.

Während sie warten, bis Paul aus dem Aufwachraum kommt und auf ein Zimmer gebracht wird, checkt Harriet ihre Nachrichten. Mila hat ihr ein paar Fotos geschickt, die Nachricht trägt die Überschrift »Dein letztes Konzert/Mirzas Fotos«. Sie überfliegt die Bilder. Entweder hat ihre Nachbarin absichtlich diejenigen rausgesucht, auf denen Golo zu sehen ist, oder Mirza hat ihn ständig fotografiert. Vielleicht hat sich Golo auch dauernd ins Bild geworfen. Manchmal sieht es nach Photobombing aus, wie er in die Kamera grinst oder Grimassen schneidet. Golo war ein extrem gutaussehender Junge, egal, welche Faxen er vor der Kamera machte. Im Vergleich zu ihm wirken seine Altersgenossen langweilig und blass. Er war jemand, der wahrscheinlich alle Blicke auf sich zog. Der sich allein auf sein Aussehen verlassen konnte. Das hat sie ihm genommen, und sie weiß nicht warum. Sie kann sich nicht einmal daran erinnern, ob sie ihn damals genauso attraktiv fand wie jetzt auf den Bildern.

Aber nicht nur Golo ist dort zu sehen. Jemand taucht immer wieder neben ihm auf, als wäre er sein Schatten, sein Lakai. Das Schwarze Loch saugt aber jede Erinnerung, die hervorkriechen will, in sich hinein.

Sie kann nur kurz mit Paul sprechen. Er ist benommen von der Narkose und dämmert ständig weg. Aber ja, er war zurückgekommen, weil er der neuen Kollegin gegenüber misstrauisch war.

»Du hast eine große Zukunft vor dir«, sagt Harriet lächelnd, während Paul schon wieder einschläft.

Er habe sehr viel Blut verloren, hieß es. Ein paar Minuten länger ohne medizinische Versorgung, und er wäre verblutet.

Sie weiß, dass sie hier weg muss. Sie bringt andere in Lebensgefahr. Sie drückt dem schlafenden Paul die Hand, streicht ihm eine Haarsträhne aus dem Gesicht, flüstert: »Ich werde mich revanchieren. Und bestimmt sehen wir uns irgendwann in diesem Leben wieder.«

Sie hat die Klinik verlassen, ohne sich von Sanjay zu verabschieden. Sie wird sich bei ihm und seiner Frau melden, aber jetzt muss sie allein sein. Überlegen, was zu tun ist. Sie sitzt mit ihrer Schutzmaske im Park des Klinikums, dort ist sie die Einzige. Der Brandgeruch vom Forstenrieder Park zieht auch bis hierher.

Die Tote ist Elin, die mit ihr zusammen die alte Frau aus dem Haus gerettet hat. Harriet weiß auch, wer den Einbruch verübt und Dr. Ahmadi angegriffen hat: Doro. Ungewöhnlich groß für eine Frau, ungewöhnlich kräftige Schultern, ein breiter Rücken vom Rudern. Sie braucht keine KI, um den Abgleich mit der Gestalt zu machen, die sie auf den Videos gesehen hat. Es sah damals nicht so aus, als würden sich Doro und Elin kennen. Vermeintlich eine Schicksalsgemeinschaft. Aber dann sind sie hier aufgetaucht, um dafür zu sorgen, dass etwas in Harriets Vergangenheit nicht ans Licht kommt. Um Harriet umzubringen, wenn es sein musste. Jedenfalls war Elin dazu bereit. Also kam die warnende Nachricht von Doro.

Sie nimmt ihr Telefon und schreibt an die unbekannte Nummer: »Ich hatte wieder einen Schutzengel. Aber Elin ist tot.«

Dann wartet sie.

Als keine Antwort kommt, schreibt sie: »Wir sollten uns treffen. Ich komme nach Frankfurt. Was hab ich zu verlieren?«

Es dauert keine dreißig Sekunden. »Dein Leben.«

Aha, ich hab dich, denkt Harriet. »Das ist es mir wert. Ich will Antworten.«

»Ich kann dir nicht helfen. Komm nicht her.«

»Du hättest mich nicht gewarnt, wenn es dir egal wäre. Dr. Ahmadi lebt übrigens noch.«

Wieder eine längere Pause. Dann: »Wann und wo?«

Jetzt lässt Harriet sich Zeit mit der Antwort. Sie steht auf und geht zur U-Bahnstation. Fährt zum Bahnhof, nimmt den nächsten Zug nach Frankfurt. Mit den Gedanken ist sie bei dem brennenden Haus. Nichts wird bleiben, hat man ihr gesagt, und sie spürt, wie sehr dieser Verlust sie zerreißt. Für kurze Zeit glaubte sie, einen Teil ihres alten Lebens zurückzubekommen, mit dem sie schon abgeschossen hatte. Ihren geliebten Flügel, ihr Musikzimmer. Erinnerungen. Ihre Heimat. Was bleibt, ist ein Haufen Asche. Ein brennender Schmerz.

Als der Zug München hinter sich gelassen hat und nach Norden rast, schreibt sie Doro ihre Antwort.

25

Es ist früher Abend, als sich Harriet am Eingang des Sanatoriums anmeldet, um ihren Vater zu besuchen. Die Bewohner dort dürfen rund um die Uhr Besuch empfangen. Viele der Demenzkranken sind besonders in der Nacht aktiv, weshalb das Personal immer in voller Besetzung arbeitet. Sie sagt Bescheid, dass wahrscheinlich noch eine Besucherin kommen wird, später irgendwann. Harriet weiß, dass es kaum einen sichereren Ort für dieses Treffen geben kann. Wer hier hinein möchte, wird an der Sicherheitsschleuse durchleuchtet, die Taschen werden sorgfältig durchsucht. Es ist unmöglich, eine Waffe hineinzuschmuggeln. Alle Gebäude und das gesamte Außengelände sind kameraüberwacht, und es gibt fast so viel Sicherheits- wie medizinisches Personal.

»Er ist im Werkraum.« Dr. Horvath, ein junger Arzt, der gerade aus dem Büro hinter der Rezeption tritt, betreut ihren Vater seit zwei Jahren. Ein sympathischer, geduldiger Mann mit einer sanften, warmen Stimme.

»Da war er lange nicht mehr.«

»Seit Ihrem letzten Besuch hat er sich dort quasi verschanzt.«

»Ach! Arbeitet er an etwas?«

»Er malt einen Leuchtturm.«

»Gibraltar?«

Der Arzt nickt.

»Kindheitserinnerungen«, sagt Harriet.

»Mehr ist bald vielleicht nicht mehr da.«

Sie seufzt. »Mit Kohle?«

»Nein. Öl.«

»Du meine Güte. Wann hat er das zum letzten Mal gemacht?«

»Möglicherweise haben Sie beim letzten Mal irgendetwas angestoßen.« Der Arzt wartet offenbar darauf, dass Harriet erzählt, aber sie weiß nicht, was sie ihm sagen soll. Sie glaubt nicht, dass sie etwas angestoßen hat.

»Ich tippe wohl eher auf Ihre Zeitkapsel«, sagt sie. Das Sanatorium setzt auf ein Gedächtnistrainingsprogramm, scherzhaft auch »Zeitkapsel« genannt, bei dem die Erkrankten immer wieder Teile ihres Lebens in Form von Ton- und Bilddokumenten vorgespielt bekommen. Alle zwei bis drei Tage werden ihre Verwandtschaftsverhältnisse wiederholt, Freunde und Bekannte namentlich in Verbindung mit Bildern und Erzählungen genannt, alles, um zu sehen, ob noch etwas gerettet werden kann oder ob sich verloren Geglaubtes neu aktivieren lässt.

»Wie ist seine Laune?«, fragt sie.

Jetzt lacht der Arzt. »Es war heute sehr rührend. Er sah mich an und sagte: ›Ich muss ein sehr reicher und bedeutender Mann sein. Ich lebe in einem großen Haus mit einem riesigen Anwesen und sehr viel Personal. Offenbar habe ich es im Leben weit gebracht.‹«

»Das hat er gesagt?« Sie weiß nicht, ob sie lachen oder weinen will.

»Er wollte mir sogar seine Gärtnerin und die Köchin vorstellen, aber ich habe höflich abgelehnt und ihn weitermalen lassen.«

»Wow.«

»Er wirkte sehr glücklich und entspannt.«

»Wann war das? Eben gerade?«

Der Arzt zuckt die Schultern. »Im Laufe des Nachmittags. Aber er ist immer noch ziemlich heiter. Soll ich Sie begleiten?«

Sie schüttelt den Kopf. »Vielen Dank. Eventuell kommt nachher noch ... eine Bekannte zu Besuch.« Mit dem letzten Satz wendet sie sich der Person an der Rezeption zu, die ihr zunickt und etwas in den Computer einträgt.

Der mindestens achtzig Quadratmeter große Werkraum befindet sich im Souterrain. Er ist hell ausgeleuchtet und bietet viele Arbeitsplätze und Fläche für die unterschiedlichsten Beschäftigungen. Am anderen Ende sitzt Herr Çelik über seinen Platz gebeugt, eine Lupe in der Hand, und ist ganz in seiner eigenen Welt versunken. Eine Frau arbeitet an einer Nähmaschine und redet mit jemandem, vielleicht mit einer der Puppen, die neben ihr auf dem Tisch liegen. Ihr Vater hat sich ein großes Foto von dem Leuchtturm seiner Kindertage an die Wand geheftet und steht vor seiner Staffelei, auf der eine große, auf einen Holzrahmen gespannte Leinwand ruht. Pinsel in der einen Hand, Farbpalette in der anderen, Tuben, Flaschen und Dosen auf der Arbeitsplatte, Gläser, in denen unbenutzte Pinsel warten. Ausgewaschene Pinsel auf Tüchern zum Trocknen. Auf dem Boden ein weißes Bettlaken voller Farbkleckse. Er trägt einen grauen Overall, darunter ein weißes T-Shirt. Im Gesicht und an den Händen hat er Farbflecken, seine Kleidung ist ebenfalls leicht besprenkelt. Harriet versetzt es einen Stich, wie immer, wenn sie feststellen muss, wie sich die Kunst ihres Vaters zurückentwickelt. Dass er realistische Ölbilder mit Touristenmotiven malt, passt nicht zu dem Mann, den sie Zeit ihres Lebens gekannt hat.

»Gar nicht schlecht«, sagt er zufrieden. »Aber es ist noch nicht fertig.«

»Es sieht toll aus«, sagt sie. »Sehr schön.«

»Natürlich ist das nur eine Fingerübung. Ich glaube, ich verachte so etwas.« Prüfend betrachtet er das Foto, dann wieder sein Bild. »Aber man darf nicht einrosten.«

Sie betrachtet ihn von der Seite und fragt sich, wie viel ihm gerade über seinen eigenen Zustand bewusst ist. »Wollen wir uns in die Cafeteria setzen?«, fragt sie. »Oder ein wenig draußen spazieren gehen?«

Er schüttelt den Kopf und schaut weiter konzentriert auf die Leinwand. »Nein, ich bin noch nicht fertig. Ich kann das nicht einfach so stehen und liegen lassen.« Er tritt einen Schritt zurück, kneift die Augen zusammen, geht dann wieder nach vorn und hält das Gesicht ganz nah an seine Arbeit.

»Wie lange brauchst du noch?«

Er murmelt etwas, das sie nicht versteht.

»Soll ich warten, und wir gehen später raus?«

Jetzt hat er sie voll und ganz vergessen. Er mischt mit dem Pinsel Farben auf seiner Palette zusammen und murmelt weiter vor sich hin. Seufzend steht Harriet auf und geht langsam durch den Werkraum. Dort liegen, stehen und hängen Zeichnungen und Gemälde anderer Bewohner. Sie erkennt auf den ersten Blick, wie viel besser ihr Vater technisch ist. Trotzdem schmerzt es zu sehen, wie ihn seine Kreativität verlässt. Einige haben Figuren aus Papier gefaltet, andere Sträuße aus Trockenblumen zusammengesteckt. Jemand hat eine Collage aus Zeitungsausschnitten und Fotos zusammengeklebt, ein fürchterliches Durcheinander, findet Harriet, und schämt sich sofort für diesen Gedanken. Die Frau näht an ihrer Maschine eifrig ein Puppenkleid. Harriet fragt sie, für welche Puppe das Kleidchen ist. Die Frau sieht zu ihr auf, kann nichts mit ihr und der Frage anfangen, braucht einen langen Moment. Dann lässt sie eine Hand unsicher über den Puppen schweben, greift schließlich eine heraus und hält sie Harriet hin. Harriet lächelt, nimmt die Puppe. »Das wird ein sehr schönes Kleid«, sagt sie, legt die Puppe zurück, schlendert weiter durch den grell erleuchteten Raum.

Sie steuert eine Tür an, über der eine rote Warnleuchte installiert ist. Da die Leuchte nicht eingeschaltet ist, dreht sie am Türknauf und öffnet die Tür.

Harriet weiß durch ihren Vater, was eine Dunkelkammer ist. Flache Wannen mit Entwicklerflüssigkeit, eine Art Wäscheleine, an der Schwarzweißbilder mit Klammern befestigt werden. Sie traut sich nicht hineinzugehen, aus Angst, etwas kaputtzumachen oder die Fotos zu beschädigen. Eine kindliche Angst, die wie eine Erinnerung wieder einsetzt. Schnell schließt sie die Tür. Herr Çelik sagt: »Da darf man nicht rein.«

»Entschuldigung.«

»Das ist alles sehr empfindlich.«

»Das Licht war aus, ich dachte …«

»Wenn das Licht an ist, darf niemand rein. Dann entwickle ich.«

Sie geht zu ihm. »Sie arbeiten dort?«

»Ich bin Fotograf«, sagt er und schwenkt bedeutsam seine Lupe. »Wollen Sie etwas kaufen? Ich mache nur wenige Abzüge. Nichts Digitales. Ich entwickle ganz individuell.«

Harriet deutet auf das, was vor ihm auf dem Tisch liegt. »Sind das die Kontaktabzüge?«

»Ganz richtig, junge Frau. Um zu entscheiden, was ich entwickeln werde.« Auf dem Bogen sieht sie ein Mosaik aus kleinen Schwarzweißbildern. Darauf sind Menschen zu sehen, offenbar bei einer Gartenparty.

»Und Sie haben die Bilder gemacht?«

»Wer denn sonst, das kann doch heutzutage niemand mehr. Immer nur digital, digital, digital …« Herr Çelik erhebt sich und geht zur Tür der Dunkelkammer. »Wollen Sie etwas kaufen?«

»Ich möchte mir sehr gern Ihre Arbeiten ansehen.« Wieder schämt sie sich, weil Herr Çelik für sie immer nur der verwirrte Mann in der Telefonzelle war. Als sie sich seine Schwarzweißfotos ansieht, die in der Dunkelkammer hängen, versteht sie sofort, dass dieser Mann ein Künstler war. Immer noch ist. Die Fotos sind große Versionen der kleinen Mosaikbildchen und scheinen aktuell zu sein. Sie zeigen Leute, die an einer Veranstaltung im Sanatorium teilnehmen. Draußen am Teich. Tatsächlich eine Art Gartenparty oder Sommerfest. Sie erkennt einige der Bewohner, ein paar vom Personal, die Chefärztin, auch Dr. Horvath. Alle haben sich schick gemacht.

»Was wird da gefeiert?«, fragt sie.

Die Frage überfordert Herrn Çelik, und er zieht die Augenbrauen zusammen, fährt sich mit der Hand über das Gesicht, weiß nicht, was er sagen soll.

»Ganz toll«, sagt sie schnell, »vielleicht möchte ich wirklich ein Bild kaufen.«

Er entspannt sich. »Ich lasse mich nur für wichtige Events buchen. Nur für wichtige Menschen. Promis, Künstler, Intellektuelle, verstehen Sie. Für alles andere bin ich zu teuer.«

»Fotografieren Sie denn gar nicht mal zum Spaß?«

»Keine Zeit«, sagt er. »Keine Zeit.« Dann dreht er sich um und lässt sie allein in der Dunkelkammer stehen. Langsam geht sie an den Bildern entlang und betrachtet sie, hofft, ihren Vater darauf zu finden, und tatsächlich, auf einem steht er etwas im Hintergrund und ein wenig verdeckt, aber es ist eindeutig er. Im Vordergrund hat die Chefärztin offenbar gerade eine Rede gehalten, sie hat ihr Glas gehoben und prostet in die Runde. Alle Bilder von Herrn Çelik sehen aus wie Standfotos einer großen Filmproduktion, die Menschen darauf wirken glamourös und besonders. Sie wünscht sich, sie wäre hier an einem Filmset, ihr Vater ein Statist, sie selbst nur Zuschauerin, und gleich käme der Ruf der Regisseurin: »Schnitt!«

Auf dem nächsten Bild ist ihr Vater in Nahaufnahme zu sehen. Er unterhält sich mit jemandem, aber diese Person ist nicht im Bild. Harriet sieht sie auf dem nächsten Foto, da die Perspektive hier leicht verändert ist. Es ist eine Frau, sie hat zwar den Blick fest auf Harriets Vater gerichtet, mit dem sie im Gespräch vertieft ist, aber ist ganz klar zu erkennen. Harriet erschrickt so sehr, dass sie zurückweicht und dabei etwas umstößt, einen Schemel vielleicht, sie sieht sich nicht danach um, sondern nimmt das Bild von der Leine und verlässt die Dunkelkammer.

»Wollen Sie ein Bild kaufen?«, hört sie Herrn Çelik sagen,

im selben Moment öffnet sich die Flügeltür zum Werkraum, Dr. Horvath tritt ein, hinter ihm Doro. Harriet drückt das Foto an sich, nickt den beiden zu, gibt ihnen ein Zeichen, dass sie noch einen Moment braucht, und geht zu Herrn Çelik. »Sehr gern, was bekommen Sie dafür?«

Er sieht sie lange an, scheint nachzudenken, weiß nicht mehr, was er als Nächstes sagen muss, bis ihn etwas aus seiner Vergangenheit erreicht: »Das besprechen Sie bitte mit meinem Assistenten.« Er macht eine große Geste in Richtung des Arztes am anderen Ende des Raums, und Harriet sagt freundlich: »Vielen Dank, Herr Çelik, das ist wirklich nett von Ihnen!« Sie geht mit dem Foto zu den anderen, hält es aber so, dass die weiße Seite nach außen zeigt.

»Doro«, sagt sie und begrüßt sie wie eine alte Freundin.

»Meine Liebe.« Doro spielt mit, bis der Arzt verschwunden ist. Harriet bemerkt, wie sie rasch den Raum scannt, wie der Blick bei Türen und Fenstern unmerklich hängenbleibt, wie sie die Positionen der Überwachungskameras in sich aufnimmt.

»Wir können rausgehen«, sagt Harriet. »Aber dann muss mein Vater mitkommen. Sonst sieht es komisch aus.« Sie legt das Foto mit der Bildseite nach unten neben die Farbtuben ihres Vaters.

»Wir können auch hier sprechen«, sagt Doro und geht zu einem Arbeitsplatz, der sich in der Mitte des Raums befindet. Dort setzt sie sich auf einen Holzschemel und gibt Harriet ein Zeichen, sich ihr gegenüber auf einen Stuhl zu setzen.

Hätte sie Doro nicht erwartet, sie hätte sie nicht erkannt, jedenfalls nicht auf den ersten Blick. Die langen Haare hat sie unter einem Fischerhut versteckt, sie trägt ein weites schwarzes Hemd und eine schwarze Trainingshose. Ihr Gesicht ist ungeschminkt und wirkt dadurch jünger, androgyner. Eine leicht getönte Pilotenbrille mit optischen Gläsern, die ihre Augen kleiner erscheinen lassen, sorgt außerdem dafür, dass sie völlig anders wirkt als bei ihrer letzten Begegnung. Doro schafft es, sich zu verkleiden, ohne verkleidet auszusehen, denkt Harriet. Perfekt für das, was sie tut. Was auch immer das sein mag.

»Warum?«, fragt Harriet. »Warum das Ganze? Was soll das?«

Doro schweigt, sieht erst zu Herrn Çelik, dann zu Harriets Vater. »Ist er das?«

»Doch nicht so gut informiert?«

»Es ging um dich, nicht um ihn.«

»Hat dich jemand auf mich angesetzt, um mich umzubringen?«

Doro schüttelt den Kopf. »Erst nicht. Wir sollten dich nur im Auge behalten, eventuell Kontakt aufnehmen, um herauszufinden, wie viel du weißt.«

Harriet hebt die Hände. »Moment. Du und Elin, oder wie sie heißt?«

»Ja.«

»Und worüber weiß ich viel oder nicht viel?«

Doro senkt den Blick. »Hör zu. Ich hab eine Sicherheitsfirma, die läuft gut. Du weißt selbst, dass gerade alle reichen Leuten Security wollen. Und viele von denen wollen außerdem Informationen über andere Leute. Also biete ich das auch an. So etwas geht Hand in Hand. Ich bekam den Auftrag und dachte, es geht ums Beschatten. Das ist okay. Auch mal Leute anquatschen und ihnen was aus der Nase ziehen. Vielleicht auch hier und da ein Einbruch, um Unterlagen oder Beweise oder wasweißich zu besorgen. Aber das mit dieser Ärztin …«

»Dr. Ahmadi.«

»Ja. Sorry. Also das war keine Absicht. Das war ein Unfall.«

»Ein Unfall.«

»Ehrlich.«

»Klar, sie kann dir da nicht widersprechen.«

»Ich wollte der Frau nichts tun! Es ist passiert, und danach bin ich sofort aus der Nummer ausgestiegen.«

»Etwas spät.«

»Es tut mir leid.«

»Davon hat sie nichts.«

Doro stöhnt. »Was willst du von mir? Ich kann es nicht mehr rückgängig machen. Also was willst du?«

Harriet schüttelt den Kopf. »Okay. Erzähl weiter.«

Doro sammelt sich, nickt dabei langsam. »Ich habe gesagt, ich steige aus. Mein Auftraggeber war zu dem Zeitpunkt allerdings ein anderer als ursprünglich. Es kam jemand dazu. Plötzlich waren es zwei Typen, die die Infos wollten. Und der zweite sagte: ›Mir egal, was da passiert ist, Unfälle geschehen. Wichtig ist, dass unsere Zielperson ausgeschaltet wird.‹ Genau so hat er es formuliert. Ich kam mir vor wie in einem schlechten Film.«

»Wer war das? Golo Kovács?«

Doro sieht sie ratlos an. »Nie gehört. Wer ist das?«

»So alt wie ich, sitzt im Rollstuhl, wohnt in München, hat immer seinen Vater dabei?«

Etwas macht bei Doro klick. »Nein. Der ist es nicht. Aber ich weiß, wen du meinst.«

»Ganz sicher, dass er es nicht ist?«

Doro denkt nach. »Es ging wohl darum, dass du dich an zu viel erinnern könntest.«

»Woran denn?« Harriet steht auf, rauft sich die Haare, erschrickt im ersten Moment, weil sie vergessen hat, wie kurz sie sind.

»Warte. Ich versuche, es dir zu erklären. Elin – nennen wir sie einfach so – hat mehr Erfahrung als ich mit solchen Sachen. Sie kennt keine Skrupel, wenn das Geld stimmt. Sie ist außerdem eine sehr gute Hackerin und hat versucht, in die Krankenhausarchive zu kommen. Es ging darum, dass du keine alten Krankenakten von dir in die Finger bekommst.«

»Weil …?« Harriet hebt ihre geöffnete linke Hand ein paar Zentimeter an.

»Auch. Unser zweiter Auftraggeber meinte, in München gäbe es zu viele Erinnerungstrigger, und eigentlich hätte er damit gerechnet, dass du dort nie wieder auftauchst, aber es sei nun mal zu spät, und um Schlimmeres für ihn zu verhindern …«

»… sollte Elin dafür sorgen, dass ich nirgendwo mehr auftauche.«

»So in der Art. Bei solchen Aktionen mache ich nicht mit. Ich habe den Auftrag für beendet erklärt. Aber Elin hat einfach weitergemacht. Sie hatte direkten Kontakt mit dem Mann.«

»Wer ist es?«

»Seinen Namen kenne ich nicht. Er hat ihn mir nicht genannt. Er meldete sich eines Tages und sagte, er sei ein Freund des ursprünglichen Auftraggebers.«

»Den du aber kennst.«

»Ja.«

»Wer ist es?«

»Warte. Lass mich erst alles erzählen. Elin sagte mir, ihr sei das alles egal, sie ziehe das durch. Das war in München, am Morgen nach den Einbrüchen. Wir hatten einen furchtbaren Streit. Ich reiste ab und versuchte, dich zu warnen …«

»Warum?«

»Weil ich mich verantwortlich fühle. Weil ich den ursprünglichen Auftrag bekommen habe, weil Elin für mich gearbeitet hat, weil die Sache komplett aus dem Ruder gelaufen ist … Keine Ahnung.«

Unbemerkt ist die Frau an der Nähmaschine aufgestanden und zu ihnen gekommen. Sie hält Doro das fertige Puppenkleid hin. Verwundert nimmt sie es entgegen. »Was soll ich damit?«, fragt sie. Wortlos geht die Frau weg und setzt sich wieder zu ihren Puppen. Sie nimmt ein neues Stück Stoff und fängt an, es zuzuschneiden.

Harriet holt Doros Aufmerksamkeit zurück. »Warum soll ich sterben? Der Einzige, der einen Grund hätte, mich tot sehen zu wollen, ist Kovács, aber du sagst, er steckt nicht dahinter.«

Doro zuckt die Schultern. »Vielleicht hat er damit zu tun, ich kann es nicht ausschließen, aber er hat uns nicht kontaktiert.« Sie wirft einen Blick zu der Frau, dann zu Harriets Vater, der gerade Selbstgespräche im Angesicht des Leuchtturms führt.

»Sag mir endlich den Namen.«

Doro knautscht unbeholfen das Puppenkleid in ihrer Hand zusammen. »Warte. Also. Elin hackt immer die Auftraggeber, um etwas zu finden, das wir im Zweifel gegen sie verwenden können. Falls sie nicht zahlen wollen. Oder falls es Ärger gibt. Jeder hat Leichen im Keller. Bei Nummer eins hat sie nichts Spektakuläres gefunden, ein paar Finanzmauscheleien, kleine Bestechungen, in der Art. Aber es würde reichen, wenn er beispielsweise keine Lust hätte, meine Rechnung zu bezahlen. Sein Freund, Auftraggeber Nummer zwei hingegen …« Sie sieht sich wieder im Raum um, nervös, ängstlich fast. »Ich weiß es erst seit heute. Als ich hörte, dass Elin tot ist, habe ich ihre Sachen durchsucht. Und ich hab etwas gefunden.« Doro greift sich in den Hemdkragen und zieht eine Halskette hervor. »Der Anhänger ist ein Datenstick. Altmodisch, ja, aber da ist alles drauf, was du wissen musst.« Sie nimmt die Kette ab und legt sie Harriet um den Hals. Als würde eine Freundin der anderen ein Geschenk machen. »Natürlich habe ich das Ganze auch auf der Festplatte. Und in der Cloud. Und in noch einer Cloud.« Doro deutet auf Herrn Çelik. »Das, was er macht, ist längst ausgestorben. Das muss zu seiner Zeit schon exotisch und altmodisch gewesen sein. Analoges Fotografieren auf Film … Bei ihm gibt es noch die eine ursprüngliche Quelle, das unwiederbringliche Original. Ich weiß nicht, ob es besser wäre, wenn du dich nie mehr erinnerst. Aber es gibt dieses Video. Und es ist nicht aus der Welt, selbst wenn du den Stick wegwerfen solltest.«

»Warum sollte ich ihn wegwerfen?«

»Weil es kein Zurück mehr gibt, wenn du es dir angeschaut

hast. Es wird furchtbar. Ich wünschte, ich hätte es mir nie angesehen, und für dich wird es alles verändern. Es ist deine Entscheidung.« Doro steht auf und geht zu der Frau an der Nähmaschine. Sie reicht ihr das Kleidchen, spricht kurz mit ihr. Dann geht sie auf die Tür zu, sagt im Vorbeigehen zu Harriets Vater: »Es hat mich sehr gefreut!« Dieser nickt abwesend, winkt unaufmerksam mit dem Pinsel in ihre Richtung, ohne hinzuschauen, verspritzt dabei Farbe. Harriet sieht ihr nach, wie sie den Raum verlässt. Dann rennt sie los, hinter ihr her. Sie reißt die Tür auf und ruft ihren Namen.

Doro bleibt stehen.

»Ganz anderes Thema«, sagt Harriet. »Weißt du noch, die Frau, die wir gerettet haben?«

»Natürlich.«

»War das ... inszeniert? Irgendwie?«

»Dass wir uns da kennengelernt haben?« Doro nickt langsam. »Natürlich war nicht geplant, dass wir miteinander reden. Wir mussten improvisieren.«

»Und die Rettungsaktion?«

Sie hebt die Schultern. »Wie gesagt, wir mussten improvisieren.«

»Diese Frau ... hast du nochmal was von ihr gehört?«

Doro schüttelt den Kopf. »Du etwa?«

Harriet weiß nicht, wie weit sie Doro trauen kann. Wie gut diese Frau schauspielert. Sie wirkt gerade ehrlich, diesen Eindruck hatte Harriet schon einmal von ihr. »Ich denke die ganze Zeit darüber nach, ob ich sie schon mal irgendwo anders gesehen habe«, sagt sie schließlich.

»Das wäre ein großer Zufall.«

»Soll vorkommen.« Harriet hebt die Hand zum Abschied. »Pass auf dich auf«, sagt sie.

»Du auch.« Doro macht einen Schritt in ihre Richtung, fast so, als wolle sie sie zum Abschied umarmen, überlegt es sich dann aber anders, dreht sich um und geht.

Im Werkraum nimmt Harriet das Foto und zeigt es ihrem Vater. »Sieh hin, bitte. Wer ist das?«

Er schiebt ihre Hand beiseite. »Ich bin noch nicht fertig. Meinst du, Möwen machen es zu kitschig?«

»Definiere ›zu kitschig‹ in diesem Kontext.«

Er nickt, reagiert nicht einmal beleidigt. »Dann Möwen«, sagt er, starrt weiter konzentriert auf sein Bild und taucht ohne hinzusehen den Marderhaarpinsel in den Klecks Titanweiß. »Als Kind habe ich jeden Tag diesen Leuchtturm vor Augen gehabt. Jeden Tag! Und dann sind wir nach Deutschland gegangen. Nach München. Waren Sie schon mal in München?«

»Papa, bitte.«

Er sieht sie an, erkennt sie nicht. »Dann ist mein Vater gestorben, und ich war ganz allein mit meiner Mutter. Eine faszinierende Frau. Unabhängig und tapfer. Eine Kämpferin.« Sein Blick geht zurück zu dem Bild. »Möwen. Doch, doch.«

Harriet hält es nicht länger aus. Es gibt so viel, über das sie mit ihm reden müsste, aber natürlich geht es nicht. Er hat ihr noch nie so sehr gefehlt wie heute. »Ich komme bald wieder«, sagt sie zu ihm, drückt seinen Arm zum Abschied.

»Frag deine Mutter, sie kennt diese Frau«, sagt er und sieht an ihr vorbei, als stünde ihre Mutter irgendwo hinter ihr.

26

Ihre Mutter. Wieder ihre Mutter. Langsam fragt sie sich, ob ihr Unfalltod wirklich nur ein Unfall war, bei all den Geheimnissen, die sie mit sich herumtrug. Vielleicht war sie auch gar nicht tot? Harriet fühlt sich so entkoppelt von allem, was sie für die Realität, die Wahrheit hielt, sie würde sich nicht wundern, wenn ihre Mutter gleich durch die Tür träte.

»Dann kennst du sie doch auch?«, fragt Harriet. »Du hast mit ihr geredet. Sieh es dir noch mal an!« Sie hält ihm das Foto vors Gesicht. »Bitte! Du musst dich doch an sie erinnern, wenn Mama sie gekannt hat. Und wenn du mit ihr gesprochen hast. Wer ist das?«

Sie hat nicht gemerkt, wie laut sie geworden ist. Er weicht vor ihr zurück, lässt Pinsel und Farbpalette fallen und wirkt völlig verängstigt. »Was wollen Sie von mir?«, ruft er. »Was wollen Sie denn? Ich weiß nicht, was Sie von mir wollen!« Er hält sich die Ohren zu und macht noch ein paar Schritte rückwärts.

Die Tür zum Werkraum geht auf, und Dr. Horvath stürmt herein. Er wirft Harriet einen vorwurfsvollen Blick zu, legt ihrem Vater eine beruhigende Hand auf die Schulter, spricht leise auf ihn ein. Dieser lässt sich aber nicht beruhigen. Er schreit den Arzt an, schüttelt ihn ab, läuft durch den Raum. Eine Pflegerin kommt hinzu, fährt Harriet im Vorbeilaufen an: »Wie haben Sie das denn hinbekommen?« Sie geht Dr. Horvath zur

Hand. Die alte Frau hat aufgehört zu nähen, und Herr Çelik zieht sich in seine Dunkelkammer zurück.

Harriet läuft auf den Flur. Sie weiß, dass ihr Vater so reagiert, wenn ihm alles zu viel wird. Wenn er merkt, dass er sich nicht richtig erinnern kann, wenn er die Orientierung verliert und dabei ist, in einen dunklen Abgrund zu stürzen. Manchmal schon war sie in den vergangenen Jahren der Auslöser gewesen, aber sie hatte gelernt, besser mit ihm umzugehen. Und jedes Mal, wenn er so ist, zerreißt es sie innerlich, weil sie um seine Angst weiß, die ihm niemand so leicht nehmen kann.

Sie spürt die Tränen in ihren Augen brennen, als sie die Treppe hinauf zur Rezeption geht. Mit dem Handrücken wischt sie sich über die Wangen.

»Geht's wieder?«

Erschrocken dreht sie sich um. Hinter ihr steht einer der Pfleger, die schon seit Jahren hier arbeiten. Sie kennt ihn vom einander Zunicken, gelegentlichem Plaudern über das Wetter, aber sie erinnert sich nicht an seinen Namen.

»Danke, ja. Haben Sie das auch mitbekommen, was mit meinem Vater ...«

Auf seinem Namensschildchen steht Markus. »Hier wird alles überwacht, das wissen Sie doch.« Er lächelt vage. Seine Augen wirken etwas trübe, sein Gesicht hat tiefe Falten, und trotzdem scheint er nicht viel älter als sie zu sein. Seine Hände sind fast vollständig tätowiert, auch am Hals lugen die Spitzen von Motiven hervor.

Sie sagt: »Könnten Sie mir vielleicht mit einer Auskunft helfen? Ich habe bei Herrn Çelik dieses Foto gesehen.« Harriet zeigt es ihm. »Die Frau, mit der sich mein Vater unterhält, wissen Sie, wer sie ist? Und zu welchem Anlass das Bild gemacht wurde?«

Der Pfleger nimmt ihr das Foto ab und betrachtet es, wie sie findet, ein wenig zu lange.

»Alles in Ordnung?«, fragt sie.

Er gibt ihr das Foto zurück. »Das war vor ein paar Tagen. Da gab es ein kleines informelles Fest für den Vorstand und die Sponsoren unserer Einrichtung. Es findet jedes Jahr um diese Zeit statt.«

»Und die Frau?«

»Prof. Dr. Pinja Kallas. Die Gründerin.«

»Die Gründerin?«

»Dieser Einrichtung. Mittlerweile gibt es Dutzende Sanatorien wie dieses, und es sind weitere in Planung. Europaweit, wenn nicht weltweit. Sie hat das Konzept erarbeitet und jahrzehntelang an ihrem eigenen Institut zu Behandlungsmethoden für Demenzerkrankungen geforscht.«

Natürlich. Ihre Mutter hat für sie gearbeitet. Harriet erinnert sich, dass damals, als ihr Vater immer mehr abbaute, die Rede davon war, ihn in einem sehr guten, neuen Sanatorium unterzubringen. Dass das Sanatorium von der Institutschefin ihrer Mutter ins Leben gerufen worden war.

»Pinja Kallas«, wiederholt Harriet. »Ich hab den Namen völlig vergessen.«

»Und kommen jetzt Erinnerungen zurück?«, fragt der Pfleger in einem Ton, als spräche er mit einer seiner Patientinnen.

Harriet sieht ihn irritiert an. »Sie müssen mit mir nicht so reden.«

Aber sein Blick ist merkwürdig intensiv und zugleich weich. »Ich meinte es ernst. Erinnern Sie sich an Prof. Kallas?«

Sie lacht unsicher auf. »Ich habe ihr vor ein paar Wochen das Leben gerettet. Sie war in ihrem Haus eingesperrt, irgendwas mit der Schließanlage, und ein Waldbrand kam immer näher … Lange Geschichte.«

»Sie waren das also«, sagt er.

»Hat sie davon erzählt?«

Er nickt. »Sie hat es ziemlich abgetan.«

»Dass sie gerettet wurde?«

»Nein, der Umstand, warum sie eingeschlossen war und nicht mehr rauskam. Offenbar wird sie nämlich selbst etwas vergesslich, und das macht ihr natürlich Angst.«

Harriet denkt einen Moment lang nach, erinnert sich an die Panik der Frau, das Wiedererkennen in ihrem Blick. »Warum wohnt sie denn so isoliert? Oder vielmehr: wohnte.«

»Sie mag es abgeschieden und einsam. Sagt sie jedenfalls.«

»Wissen Sie, wo ich sie finden kann?«

»Ich glaube nicht, dass sie das möchte.«

»Wie kommen Sie darauf? Sie hat Ihnen doch selbst erzählt, dass ich ihr das Leben gerettet habe.«

»Nicht, dass Sie es waren.«

»Glauben Sie mir nicht?«

»Doch. Jedes Wort.«

»Ist sie manchmal hier? Kann ich sie hier treffen? Oder eine Nachricht für sie hinterlassen?«

»Sie wird nicht antworten.«

»Können Sie auch einen Moment lang weniger kryptisch sein?« Sie starrt ihn erbost an. Und wundert sich, wie traurig er zurückschaut.

»Gehen wir ein wenig an die Luft«, sagt er und deutet zur Tür. Harriet wird unwohl bei dem Gedanken. Es ist noch keine vierundzwanzig Stunden her, dass jemand den Auftrag gegeben hat, sie umzubringen.

»Nur vor die Tür«, sagt sie und geht mit schnellen Schritten vor. Überall sieht sie Personal der Klinik. Draußen sind Sicherheitsleute. Sie muss darauf achten, immer in Sichtweite von anderen zu bleiben.

Als sie neben den Treppenstufen vor dem Gebäudeeingang stehen, versteht sie, warum der Mann mit ihr rausgehen wollte. Er nimmt eine eZigarette aus seiner Uniform und fängt an zu rauchen. Sie fühlt sich etwas erleichtert, bleibt aber vorsichtig. »Also?«

Er schweigt einen langen Moment. Harriet verliert die Geduld. Der Anhänger, den ihr Doro um den Hals gehängt hat, fühlt sich mittlerweile an wie ein Mühlstein. Sie will dem Pfleger gerade mitteilen, dass sie gehen wird, da sagt er leise: »Der Name Kovács ist dir noch ein Begriff?«

Sie versucht, sich nichts anmerken zu lassen. Aber was er sagt, fühlt sich an wie ein Schlag. »Vielleicht. Warum?«

»Gustav Kovács?«

Harriet sieht ihn genau an, betrachtet sein Gesicht, bemerkt langsam die Familienähnlichkeit. Sie ist in eine Falle gelaufen. Statt weg von den Kovács' ist sie einem von ihnen direkt in die Arme gerannt. Sie schiebt sich von ihm weg, spürt hinter sich eine Wand.

»Ich habe einen anderen Namen angenommen, damit mein Vater mich nicht findet«, sagt er. »Deine Mutter hat mir damals sehr geholfen.«

Damit hat sie nicht gerechnet. Schon wieder ihre Mutter. »Was?«

»Sie hat mich besucht, als ich gerade auf Entzug war, und mir angeboten, bei der Suche nach einem Ausbildungsplatz behilflich zu sein. So bin ich hier gelandet.«

»Mir hat man gesagt, du wärst in Rosenheim als Altenpfleger.«

»Ein Stück weit an der Wahrheit und doch im Detail gelogen. Ich musste weg von meiner Familie.« Er lächelt. »Kannst du das nicht verstehen?«

Sie bleibt misstrauisch. »Was hat meine Mutter zu dir gesagt? Warum wollte sie dir helfen?«

»Weil sie meinem Bruder nicht helfen konnte.«

»Sie hatte ein schlechtes Gewissen ihm gegenüber?«

»Sehr.«

Harriet steht mit dem Rücken zur Außenwand des Gebäudes, Gustav direkt vor ihr. Er wirkt nicht bedrohlich, aber sie fühlt sich in die Ecke gedrängt, verspürt Angst. Ohne darüber nachzudenken, stößt sie ihn zur Seite und läuft weg. Aber sie läuft nicht sehr weit. Wenige Meter später bleibt sie abrupt stehen und sieht sich um. Hier ist Platz. Hier kann man sie sehen. Es ist noch hell, in der Parkanlage sind überall Menschen. Sie ist hier nicht allein. Gustav ist gestürzt, er rappelt sich gerade auf und sucht nach seiner eZigarette. Als er sieht, dass sie stehengeblieben ist, kommt er zu ihr. »Was war das denn?«, fragt er sie verwundert und klopft sich Dreck von seiner Hose.

»Ich brauche Platz um mich herum«, sagt sie. »Ich hatte einen miesen Tag.«

Er betrachtet sie. »Man sieht es dir ein wenig an, wenn ich so ehrlich sein darf.«

Sie erwidert nichts.

»Ich kann verstehen, dass du gerade nicht weißt, wie du das alles finden sollst. Aber deine Mutter wollte vor allem dir helfen. Sie ist mit euch nach Frankfurt gezogen, damit du besser behandelt werden kannst.«

»Wegen meiner Hand?«

Er wirkt verwundert. »Nein, weil du wegen der Sache mit Golo nicht klargekommen bist. Du brauchtest psychiatrische und neurologische Unterstützung. Na ja, und hier gab es eben Prof. Kallas mit ihrer Forschung und ihren Ideen. Deine Mutter war der Meinung, dass es das Richtige für dich sein könnte. Kallas sollte dir helfen, besser klarzukommen. Außerdem war diese Einrichtung hier gut für deinen Vater, und deine Mutter konnte mit Kallas zusammenarbeiten. Leider ist sie ja nur wenige Jahre später ... Das hat mir sehr leidgetan. Ich mochte sie.«

Harriet schüttelt den Kopf. »Ich versteh es nicht. Warum hat sie sich an dich gewandt und nicht an deinen Bruder oder deinen Vater?«

»Wie schon gesagt. Meinem Bruder konnte sie nicht helfen. Mit meinem Vater hatte sie irgendeinen Deal. Er zeigt dich nicht an, wenn du komplett aus seinem und Golos Leben verschwindest. Etwas in der Art.«

»Warum hab ich das getan«, sagt sie leise. »Ich muss doch einen Grund gehabt haben. Warum hab ich deinen Bruder so zugerichtet? Weil er mir was in die Cola gekippt hat, damit ich das Konzert nicht schaffe? Wollte ich ihn deshalb ... umbringen?«

»Reicht dir das nicht als Grund? Ich halte das für einen sehr guten Grund.«

»Keine Ahnung, das hätte sich doch alles irgendwie regeln lassen.«

»Mit unserem Vater? Es hätte niemals rechtliche Konsequenzen gehabt.«

»Ich denke, dass da noch mehr dahintersteckt«, sagt sie und greift nach dem Stick, der um ihren Hals hängt. »Da ist definitiv noch mehr.«

Gustav schüttelt den Kopf. »Ich kann dir da leider nichts zu sagen. Deine Mutter wollte nicht darüber reden, und mit meiner Familie hatte ich da schon keinen Kontakt mehr. Aber Golo war sein Leben lang ein Arschloch. Er kommt ganz nach unserem Vater.«

Herr Çelik tritt gerade aus dem Haupteingang, kommt die Stufen hinunter und steuert auf die Telefonzelle zu. Als er an den beiden vorbeigeht, zeigt er nicht die kleinste Regung eines Wiedererkennens. Harriet sieht ihm hinterher, wartet, bis er außer Hörweite ist.

»So einfach ist das für dich? Dein Bruder wird es schon verdient haben?«

»Ich hatte nie einen Draht zu ihm. Oder zu meinen Eltern. Das habe ich auch erst dank deiner Mutter begriffen.«

»Sag jetzt nicht, dass sie dich therapiert hat.«

Gustav Kovács lacht. »Nein, aber wir hatten einige gute Gespräche.« Sein Blick wird wieder weich und melancholisch. »Du hast Glück mit deinen Eltern.«

»Mein Vater erkennt mich nur gelegentlich und weiß nicht, in welchem Jahr wir uns gerade befinden. Und meine Mutter ist tot, und ich habe immer mehr das Gefühl, sie nicht richtig gekannt zu haben. Offenbar war sie extrem manipulativ und übergriffig. Ich weiß nicht, ob ich das Glück nennen würde.«

»Sie haben dich beide geliebt und waren bereit, alles für dich zu tun. Meine waren immer nur enttäuscht von mir und haben es mir jeden Tag reingedrückt. Vor allem, als mein kleiner, ach so toller Bruder da war. Als wäre ich der gescheiterte erste Versuch gewesen.« Er klingt nicht bitter, als er das erzählt. Vielleicht ein wenig traurig, aber es wirkt, als habe er seinen Frieden damit gemacht.

Die Pflegerin, die sich im Werkraum zusammen mit Dr. Horvath um ihren Vater gekümmert hat, kommt winkend aus dem Gebäude gelaufen, direkt auf sie zu. »Hier sind Sie! Ich dachte schon, Sie sind weg.«

»Geht es ihm besser?«, fragt Harriet besorgt.

»Er hat sich beruhigt. Worüber haben Sie denn mit ihm geredet?«

Sie weiß nicht, ob sie die Wahrheit sagen soll. »Nichts Besonderes«, antwortet sie ausweichend.

Die Pflegerin, eine kleine, durchtrainierte Frau Ende fünfzig mit grauschwarzen Locken und dunkelbraunen Augen, zieht die Stirn in Falten. »Er hat die ganze Zeit gesagt: Es war ein Fehler, es war ein Fehler. Keine Ahnung, was er meint. Vielleicht können Sie was damit anfangen. Aber ich würde Sie bitten, ihn nicht mehr so aufzuregen. Schon gar nicht, wenn niemand vom medizinischen Personal anwesend ist. Wenn Sie ihn gezielt zu etwas befragen wollen, muss jemand dabei sein.«

»Verstanden«, sagt Harriet kleinlaut. »Es tut mir leid.«

Die Pflegerin nickt, dreht sich um und schreitet energisch zurück ins Gebäude.

»Burçe«, sagt Gustav. »Mein großes Vorbild. Sie hat alles im Griff. Vor ihr hat sogar das Wetter Angst.« Er lacht. »Ich werde nie so sein wie sie, und doch ist sie mein Vorbild.«

Harriet reagiert nicht darauf. Sie versucht, sich zusammenzureimen, was hier gerade passiert. Welchen Fehler könnte ihr Vater meinen? Warum hat es ihn so aufgewühlt, als sie ihn nach Prof. Kallas gefragt hat? »Weißt du, wo ich Pinja Kallas finden kann?«, will sie von Gustav wissen.

Er hebt die Schultern. »Ich kümmere mich drum. Wie kann ich dich erreichen?«

Sie will ihm schon ihre Nummer sagen, kann ihr Misstrauen aber immer noch nicht besiegen. »Ich melde mich bei dir«, sagt sie. »Ich kann dich hier erreichen, richtig?«

»Frag nach Markus.«

Sie nickt. »Ich muss los«, sagt sie. »Danke, dass du mir das alles erzählt hast.

Er schüttelt den Kopf. »Ich wollte es schon vor Jahren machen. Jedes Mal eigentlich, wenn du ihn besucht hast. Aber ...«

»Schon gut«, sagt sie.

»Nein, du verstehst nicht. Ich musste deiner Mutter versprechen, nie ein Wort darüber zu verlieren. Sie hat mir sogar noch kurz vor ihrem Tod geschrieben und noch einmal darauf bestanden. Aber es ist so viel Zeit vergangen seitdem ...«

Harriet sieht ihn lange an. Die tiefen Falten in seinem Gesicht, die sich zu früh für sein Alter eingegraben haben. Die Narben in den Armbeugen, von den Tätowierungen verdeckt und nur auf den zweiten Blick erkennbar. Die trüben Augen.

Überall Spuren seiner Drogensucht, obwohl diese Jahre zurückliegt. Sie denkt an ihre Narben. Die sichtbaren und die unsichtbaren.

Sie legt ihm die Hand auf den Oberarm und drückt ihn leicht. »Danke. Pass auf dich auf. Und auf meinen Vater.«

Er lächelt und nickt. »Mein Bruder hat es mit Sicherheit verdient. Mach dir keine Gedanken mehr über ihn.«

Sie verabschiedet sich im Gehen mit einem Winken. Sie ahnt, dass sie sich noch eine Menge Gedanken über Golo Kovács machen wird.

27

»Zwei Fragen.« Xiaomeng reibt sich die Stirn. Sie wirkt extrem gestresst, was gar nicht ihre Art ist. »Erstens, wo sind deine Haare? Zweitens, ist die Woche schon um?«

»Geht's dir nicht gut?«, fragt Harriet. Seit ihrer kurzen Reise nach München wirkt das Luxuskaufhaus wie ein Ort aus einer anderen Zeit, aus einem anderen Leben.

Xiaomeng kneift die Augen zusammen. »Migräne. Ich habe keine Tabletten mehr.«

»Soll ich dir welche besorgen?«

»Du hast doch auch kein Geld«, sagt ihre Kollegin.

Harriet überlegt, wie viel sie auf die Schnelle problemlos erklären kann. »Gerade geht es. Ich hol dir welche. Und ich hab dir was mitgebracht.« Sie setzt ihren Rucksack ab und wühlt das Oberteil hervor, das sie für Xiaomeng gekauft hat. Sie richtet sich auf, faltet es auseinander und hält es sich selbst vor die Brust. Freut sich über Xiaomengs leuchtende Augen. »Es gefällt dir. Ich wusste es. Aber du bekommst es erst, wenn deine Schicht fertig ist. Dann musst du mir einen Gefallen tun.«

»Heute?« Wieder reibt sie sich die Schläfen.

»Ich sagte doch, ich hol dir Tabletten.«

»Falls sie wirken …«

»Es ist wirklich wichtig. Wann bist du hier fertig?«

»Um 12 kann ich weg. Aber ich will nicht so lange warten müssen.«

Xiaomeng greift spielerisch nach dem Oberteil, doch Harriet geht einen Schritt zurück und versteckt es hinter ihrem Rücken. Dann steckt sie es in den Rucksack, setzt ihn auf und verlässt das Luxuskaufhaus. Nachdem sie Xiaomeng die Tabletten gebracht hat, vertreibt sie sich die Zeit bis Mitternacht in der Lebensmittelabteilung, trinkt viel zu teuren Tee zu einem viel zu teuren Stück Kuchen. Die Kollegin, die ihre Bestellung aufnimmt, hebt verwundert die Augenbrauen, sagt aber nichts, als Harriet darauf besteht, ihr ein Trinkgeld zu geben.

Jahrelang dachte sie, Dinge bezahlen zu können, die sie sich wünscht, gäbe ihr das Gefühl, zu den normalen Menschen dazuzugehören, nicht am unteren Rand mühsam zu existieren. Sie sieht sich um. Auf der vollklimatisierten, angenehm temperierten Etage gibt es Dutzende kleinerer Cafés und Restaurants, Shops und Bars, überall geht es ums Essen und Trinken auf höchstem Niveau, von Grundnahrungsmitteln redet hier niemand. Überall sitzen Menschen an den Tischen und Theken, sie sind teuer frisiert, teuer gekleidet, strahlen Wohlstand aus. Die Etage ist gut gefüllt, aber nicht überlaufen um diese Uhrzeit. Harriet merkt, dass sie nicht dazugehört. Sie wird es auch nie. Will es gar nicht. Dieses Geld, das sie jetzt hat, macht alles vielleicht einfacher. Aber was ist der Preis, den sie dafür zahlen muss?

Kurz nach Mitternacht kommt Xiaomeng die Rolltreppe heraufgefahren und winkt ihr zu. Harriet geht ihr entgegen und überreicht ihr das Oberteil.

»Ich will es gleich anziehen.« Sie hakt sich bei Harriet unter und zieht sie mit sich zur Personaltür. Dahinter sind, wie auf jeder Etage, Umkleiden, Toiletten und Duschen. Die beiden schließen sich in einer Umkleidekabine ein. Xiaomeng zieht ihr schwarzes, langärmeliges T-Shirt aus und das neue Oberteil an, eine elegante, eng geschnittene Seidenbluse mit überlangen Manschetten, die ihr bis zu den Fingern reichen.

»Ich kann dir gar nicht sagen, wie ich mich darin fühle«, sagt Xiaomeng leise, als sie sich im Spiegel betrachtet. Dann umarmt sie Harriet, drückt sie ganz lange an sich. »Wie kannst du dir so etwas leisten? Und wie kannst du mir so etwas schenken?«

Harriet versucht zu lächeln, merkt aber, dass sie es nicht mehr kann. »Lange Geschichte. Lass uns an die Luft gehen.«

Es ist drei Uhr morgens, Xiaomeng und Harriet sitzen auf dem Dach des Luxuskaufhauses und schauen über die dunkle Stadt. Die Luft ist immer noch warm. Die Stille dröhnt in Harriets Ohren. Der Sternenhimmel wölbt sich über ihnen, und es ist eine dieser Augustnächte, in denen die Sternschnuppen wie ein entferntes Feuerwerk herabrieseln.

Sie hat ihrer Freundin alles erzählt, hat versucht, alle Fragen zu beantworten, jetzt ist Xiaomeng ganz ernst und wirkt besorgt. Harriet fürchtet sich vor dem, was auf dem Stick ist. Xiaomeng verspricht ihr, bei ihr zu bleiben. Versichert es immer wieder, sichtlich darum bemüht, Harriet ihr eigenes Tempo zu lassen.

Harriet nimmt die Kette ab und reicht Xiaomeng den Anhänger. Diese löst den Stick aus der Fassung und steckt ihn an ihr Telefon. Automatisch öffnet sich ein Ordnerfenster: eine

Videodatei, sonst nichts. Der Dateiname besteht lediglich aus dem Datum, wann das Video gemacht oder gespeichert wurde. Der fünfte Januar vor fünfzehn Jahren. Xiaomeng tippt mit dem Finger darauf, und das Video startet.

Harriet sieht nur fünf Sekunden zu, dann springt sie auf und übergibt sich. Ihr Magen ist nicht besonders voll, aber er hebt sich immer wieder, sie kotzt grüne Galle und fühlt sich, als wäre tot umzufallen gerade die bessere Option. Xiaomeng steht neben ihr, hat ihr eine Hand auf den Rücken gelegt, spricht beruhigend auf sie ein. Als Harriet fertig ist, reicht sie ihr eine Wasserflasche. Harriet lässt sich Wasser über das Gesicht laufen, spült sich den Mund aus, sinkt auf die Knie, legt sich dann erschöpft flach auf den Boden und starrt in den Sternenhimmel.

Ihr ist alles eingefallen. Die ersten Sekunden des Videos haben die Mauern eingerissen, hinter denen die Erinnerung vergraben war, und jetzt braucht sie Zeit, um sich dem zu stellen, was zurückgekommen ist. Bilder fluten ihr Gehirn, Satzfetzen, Emotionen. Sie braucht Zeit, um alles zu ordnen und richtig zusammenzusetzen. Xiaomeng, die sich das Video komplett angesehen hat, hilft ihr, die Lücken zu schließen.

Sie weiß endlich auch, wer sie tot sehen will.

Die Sonne ist längst aufgegangen und brennt sich durch die Luft, als Harriet hineingeht und sich in einer der Personalduschen lange unter einen heißen Wasserstrahl stellt, bis sie das Gefühl hat, wieder klar zu denken.

Sie kauft sich einen neuen, sehr viel größeren Rucksack,

frische Unterwäsche und neue Kleidung. Den alten lässt sie in einer Personalumkleide liegen, sie weiß, dass die meisten, die hier arbeiten, ähnlich leben wie sie und sich über solche Fundsachen freuen.

Sie erzählt Xiaomeng von ihrem Plan, und die Freundin sieht sie besorgt an, nimmt sie lange in den Arm, versucht aber nicht, sie von irgendetwas abzuhalten.

»Du weißt, dass du mich jederzeit …«

»Ja.« Harriet gibt ihr zum Abschied einen Kuss auf die Wange. »Danke, dass du für mich da warst.«

Dann verlässt sie das Luxuskaufhaus ohne sich noch einmal umzudrehen, obwohl sie weiß, dass sie nicht mehr zurückkehren wird.

Als sie auf der Zugfahrt kurz einschläft, fängt sie sofort an zu träumen. Wieder die Straße in der Dunkelheit. Der Wagen ihrer Mutter. Diesmal schert er aus und kracht direkt in den LKW. Der Wagen wird herumgeschleudert und kommt auf dem Standstreifen als zerknüllter Blechhaufen zum Stehen. Die Scheinwerfer des LKW strahlen ihn an. Ihre Mutter steigt aus, völlig unverletzt, und geht vom Unfallort weg. Sie verschwindet in der Dunkelheit, ohne sich noch einmal umzudrehen. Harriet wacht mit einem Ruck auf.

28

Sie klingelt Sturm an dem gelben Haus mit der Fachwerkfassade. Denkt nicht daran, den Finger von der Klingel zu nehmen, bis sich endlich die Tür öffnet. Alma Bruckner steht im Morgenmantel vor ihr, und sie braucht offensichtlich ein paar Sekunden, um Harriet wiederzuerkennen. »Haben wir einen Termin?«, fragt sie zur Begrüßung.

»Wo ist Ihr Mann?«

»In seinem Arbeitszimmer. Er hat gerade Besuch.«

»Um diese Uhrzeit.«

»Na, Sie sind ja auch hier!« Alma Bruckner hebt vorwurfsvoll die Augenbrauen.

Harriet drängt die Frau beiseite und stürmt durch den Flur ins Esszimmer, reißt die Tür zum Wohnzimmer auf, sieht im Klavierzimmer nach. Kommt zurück, schaut in die Küche, ins Gästeklo. »Wo ist er?«

»Ich sagte doch, in seinem Arbeitszimmer. Er hat ...«

»Wo ist das?«

Alma Bruckner verschränkt die Arme. »Sie können hier nicht einfach ...«

Harriet nimmt die Treppe, zwei Stufen auf einmal. Sie hört Alma Bruckner den Namen ihres Mannes rufen. Aus dem ersten Stock kommt ihr Finn Bruckner entgegen. Er wirkt bestürzt, versucht, sie zu beruhigen, schiebt sie zurück zur Treppe und geht mit ihr nach unten.

»Was ist denn passiert? Sie sind ja ganz außer sich.« Finn klingt kurzatmig. Seine Frau fordert Erklärungen für Harriets Verhalten, und Finn beruhigt auch sie, bittet sie, ihn mit Harriet allein zu lassen.

An Alma Bruckner gewandt sagt Harriet: »Ich will, dass Sie bleiben. Ich muss Ihnen etwas über Ihren Mann erzählen, das Sie mit Sicherheit noch nicht wissen, aber dringend wissen sollten. Sie und eines Tages auch Ihre Tochter.«

»Meine Tochter?«

»Antonia hat nichts damit zu tun!«, sagt Finn.

Die beiden Frauen sehen ihn an. »Womit?«, fragt Frau Bruckner.

»Du weißt also, warum ich hier bin.« Harriet nickt. »Das macht es einfacher.«

Finn dreht sich von ihr weg. »Wir sollten nicht hier im Flur herumstehen.« Sie folgt ihm die Treppe hinunter ins Wohnzimmer, Alma Bruckner ist dicht hinter ihr.

»Wollen Sie etwas trinken?«, fragt Finn Harriet höflich.

Sie bleibt hinter einem der Sessel stehen, die Arme verschränkt. »Unter den gegebenen Umständen finde ich es lächerlich, wenn du mich siezt.«

Seine Frau bleibt unschlüssig im Türrahmen stehen. »Finn, was ...«

Er schüttelt den Kopf. »Vielleicht reden wir doch erst einmal in Ruhe allein.«

»Deine Frau bleibt hier«, sagt Harriet, und fast gleichzeitig sagt Alma Bruckner: »Ich bleibe hier!«

Finn versucht ein Lächeln und setzt sich auf die Armlehne des Designersofas, die Beine übereinandergeschlagen, als erwarte er einen Fotografen von einem Wohnmagazin. »Also dann. Harriet. Was haben Sie auf dem Herzen?«

Wie er immer noch versucht, Theater zu spielen, denkt Harriet. Dabei weiß er genau, warum sie hier ist. Er muss es wissen. Wenn er der Auftraggeber von Doro und Elin ist, muss er wissen, was geschehen ist. Er muss sich denken können, dass sie sich erinnert, wenn sie hier bei ihm auftaucht. Er muss es wissen und glaubt immer noch, Theater spielen zu können.

Vielleicht, weil er noch einen Trumpf im Ärmel hat. Vielleicht, weil alles doch ganz anders war, als sie sich zu erinnern glaubt. Mit einem Mal werden ihre Knie weich, und sie zweifelt an sich. Was, wenn wieder alles nur falsch ist in ihrem Kopf? Kann sie sich wirklich darauf verlassen, was sie heute Nacht glaubte zu wissen? Was, wenn Doro ihr eine Fälschung zugespielt hat? Was, wenn das alles Teil eines perfiden Plans … Andererseits ergibt erst jetzt alles Sinn.

Sie geht um den Sessel herum und setzt sich hin. »Frau Bruckner«, sagt sie erschöpft und sieht dabei nicht sie, sondern Finn an. »Ich wurde vor über fünfzehn Jahren von einem Freund Ihres Mannes vergewaltigt. Es gibt ein Video von diesem Abend. Es ist nur ein kleiner Ausschnitt, nicht länger als eine Minute. Aber man sieht – und hört – diesen Freund darüber reden und davon prahlen. Ihr Mann steht daneben und lacht. Er sagt zu seinem Freund, er habe die Wette klar gewonnen und den Wetteinsatz eindeutig verdient. Daraufhin präsentiert besagter Freund einen Blutfleck auf dem Sofa, der beweist, dass es mein erstes Mal war. Meine Jungfräulichkeit, so nennen es manche Leute gern, zeigte sich in einem

Blutfleck auf einem Münchner Sofa. Dieser Fleck ist in dem Video ebenso zu sehen. Ich bin übrigens auch gelegentlich im Bild, obwohl ich nur eine Nebenrolle spiele.« Sie sieht zu, wie Finns Blick, den er die ganze Zeit fest auf den Boden geheftet hatte, kurz zu seiner Frau hinüberflackert. Dann schließt er die Augen und reibt sich mit der Hand die Stirn. »Eine Nebenrolle, wie es sich für ein zufällig ausgewähltes Objekt gehört. Für den Gegenstand einer Wette zwischen Ihrem Mann und seinem Freund. Die Hauptrolle gehört dem Freund Ihres Mannes. Er ist Täter, Gewinner, Held.« Jetzt richtet sie sich direkt an Finn. »Ich hoffe, der Gin war wenigstens teuer. Wie viel war ich euch denn wert? Und mir ist nicht ganz klar, ob es einen Bonus darauf gab, dass ich noch ›Jungfrau‹ war?« Sie hört, wie fest und ruhig ihre Stimme klingt, hört gleichzeitig ihren Herzschlag in den Ohren pochen.

»Finn, du musst etwas dazu sagen.« Alma Bruckner spricht leise, aber eindringlich auf ihren Mann ein. »Sag, dass das alles nicht stimmt.«

Finn hebt mit großer Geste die Hände. »Harriet, ich glaube, du verwechselst da etwas. Was für ein Video soll das überhaupt sein?« Er lacht gestelzt und etwas zu laut, schielt dabei zu seiner Frau. »Wenn das alles so stimmen würde, dann wüsste ich doch sicherlich von der Existenz eines solchen Videos.«

»Dein Freund Golo Kovács, ihr wart an derselben Schule, in derselben Klasse. Ich habe Fotos gefunden, die beweisen, dass ihr auf meinem Silvesterkonzert wart. Du klebst an ihm dran, als wärst du sein Schoßhund. Auf jedem einzelnen verdammten Bild.«

»Was für ein Video?«, fragt er wieder. Sie sieht, dass seine Hände ganz leicht zittern, und er Mühe hat, die Panik in seinem Blick zu verbergen. Jetzt weiß sie, dass ihre Erinnerung stimmt, dass ihre Geschichte stimmt, aber etwas anderes stimmt nicht. Er scheint wirklich nichts von dem Video zu wissen.

»Du hast Privatermittlerinnen beauftragt, mich auszuspionieren«, sagt sie. »Eine von ihnen ist bei dem Versuch, mich umzubringen, gestern Morgen gestorben. Die Polizei wird sich bestimmt dafür interessieren, welche Rolle du dabei gespielt hast.«

»Finn, sag etwas zu diesem Wahnsinn.« Alma Bruckner steht neben ihrem Mann, hält aber Abstand, die Arme verschränkt. Finn schweigt, sieht sie nicht an.

»Stimmt es etwa? Du hast darum gewettet, ob es einer deiner Freunde hinbekommt, eine junge Frau zu vergewaltigen? Hast ihn ermutigt? Und dabei zugesehen?«

Finn bricht völlig ein. »Mein Gott, wir waren doch noch ganz jung.« Er ist kaum zu verstehen. Er hält sich die Hände vors Gesicht, als könne er sich so vor den beiden Frauen verstecken.

»Es stimmt also, was sie sagt?«

»Es war nicht so gemeint. Es sollte ...«

»... ein Spaß sein?«

»Mein Gott, sie war eine einzige Provokation! Ständig hat sie Wettbewerbe gewonnen und Konzerte gespielt und war in den News, das hat uns genervt. Und sie war so arrogant und hat mit niemandem gesprochen, ist zu keiner Party gekommen, hat nie Alkohol getrunken ... Wir dachten, sie braucht ein bisschen was, um locker zu werden. Golo fand das. Und nach dem Silvesterkonzert ging sie ihm total auf die Nerven, nur weil er ihr etwas in die Cola gekippt hat. Wenn sie ihn in Ruhe gelassen hätte ...«

»... hätte er sie nicht vergewaltigt?« Alma Bruckner schüttelt sich vor Ekel. »Wie kamst du darauf, das Ganze zu einer Wette zu machen?«

»Das war ich nicht allein! Eigentlich war das gar nicht meine Idee, nicht von Anfang an. Das hat sich irgendwie so ergeben, aber wir hätten doch nie gedacht, dass es so ...« Er unterbricht sich selbst, verfällt in Schweigen. Schüttelt den Kopf und schlägt die Hände wieder vors Gesicht. »Ich weiß es nicht. Es war alles irgendwie ein Spaß, und dann ...«

»Dann war's keiner mehr.« Alma Bruckner geht langsam von ihm weg, auf Harriet zu. Legt ihr eine Hand auf den Arm und beugt sich zu ihr hinunter. »Wenn Sie möchten, kann ich Ihnen einen Rechtsbeistand besorgen.« Dann richtet sie sich auf, würdigt ihren Mann keines Blickes, verlässt den Raum. Kommt doch noch kurz zurück, um mit ruhiger, fester Stimme zu sagen: »Du bist bis heute Nachmittag hier verschwunden. Ich bringe Antonia in die Schule, und wenn wir zurück sind, bist du weg. Versuch nicht, mich anzurufen. Und schon gar nicht das Kind.« Dann sind ihre Schritte auf der Treppe zu hören, dumpfe Geräusche aus dem ersten Stock. Nach einer Weile hört man zwei Personen die Treppe herunterkommen, schließlich die Haustür, die ins Schloss fällt.

Finn hat sich nicht gerührt und keinen Ton von sich gegeben. Harriet ist erschöpft und wartet ab. »Golo hatte diese Art an sich«, sagt er endlich. »Wir alle wollten mit ihm befreundet sein. Wir wollten, dass er uns mag.«

»Das interessiert mich nicht«, sagt Harriet. »Ich will nur wissen, warum du Ermittlerinnen auf mich angesetzt hast. Ich konnte mich an nichts erinnern, also warum?«

»Ich habe dich da vor der Boutique in dem Kaufhaus gesehen und wiedererkannt. Eigentlich wollte ich nur mehr über dich herausfinden. Was du heute machst, wie es dir seitdem ergangen ist …«

»Schlechtes Gewissen?«

Er nickt.

»Und doch ein weiter Weg von dort bis zum Mordauftrag.«

»Ich habe nie jemanden damit beauftragt, dich zu töten! Das musst du mir glauben.«

»Bisschen schwierig, unter den Umständen.« Natürlich weiß sie von Doro, dass es stimmt, was er sagt.

Er schüttelt den Kopf, wirkt, als wolle er im Sofa verschwinden. »Diese Frauen haben mir berichtet, was du machst, wie du lebst. Und dann kam dieses Feuer, und es sind Erinnerungen zurückgekommen.«

»Da bist du nervös geworden und hast dir gedacht, besser, wir schaffen das Problem aus der Welt, bevor es entsteht?«

»Ich habe sie nicht damit beauftragt. Golo hat …«

»Golo also.«

»Meine Güte, natürlich habe ich ihn kontaktiert und wollte wissen, was er darüber denkt.« Finns Stimme bricht, er weint. »Aber er hat nur gesagt, selbst wenn du dich an irgendetwas erinnerst, wird es dir nichts bringen, weil dir niemand glaubt, nach allem, was passiert ist.«

Harriet nickt langsam. »Wer sollte der Frau glauben, die sich jahrelang an nichts erinnern kann und offenbar ein Gedächtnis auslöschendes Trauma erlitten hat, weil sie den Typen, den sie neuerdings einer Vergewaltigung bezichtigt, zusammengeschlagen hat?«

»Ungefähr so.«

»Hat er mit seinem Vater darüber geredet?«

»Warum sollte er? Die beiden sind nicht gerade best buddies. Eher eine elende Schicksalsgemeinschaft.« Finn wischt sich die Augen. »Er hat sicher keinen Mordauftrag gegeben. Ehrlich. Er hat immer wieder gesagt: ›Sie kann uns gar nichts.‹«

»Er hat nicht auch nur entfernt damit gerechnet, dass ich an das Video kommen könnte?«

»Welches Video? Ich habe keine Ahnung, wovon du da die ganze Zeit sprichst.«

»Ich finde ziemlich eindeutig, wovon ich da spreche. Ihr habt die Scheiße gefilmt.«

»Haben wir nicht!« Er schüttelt den Kopf, und wieder laufen ihm Tränen übers Gesicht. »Harriet, bitte, ich wollte nur wissen, wie es dir geht. Ich wollte dich in meiner Nähe haben und dir etwas Gutes tun. Es tut mir so unendlich leid, wie das damals gelaufen ist, aber wir waren einfach alle so unglaublich dumm.«

»Wer von euch hat mir die Hand zertrümmert?«

Sein Blick fällt auf ihre linke Hand. Sie trägt keinen Verband mehr, der Schnitt ist deutlich zu erkennen. Gleich unter ihrer Narbe. »Was ist da passiert?«

Sie geht nicht darauf ein. »Warst du das?«

»Nein. Ehrlich!«

»Hat es euch nicht gereicht, was ihr mir angetan habt, musste das auch noch sein?«

»Harriet, ich war so betrunken und zugedröhnt an dem Abend, ich dachte, du bist gestürzt. Wie kommst du darauf, dass dir jemand von uns die Hand zertrümmert hat?«

»Weil es das Letzte ist, was man in dem Video mitbekommt. Ich schreie, jemand von euch lacht und sagt: ›Oooh, bist du ihr aufs Händchen getreten und hast es kaputt gemacht. Jetzt kann sie bestimmt nicht mehr spielen.‹«

»Ich dachte, du bist gestürzt, weil du so schnell abgehauen bist. Du bist weggerannt, und als ich gehört habe, dass du im Krankenhaus bist und deine Hand operiert werden muss, dachte ich, vielleicht bist du ausgerutscht, es war kalt, vielleicht war der Boden gefroren ...«

»Nein.«

»Wirklich.«

»Warum hattest du keine Angst davor, dass man im Krankenhaus feststellt, dass ich vergewaltigt wurde?«

Er hebt die Schultern. »Der alte Kovács hat für alles gesorgt«, sagt er nur. »Aber das mit deiner Hand ...«

»Man hört es eindeutig in dem Video, sieht aber nicht, wer es war.«

»Welches Video?«

»Finn, langsam wird es albern.«

»Ich wusste nicht, dass jemand gefilmt hat!«

»Es zu leugnen, macht es nicht ungeschehen. Also was soll das?«

Er schüttelt den Kopf. »Wie kann das sein? Ich habe nie eins gesehen.«

»Willst du es dir anschauen?«

»Was? Nein! Ich ...« Er zögert. »Wer hat es gemacht?«

»Sag du's mir. Wer war denn noch alles da?«

Finn schweigt. Er wirkt extrem nervös, sein Blick flackert durch den Raum. »O mein Gott«, flüstert er. »Er hatte die ganze Zeit dieses scheiß Video.«

Und Harriet ist sich vollkommen sicher. Die Person hinter der Kamera. Der stille Junge, der immer beobachtete, immer das Telefon zur Hand hatte, um zu filmen oder zu fotografieren. Natürlich war sie mit ihm dort gewesen, weil sie ihm vertraut hatte. Sie hatte Golo zur Rede stellen wollen, und der Nachbarsjunge hatte gesagt, er würde ihr dabei helfen, er habe schließlich alles beobachtet, es gäbe sogar Fotos davon, wie Golo ihr etwas in die Cola gekippt hätte. Dabei hatte Mirza sie nur angelockt. Damit Golo die Wette gewann.

Natürlich war er es gewesen, der festgehalten hatte, was geschehen war. Ohne ihr zu helfen. Mirza, der ihr gesagt hatte, dass Golo doch eigentlich ganz nett wäre. Der ihr gestanden hatte, wie sehr er eigentlich zu diesen Jungs dazugehören wollte.

Der nie darüber gesprochen hat, wie eifersüchtig er auf Harriet war, weil sie alles zu verkörpern schien, was seine Eltern bewunderten.

Finns Blick schnellt zur Tür, seine Augen weiten sich. Harriet dreht sich um.

Mirza Neumüllers Faust landet mitten in ihrem Gesicht, und Harriet hört noch das hässliche Knacken ihrer Nase, bevor alles schwarz wird.

29

Am Ende des Videos: Das Bild ist verwackelt, die Person hinter der Kamera geht durch den Raum. Harriet kauert am Boden hinter dem Sofa und weint leise. Sie hat die Hose wieder hochgezogen, hält mit einer Hand die zerrissene Bluse notdürftig zusammen. Wendet sich ab und bedeckt ihr Gesicht. Dann ist nicht mehr viel zu sehen außer verwackeltem Dunkel, aber es ist etwas zu hören. Harriets Stimme, die in Panik ruft: »Nicht die Hand!« Dann endet das Video.

Sie hat es in dem Video gesehen, aber sie kann sich nicht daran erinnern. Die Vergewaltigung ist in Teilen zurückgekehrt, aber nicht, wie Mirza ihre Hand zertritt. Sie muss es im Schock verdrängt haben, bis heute. Nicht nur verdrängt, sondern sofort gelöscht.

Golo, der Vergewaltiger. Finn, der Mittäter. Mirza, der am Ende nachtritt, als sich ihm die Möglichkeit bietet. Mirza, der als Einziger ein Video von dem Abend hatte und dieses Video offenbar über fünfzehn Jahre lang behalten hat, ohne es jemandem zu zeigen. Mirza, der still im Hintergrund mehr eingefädelt hat, als sie im Moment noch begreifen kann.

Als Harriet sich wieder orientieren kann, sitzt sie auf dem Sofa der Bruckners, Finn neben ihr, er hält ihr eine Kaltkompresse ins Gesicht. Sie schlägt seine Hand weg und will aufstehen, aber dann wird ihr wieder schwindelig. Sie sinkt zurück auf das Sofa. »Verpiss dich«, sagt sie zu ihm, ziemlich kraftlos, zu mehr ist sie nicht in der Lage.

Finn will etwas sagen, wird aber unterbrochen. Aus dem Flur dringen zwei laute Stimmen herein, die Harriet beide bekannt vorkommen. Eine Frau, ein Mann. Mirza wird durch die Tür gestoßen, er landet flach auf dem Gesicht. Seine Hände sind mit Handschellen auf den Rücken gefesselt. Hinter ihm tritt Doro ein. Sie packt ihn an den Oberarmen und reißt ihn hoch, stellt ihn auf die Beine und hält ihn fest, damit er nicht umfallen kann. Sein Gesicht sieht so ramponiert aus, wie sich das von Harriet anfühlt. Es ist ein fast schon komischer Anblick. Mirza, schmal gebaut und nicht besonders groß, fast ist er wieder der Junge von damals, und hinter ihm Doro, groß, kräftig, in der Uniform ihrer Sicherheitsfirma und mit einem Gesichtsausdruck wie schweres Unwetter.

»Der wollte abhauen«, sagt sie. »Ich vermute, hier ist er besser aufgehoben?«

Finn ist vom Sofa aufgestanden, er bedankt sich bei Doro und sieht Mirza an, als wolle er ihn schlagen. Aber Doro schiebt Finn zurück, sagt, die Polizei sei verständigt.

»Seine Frau hat bei uns angerufen und gesagt, er würde heute ausziehen, ob wir da ein Auge drauf haben könnten. Da wusste ich, dass du hier bist«, sagt Doro zu Harriet. »Aber wer ist unser kleiner Freund hier?«

»Der geheimnisvolle zweite Auftraggeber, der Finn die Sache aus der Hand genommen hat«, sagt Harriet. »Der mich tot sehen wollte. Warum eigentlich? Golo hätte ich verstanden, aber du?« Harriet sieht Mirza an, aber der hält seinen Blick stur auf den Boden gerichtet. »Du kannst mich nicht mal ansehen, was? Du gibst jemandem den Auftrag, mich zu ermorden, aber kannst mir nicht mal in die Augen sehen?«

Mirza dreht den Kopf weg, antwortet nicht.

»Wenn er das könnte, hätte er es ja auch selbst erledigen können«, sagt Doro.

»Ich wusste nichts davon«, sagt Finn Bruckner leise. »Ich schwöre.«

»Und warum ist er heute hier?«

»Er war noch keine fünf Minuten hier, als du reingestürmt kamst!« Finn wendet sich an Mirza. »Du warst das mit ihrer Hand? Das hast du uns nie erzählt. Und auch nicht, dass du ein Video gemacht hast. Warum hast du das aufgehoben? Wolltest du uns irgendwann damit erpressen?« Wieder will er auf Mirza losgehen, wieder muss ihn Doro davon abhalten. Finn setzt sich aufs Sofa, lässt sich erschöpft zurückfallen. »Was für eine Riesenscheiße. Ich dachte wirklich, es ist Vergangenheit und aus und vorbei ...«

»Und dann steht sie eines Tages einfach so in Frankfurt rum«, sagt Doro.

»Ich wollte wirklich nur wissen, wie es dir geht. Dir irgendwie etwas Gutes tun.«

»Bis ich mich erinnert hätte.« Harriet merkt, dass sie es nicht mehr erträgt. Sie steht immer noch unter Schock von dem Video und der Erinnerung an einen Großteil jener Nacht. Und dann diese armseligen, kraftlosen Jungs, die von heute an ihr sorgfältig aufgebautes Leben verlieren würden, das Schicksal des dritten – sie fragt sich bei aller Verachtung für diese Männer, warum das alles so kommen musste. Warum diese eine Tat in einer Nacht vier Leben so nachhaltig zerstören konnte.

Harriet steht auf, nimmt das Kühlpad mit, setzt ihren

Rucksack auf und versichert Doro, direkt in ein Krankenhaus zu gehen. »Ich will nicht auf die Polizei warten«, sagt sie. »Ich muss hier raus.«

Doro nickt, sie scheint zu verstehen. »Ich regel das alles. Man wird sich bei dir melden.«

Harriet nickt ihr zu, sieht sich noch einmal nach Finn um, der den Kopf in die Hände gestützt in einem Sessel hockt und still weint, sieht sich zu Mirza um, der ihr den Rücken zugewandt hat, verlässt den Raum, das Haus. Im Gehen wühlt sie auf der Straße aus ihrem Rucksack eine Sonnenbrille hervor und setzt sie auf. Der Schmerz in der Nase lässt ihr im ersten Moment Tränen in die Augen schießen. Sie beißt die Zähne zusammen und setzt ihren Weg zum Bahnhof fort. Dann bleibt sie stehen, nimmt ihr Telefon und ruft im Sanatorium an. Sie nennt ihren Namen und fragt nach Markus. Es dauert einen Moment, bis Gustav Kovács ans Telefon kommt. Er fragt, wie es ihr geht. Dann nennt er ihr eine Adresse, die sie schon kennt. Harriet bedankt sich bei ihm, beendet das Gespräch und geht weiter.

Eine Viertelstunde später sitzt sie auf der Terrasse der ehemaligen Brauerei, über der sich das Hotel befindet, in dem Pirja Kallas untergekommen ist. Harriet hat ihr ausrichten lassen, dass sie sie dringend sprechen muss. Und jetzt wartet sie. Sie hat bereits alles, was es an öffentlichen Informationen über diese Frau gibt, im Internet rausgesucht. Kallas wurde vor fünfundsiebzig Jahren als Tochter einer renommierten Forscherin geboren. Ihre Mutter erhielt gemeinsam mit zwei weiteren Kolleginnen den Nobelpreis für Medizin, als Pirja gerade promovierte. Vielleicht lag es in der Familie, vielleicht war es der Ehrgeiz, an den Erfolg der Mutter anknüpfen zu wollen, jedenfalls suchte sich Pirja früh ihr eigenes Forschungsgebiet in der Neurologie und machte sich dort einen Namen. Als Nobelpreiskandidatin galt sie allerdings nie. Ihr Spezialgebiet war die Erinnerung. Wie sie entstand, wie sie verschwinden konnte und was sich dagegen tun ließ. Sie fand nie die Wunderpille, die das Vergessen aufhielt, aber Möglichkeiten, es mithilfe von KI-Systemen zu verlangsamen und dem Prozess vorzubeugen. Ihre Forschung ging so weit, für Menschen, die sich im Vergessen zu verlieren drohten, eine Art KI-gesteuertes Zweitgedächtnis zu entwickeln, quasi eine externe Festplatte des menschlichen Gehirns. Mittlerweile waren die Testreihen schon sehr weit. Tatsächlich hatte Harriet davon bereits gehört. Aber für jemanden wie Harriets Vater kam diese Entwicklung zu spät, sein Vergessen war bereits zu weit fortgeschritten.

Das Sanatorium wurde auf Kallas' Initiative hin vor fast zwanzig Jahren gegründet, weitere folgten. Sämtliche Bewohner waren Gegenstand intensiver Forschungen. Vor nicht ganz fünfzehn Jahren war Harriets Mutter Teil des Teams um Pirja Kallas geworden, aber der Name dieser Frau war offenbar auch aus ihrem Gedächtnis gelöscht worden. Harriet erinnert sich, dass ihre Mutter noch häufiger außer Haus war als in München, sie musste offenbar rund um die Uhr gearbeitet haben. Sie erinnert sich auch, wie erschöpft und blass ihre Mutter in den wenigen freien Stunden zu Hause gewirkt hatte. Dass sie schlecht geschlafen hat, wenig gegessen, immer dünner geworden war. Die Sorge um den Vater, hat Harriet damals gedacht, und vielleicht stimmte es sogar. Aber offenbar ist das nicht alles gewesen.

Als Kallas immer noch nicht kommt, bestellt sich Harriet eine Kanne Tee und sucht die Videodatei, die sie sich von dem Stick aufs Telefon gespielt hat. Sie öffnet ihr Mailprogramm, sucht die richtige Mailadresse im Netz und verschickt die Datei mit einem kurzen Text. Dann will sie ihr Telefon zur Seite legen, aber ihr fällt noch etwas ein. Sie sucht die gesendete Nachricht heraus und leitet sie an einen anderen Adressaten weiter, den sie ebenfalls erst im Netz suchen muss. Sie fühlt sich nicht so erleichtert, wie sie gehofft hat. Im Gegenteil, ihr Herz fängt an zu rasen, und sie fragt sich, ob sie gerade einen großen Fehler gemacht hat.

Aber sie weiß auch, dass Doro dafür sorgen wird, dass die Staatsanwaltschaft, die Mirza und Finn anklagen wird, davon erfährt. Jetzt liegt das Video auch dem obersten Staatsanwalt in München vor, und Harriet glaubt nicht, dass der alte Kovács heute immer noch so gute Beziehungen hat, um eine Sache wie diese einfach verschwinden zu lassen. Er mag damals die Fäden gezogen haben, um seinen Sohn zu schützen, aber wer ist Kovács heute noch? Ihm hat sie die Mail gerade weitergeleitet. Er soll wissen, was auf ihn zukommt.

Harriet fragt sich, wie anders alles gekommen wäre, wenn Kovács die Tat seines Sohnes nicht vertuscht hätte. Wäre Harriet dann so weit gegangen, Golo anzugreifen?

Sie ist so in ihre Gedanken versunken, dass sie gar nicht bemerkt hat, wie Pirja Kallas zu ihr an den Tisch gekommen ist. »Der Tee ist jetzt bestimmt bitter«, sagt Kallas nur und setzt sich. Sie trägt eine dunkle Sonnenbrille und einen großen Hut, ein langes Leinenkleid mit Ärmeln, die ihr fast bis zu den Fingerknöcheln reichen.

»Danke, dass Sie gekommen sind«, sagt Harriet und meint es auch so.

»Wenn du weißt, wer ich bin, weißt du wahrscheinlich auch alles andere«, sagt die Frau.

»Nicht alles. Und meine Mutter kann ich nicht mehr fragen.«

Kallas seufzt. »Sie hat das Beste gewollt. Für dich und für ihn.«

»Für ihn?« Harriet glaubt einen Moment lang, sie spricht von Golo, aber dann versteht sie. »Für meinen Vater?«

Kallas lehnt sich zurück. »Sag mir, was du weißt.«

Harriet versucht, das Puzzle ihrer verlorenen und zurückgewonnenen Erinnerungen chronologisch zusammenzufügen. Sie erzählt von dem Silvesterkonzert, an das jede Erinnerung fehlte, bis sie die Fotos im Album ihres Vaters fand. Auch jetzt weiß sie nicht, wie viel sie aufgrund der Fotos zu ihren eigenen Erinnerungen gemacht hat und was wirkliche Erinnerungen sind. Sie weiß nicht sicher, warum sie wenige Tage später bei Golo war. Ob sie ihn zur Rede stellen wollte. Ob er sie hatte glauben lassen, er wolle sich bei ihr entschuldigen. Sie kann sich vorstellen, dass Mirza sie hingelockt hat. Mirza war jemand, dem sie damals vertraute. Sie waren gleich alt, waren als Nachbarskinder miteinander aufgewachsen. Sie weiß wieder, dass sie vergewaltigt wurde. Sie kann es in ihrem Körper spüren, fühlt eine starke, grausame Resonanz in sich, wenn sie daran denkt. Als sie den Anfang des Videos gesehen hat, sind neue Bilder in ihrem Kopf aufgetaucht. Golo, der sie festhält. Golo, der ihr den Mund zuhält und dabei lacht. Golo, der ihr die Kleider wegreißt. Dass Finn ebenfalls dort war, weiß sie nur, weil sie das Video gesehen hat. Überhaupt erinnert sie sich kaum an ihn. Dass Mirza dort war, weiß sie, weil sie es rekonstruiert hat. Wirklich erinnern kann sie sich nicht. Irgendwie weiß sie auch, dass er ihr die Hand zerschmettert hat, aber – nein. Da sind keine Bilder, die aus ihr herauskommen.

»Der Schock dieser schrecklichen Nacht«, sagt Kallas und nickt. »Diese Erinnerung hattest du nie, du wusstest nicht, wer das getan hat. Bitte sprich weiter.«

Harriet weiß, dass sie anschließend mehrfach an der Hand operiert wurde. Dass sie offenbar versucht hat, sich umzubringen, mehr als einmal. Sie erzählt von ihren Träumen, von der Narbe am Oberschenkel, von dem, was ihr Mila Neumüller berichtet hat.

»Ich habe das Gefühl, dass da immer noch sehr vieles fehlt«, sagt sie. »Und ich kann nicht unterscheiden, was echte Erinnerungen sind, was ich mir nachträglich einrede ...«

»Vielleicht kommt mit der Zeit noch mehr zurück«, sagt Pirja Kallas. »Wann setzen deine Erinnerungen wieder normal ein? Kannst du das einschätzen?«

»Keine Ahnung. Ich erinnere mich auch an Dinge, die nicht stattgefunden haben. Mein Abitur zum Beispiel. Ich kann mich an jede einzelne Prüfung erinnern.«

Pirja Kallas rückt sich ihren Hut zurecht. Ihre Lippen sind fest aufeinandergepresst. Harriet bemerkt die perfekt gepflegten Fingernägel, die Hände, die aussehen, als gehörten sie zu einer weit jüngeren Frau.

»Harriet, lass mich von vorn anfangen. Deine Mutter wollte unbedingt, dass du glaubst, du wärst ganz unaufgeregt, ganz regulär aus München weggegangen, mit deinen Eltern zusammen. Sie wollte, dass du ein normales Leben führen kannst.«

»Und in Wirklichkeit?«

»Ist deine Mutter geflohen. Du hast immer wieder versucht, dich umzubringen. Du warst aggressiv gegen dich selbst, und gegen andere. Deine Eltern wussten nicht mehr, was sie tun sollten. Psychiatrische Behandlungen schlugen nicht an, dauerhaft sedieren war natürlich keine Lösung, sie waren vollkommen ratlos.«

»Warum haben sie Golo nicht angezeigt? Wollte ich das nicht?«

»Du wolltest es. Ich kannte dich damals noch nicht, ich kann nur wiedergeben, was deine Mutter mir erzählt hat. Du wolltest Golo unbedingt anzeigen, aber sein Vater kam dem Ganzen wohl zuvor und behauptete, es gäbe Zeugen, die bestätigen würden, dass du freiwillig mit ihm geschlafen hast und dich nur an ihm rächen willst, weil du dir anschließend eine Verletzung an der Hand zugezogen hast.«

»Wie bitte?«

Kallas nickt. »Deine Mutter glaubte wirklich, dass du dir die Hand selbst zertrümmert hast. Ein, wie sie mir versicherte, vertrauenswürdiger Junge aus der Nachbarschaft hätte es ihr erzählt.«

»Mirza.«

»Das weißt du besser als ich. Jedenfalls glaubte sie, du hättest es als Überreaktion auf die Vergewaltigung getan. Vielleicht einem unbewussten Drang folgend, nicht mehr Klavier spielen zu wollen, weil du auch gerade erst eine Freundin verloren hattest. Und dann war dir das alles zu viel. Oder als eine Art Selbstbestrafung, weil du dir die Schuld für die Vergewaltigung gegeben hast. Viele Opfer geben erst einmal sich selbst die Schuld.«

»Und so kam es nicht zu einer Anzeige, aber ich in die Psychiatrie.«

»Immer wieder für einige Tage, ja. Dann kontaktierte sie mich und fragte mich, ob es möglich wäre, Erinnerungen zu löschen und durch andere zu ersetzen. Sie sagte, du kämst mit einem extrem traumatischen Ereignis nicht klar, und jede bis dahin bekannte Therapieform sei gescheitert. Außerdem wäre dein Leben in Gefahr, und du hättest jemanden fast zu Tode geprügelt.«

Harriet nickt. »Dessen Vater hat dann dafür gesorgt, dass wir aus München weggehen.«

»Ihr wärt sowieso gegangen. Deine Mutter wollte, dass du alles hinter dir lassen kannst. Sie wollte nach Frankfurt, an mein Institut.«

»Also haben Sie angefangen, mir nach und nach Erinnerungen zu nehmen.«

»Harriet, ich war nie einverstanden damit.«

»Und trotzdem haben Sie es getan.«

»Deine Mutter. Ich habe es nur beaufsichtigt, damit dir nichts passierte.«

Harriet sieht einen Behandlungsraum vor sich, sie ist an Drähte angeschlossen, ihre Mutter überprüft Gerätschaften. Eine Kamera ist auf sie gerichtet. Sie weiß nicht, ob es ein Bild aus irgendeinem Film ist oder eine Erinnerung. Sie fragt nicht nach.

»Wie kann man einfach Erinnerungen löschen?«, fragt Harriet.

»Ich wollte damals mit meinem Team herausfinden, wie man Erinnerungen bei Demenzkranken wiederherstellen kann. Dabei fanden wir heraus, welche Mechanismen im Gehirn dafür sorgen können, ganze Lebensabschnitte zu vergessen. Es war eigentlich nur ein Nebenprodukt unserer Forschung und sollte uns helfen, besser zu verstehen, wie und wo das Gehirn etwas abspeichert und wo es davon so eine Art Backup gibt. Zu der Zeit hatten wir also einige Testreihen laufen, bei denen wir Personen die Erinnerung an relativ unwichtige Ereignisse nahmen, um sie extern mithilfe einer KI zu speichern. Es war hochriskant. Der Ethikrat schaltete sich ein. Diese Löschmethode wurde daraufhin verboten.«

Harriet erinnert sich an etwas, das sie bei ihrer Recherche über die Professorin gerade erst gelesen hat. »Einige der Testpersonen haben Sie verklagt, oder?«

»Allerdings ohne Erfolg.«

»Und das Ganze schlug medial hohe Wellen.«

»Natürlich, wie alles, was neu in der Forschung ist. Neue Impfstoffe, neue Therapiemethoden, der Einsatz von Künstlicher Intelligenz sowieso … Es kam zu einer richtigen Hysterie.«

»Sie bekamen Morddrohungen.«

»Jemand hat es wirklich versucht, und auch, das Institut in die Luft zu sprengen. Und in meiner Privatpost befanden sich Briefe mit Gift. Ich musste umziehen.«

»Deshalb das Hochsicherheitshaus am Waldrand.«

»Das war seit damals meine siebte Bleibe. Ich finde keine Ruhe mehr.«

Harriet fragt sich, ob sie jemals wieder Ruhe finden kann. »Aber meine Mutter ist trotz allem ihrer umstrittenen Methode gefolgt ...«

»Nicht nur umstritten, sondern zu der Zeit illegal«, unterbricht Kallas sie.

»Illegal. Okay. Und sie hat einige meiner Erinnerungen ausgelöscht. Ist das richtig so? Sie hat aber nicht nur einzelne Ereignisse gelöscht, sondern ganze Stränge. Wie ist das möglich?«

»Durch Umtrainieren. Es gab bereits Methoden zum aktiven Löschen von Erinnerungen aus der Traumatherapie. Wir fügten unsere eigenen neurologischen Erkenntnisse hinzu, überprüften per Gehirnscan, ob es funktionierte, und wie schon gesagt, wir waren erfolgreich. Deine Mutter stürzte sich darauf. Sie wandte die Methode bei dir an, bis sie davon überzeugt war, alles gelöscht zu haben, was dich unglücklich machte.«

»Mein Führerschein ...?«

»Ein Nebenprodukt, nehme ich an. Du hast wohl ein paarmal versucht, dich im Auto umzubringen.«

Harriet denkt daran, was ihr Mila Neumüller erzählt hat. »Und die falschen Erinnerungen?«

»Du wurdest anschließend monatelang mit ihnen konfrontiert, damit du sie als deine eigenen akzeptierst. Vorhin hast du deine Abiprüfungen erwähnt. Das Skript stammte, wie alles andere, von deiner Mutter. Sie hat die KI mit den Informationen gefüttert, mit Bildern und Stimmen, und daraus wurden plastische falsche Erinnerungen, die dir immer wieder vorgespielt wurden.«

»Das setzen Sie im Sanatorium ein«, sagt Harriet leise.

»Ja, aber mit echten Erinnerungen. Mit Fakten.«

»Oder was man dazu erklärt.«

»Harriet, ich habe deine Mutter immer wieder gewarnt. Sie sagte, es sei die einzige Möglichkeit, um dein Leben zu retten und dich zu einem glücklichen Menschen zu machen. Du würdest sonst niemals über die Vergewaltigung und deine kaputte Hand hinwegkommen.«

»Ich kann mich an die Beerdigung meines Lehrers erinnern. An ein Video, das jemand von der Trauerfeier gemacht hat. Mit Reden seiner ehemaligen Kolleginnen und Kollegen. Werde ich ein Grab von ihm finden?«

»Nein. Es ist komplett KI-generiert. Die Texte, die vorgetragen werden, die Menschen, die dort auftauchen, nichts davon ist echt. Auch dieses Drehbuch stammte von deiner Mutter.«

»Sie hat es sich mit mir zusammen angesehen, wir haben gemeinsam um ihn getrauert. Dachte ich.«

»Ihr war es wichtig, dass du wirklich loslassen kannst. Dass du ihn irgendwann kontaktieren könntest, war eine ihrer größten Ängste. Dann wäre alles aufgeflogen.«

»Ich habe wochenlang um ihn getrauert.«

»Ich weiß.« Pirja Kallas nickt, streckt eine Hand nach Harriet aus, zieht sie aber gleich wieder zurück. »Sie hat Mironow eine Menge Geld gegeben, damit er sich niemals bei dir meldet.«

»Und er hat einfach mitgespielt?«

»Deine Mutter wird ihm schon eine überzeugende Geschichte dazu erzählt haben.«

Harriets Gedanken driften ab, suchen nach so einer Geschichte, aber nichts nimmt wirklich Gestalt an. »Was hat mein Vater zu alldem gesagt? Er muss es doch mitbekommen haben.«

»Nichts.« Pirja Kallas nimmt die Sonnenbrille ab und reibt sich die Augenlider. »Er zog sich immer weiter in sich selbst zurück. Und fing ebenfalls an zu vergessen.« Sie wirkt einen Moment ganz gedankenverloren, dann setzt sie die Brille wieder auf. »Am Anfang dachte ich, er simuliert. Es war, als würde er einfach flüchten vor dem, was deine Mutter tat. Und vor dem, was mit dir geschehen war.«

Harriet weiß nicht, was sie darauf sagen soll. Der Kreis derjenigen, deren Leben durch diese Vergewaltigung zerstört worden ist, wird immer größer, und irgendwie fühlt sie sich schuldig, egal, was ihr Verstand dazu sagt. »Warum hat sie nicht einfach abgewartet, bis ich mich umbringe«, sagt sie leise.

»So darfst du nicht denken.« Pirja Kallas beugt sich zu ihr vor und will ihre Hand nehmen, aber Harriet zieht sie weg.

»Ich versuche, den Punkt zu finden, an dem alles doch noch hätte anders werden können«, sagt sie. »Ich verstehe nicht, wieso es so kommen musste.«

»Es gibt dafür keine logische Erklärung.«

Harriet schüttelt den Kopf. »Als ob ich das nicht wüsste. Als ob es das leichter machen würde.«

»Ich habe mich nie wirklich dafür bedankt, dass du mir das Leben gerettet hast. Nie aufrichtig bedankt, meine ich.

Ich war so erschüttert, dass ausgerechnet du es warst ... Als ich da so eingeschlossen in meinem Haus saß, dachte ich die ganze Zeit: Wenn ich jetzt verbrenne, dann ist das in Ordnung, ich habe es nicht anders verdient.« Sie erzählt, wie sie sich nach dem Tod von Lea Laurent immer weiter zurückgezogen hat, immer ängstlicher geworden ist, das schlechte Gewissen sie jede Nacht heimgesucht hat. In den letzten Jahren hat sie nur noch gelegentliche Wohltätigkeitsveranstaltungen mitgemacht und sich dabei verlogen und schlecht gefühlt. »Ich bekam irgendwann sogar eine ausgewachsene Paranoia. Die Albträume ließen mich nicht mehr los, ich fühlte mich schuldig und rechnete fest damit, Lea würde eines Tages vor meiner Tür stehen und mir Vorwürfe machen, weil ich sie nicht aufgehalten hatte. Dabei hätte sie sich von niemandem aufhalten lassen, ich hatte es ja versucht.« Sie lacht unsicher. »Und dann standest ausgerechnet du vor mir. Auch dafür gibt es keine logische Erklärung.«

»Ich habe auch immer noch Albträume von ihrem Tod.«

»Wir haben wohl beide noch eine Menge Fragen an sie, die sie nie mehr beantworten wird.«

»Was wissen Sie über ihren Tod? War es wirklich ein Unfall?«

»Was denkst du, was es war?«

Harriet hebt die Schultern. »Sie hat sich nicht umgebracht, oder?«

»Nein, da bin ich mir ganz sicher. Wir hatten einen schrecklichen Streit. Es war spätabends, sie erzählte mir davon, dass du vorhattest, Klavierbauerin zu werden. Schlimmer noch, dass du deshalb ausziehen wolltest. Dann wärst du nicht mehr unter ihrer Kontrolle gewesen. Sie wollte dich auf keinen Fall gehen lassen, aber du warst nicht davon abzubringen. Deshalb dachte sie darüber nach, die Methode erneut anzuwenden und dir ganz neue Erinnerungen einzupflanzen, die dich dazu bringen würden, bei deinen Eltern zu bleiben und … Ich weiß auch nicht, sie hatte sich irrsinniges Zeug vorgestellt. Ich sagte ihr, dass ich alles daransetzen würde, um sie davon abzuhalten, koste es, was es wolle. Sie war wütend auf mich und erschöpft, weil sie wie immer zu wenig geschlafen hatte, sie machte sich Sorgen um dich, um deinen Vater … Es war alles zu viel auf einmal. Aber sie hat sich bestimmt nicht umgebracht. Ich vermute, sie ist entweder am Steuer eingeschlafen, weil sie derart am Ende war, oder sie hatte wegen der Aufregung einen Herzinfarkt. Ich fühle mich jedenfalls bis heute für ihren Tod verantwortlich.«

»In meinen Träumen macht sie mir manchmal Vorwürfe. Ich sei schuld an diesem Unfall.«

»Mir geht es genauso.«

Harriet starrt in ihre Teetasse. Sie hat noch keinen einzigen Schluck getrunken und kann sich auch nicht dazu überwinden. Sie sieht auf, erkennt ihr Spiegelbild in Kallas' Sonnenbrille. Kurz legt sich das Bild ihrer Mutter darüber, aus der Zeit vor ihrem Tod. Ebenfalls blass und erschöpft und müde sieht sie aus, und Harriet erschrickt.

Pirja Kallas sagt: »Du siehst ihr sehr ähnlich.«

Harriet geht nicht darauf ein. »Ich habe den Typen heute angezeigt. Die Vergewaltigung ist noch nicht verjährt. Meine Körperverletzung schon. Und ich habe ein Beweisvideo und mindestens einen Zeugen, der reden wird.«

»Glaubst du, es wird dir besser gehen, wenn es zu einer Verurteilung kommt?«

»Ich werde mich sicherlich nicht darauf verlassen.« Sie steht auf. »Es gibt so viel, worüber ich mir erst klarwerden muss. Darf ich mich wieder melden?«

Pirja Kallas wirkt ehrlich erstaunt. »Nach allem, was du jetzt erfahren hast?«

»Ich würde gern noch so viel mehr erfahren. Über meine Mutter. Meinen Vater. Über Ihre Arbeit ...«

Kallas' Gesicht verschließt sich für einen Moment, dann sagt sie: »Lass dir Zeit, diese Dinge zu verarbeiten. Es ist viel. Aber wenn ich dir helfen kann ...«

Harriet nickt. »Ich melde mich.«

»Was hast du jetzt vor?«

»Eine Menge. Mit der Polizei reden, nach Frankfurt fahren, meine Wohnung, wenn man es so nennen will, auflösen. Meinen Vater besuchen. Und dann ... Ich weiß es nicht. Mir etwas Neues suchen. Zum Wohnen, zum Leben. Ich muss irgendwo ganz neu anfangen.«

30

Sie sitzt mit ihrem Vater auf einer Bank am Teich, und sie beobachten die Schwäne. Ihr fallen die Bilder ein, die in München im Keller lagerten. Die Fotoalben. Die verbrannten Erinnerungen, die es nur noch in ihrem Kopf gibt. Sie fragt sich, wie sie sie festhalten kann, damit sie nicht noch einmal verloren gehen.

»Ich hab das Bild aufgehoben, diese Kohlezeichnung, auf dem sehen die Schwäne ein bisschen aus, als hätten sie einen Flamingoschnabel.«

Ihr Vater schüttelt den Kopf. »Niemand malt Schwäne mit Flamingoschnäbeln. Das ist … das passt doch nirgendwo rein. Was soll das aussagen?«

»Muss es immer etwas aussagen?«

»Sie sind eine grauenhafte Studentin«, sagt er und verschränkt die Arme.

»Ich kann nicht mal einen geraden Strich zeichnen«, sagt Harriet fröhlich.

»Klar, man will nicht unbedingt gefallen. Man will verstören und beleidigen und provozieren und erschrecken. Aber doch nicht mit einem Flamingoschnabel.« Er sieht sie an. »Ich habe Schwäne gemalt?«

»Mit Kohle gezeichnet.«

»Anfängerkurs?«

»Ganz bestimmt.«

»Was für ein Kitsch.«

»Was macht der Leuchtturm?«

»Welcher Leuchtturm?«

»Egal.« Sie legt ihm die Hand auf den Arm. »Ich muss jetzt gehen. Ich bin schon den halben Tag hier.«

»Sie langweilen sich?« Er wirkt empört.

Harriet deutet eine kleine Verbeugung an. »Ich habe wieder sehr viel gelernt von einem großen Künstler, und jetzt ist es an der Zeit, das Gelernte zu verarbeiten.«

Er schaut misstrauisch auf ihre Hand, die noch auf seinem Arm liegt. Dann nimmt er sie und dreht sie um. Mit dem Zeigefinger zeichnet er die alte Narbe nach. Dann den frisch verheilten neuen Schnitt. »Tut das noch weh?«

»Beide irgendwie, auf unterschiedliche Art«, sagt sie.

»Aber du kannst die Finger alle wieder bewegen.«

Sie nickt, beißt sich auf die Lippe, hält den Atem an. Es ist einer dieser seltenen Momente, in denen er bei ihr ist. Es kann jede Sekunde wieder vorbei sein. Harriet bewegt die Finger der linken Hand.

»Ich dachte wirklich, dass es nie wieder gut werden kann. Du hast so verzweifelt mit der Rechten immer weiter geübt, damit sie nicht einrostet, und mit der Linken Tag für Tag trainiert. Es hat mich wirklich fast zerrissen.«

Sie versucht, die Tränen erst gar nicht zuzulassen. »Ich weiß, Papa. Es war eine schlimme Zeit.«

Er führt ihre Hand an seine Lippen und küsst sie zart. »Spielst du mir etwas vor?«

ZOË
BECK
DAS
FALSCHE
LEBEN
THRILLER
SUHRKAMP